枕梦山河

欧阳黔森 著

中国青年出版社

(京)新登字 083 号

图书在版编目(CIP)数据

枕梦山河 / 欧阳黔森著 . - - 北京:中国青年出版社,2017.12
ISBN 978-7-5153-5040-0

Ⅰ.①枕… Ⅱ.①欧… Ⅲ.①散文集 - 中国 - 当代
Ⅳ.①I267

中国版本图书馆 CIP 数据核字(2017)第 327688 号

责任编辑	侯群雄
装帧设计	刘红刚
内文设计	李 平
出版发行	中国青年出版社
社　　址	北京东四十二条 21 号　邮政编码:100708
网　　址	www.cyp.com.cn
门 市 部	010-57350370
编 辑 部	010-57350401
印　　刷	三河市君旺印务有限公司
经　　销	新华书店
规　　格	710×1000　1/16
印　　张	14.5
字　　数	180 千字
版　　次	2017 年 12 月北京第 1 版
印　　次	2017 年 12 月河北第 1 次印刷
定　　价	30.00 元

本图书如有印装质量问题,请凭购书发票与质检部联系调换　联系电话:(010)57350337

目录

报得三春晖 / 001

倾听花开的声音 / 019

水的眼泪 / 034

在昆仑山上 / 061

白层古渡 / 118

连山之殇 / 127

横断山中的香格里拉 / 142

武陵纪事 / 156

"正确"的第一个巴掌 / 166

穿越峡谷 / 181

远方月皎洁 / 187

有人醒在我梦中 / 197

十八块地 / 211

报得三春晖

这风这雨，千万年的酸蚀和侵染，剥落出你的瘦骨嶙峋；这天这地，亿万年的隆起与沉陷，构筑了你的万峰成林。这段文字是我对乌蒙山脉地区的最初印象。有了这样的印象，我的长篇小说《绝地逢生》的扉页，便写下了这样的文字：美丽，但极度贫困，这是喀斯特严重石漠化地貌的典型特征，被联合国教科文卫组织划分为"不适合人类居住的地方"。

当年写下这样的文字，无疑是需要勇气的，这勇气来自于我多年来深入乌蒙山脉腹地的走村过寨。我只要举一个例子，你就知道什么叫"严重石漠化地区"，什么叫"不适合人类居住的地方"。当年包产到户，有一户人家分了十八块地，最大的一块还不到三分地，其余的散落在沟沟湾湾之间，显得鸡零狗碎。在这一带，土地和人命是相连的，这家人当然要把自己的地扒拉清楚，但是数了半天，也就只有十七块地，正疑惑时，儿子捡起爸爸的草帽，草帽下石旮旯中碗大的一块地凸现出来，父亲高兴地说：找到了，找到了，就这块地，别看它小，也可以种一棵苞谷哩。这个故事在乌蒙山区谁都知道，二〇〇〇年我在乌蒙山区采风后，曾以这个故事为素材，发表过中篇小说《八颗苞谷》。这个故事讲的是越生越垦、越垦越荒，造成人口得不到有效控制、生态严重失衡的恶果。

乌蒙山脉，山高谷深、万峰成林，红军长征经过这里时，毛主席曾写下一首脍炙人口的诗《长征》，其中一句"乌蒙磅礴走泥丸"就是对这里形象的写照。这是一块红色的土地，中国工农红军二、六军团曾在这里建立了"黔、大、毕革命根据地"，其经典的战斗"将军山阻击战""乌蒙山回旋战"在军史上有着崇高的地位，我在创作长篇小说《雄关漫道》和同名电视剧本时，曾在《中国工农红军第二方面军战史》上看到：三军会师后，一九三六年十一月，毛主席在陕北保安会见红二、四方面军部分领导同志时，高度地赞扬了贺龙、任弼时领导的红二方面军在长征中为革命保存了大量有生力量，他说："二、六军团在乌蒙山打转转，不要说敌人，连我们也被你们转昏了头，硬是转出来了嘛！出贵州，过乌江，我们付出了大代价，二、六军团讨了巧，就没有吃亏，你们一万人，走过来还是一万人，没有蚀本，是个了不起的奇迹，是一个大经验，要总结，要大家学。"

其实，熟悉军史的人都知道，红二方面军在整个长征过程中也还是付出了巨大的代价和牺牲的，共减员一万余人。为什么到达陕北还有一万余人，据党史、军史材料显示，二、六军团曾在贵州黔东地区扩红三千，在地处乌蒙山区腹地的"黔、大、毕"扩红五千余人，可以说，乌蒙山区的人民为中国革命作出了卓越的贡献。

二〇〇九年三月五日，根据我长篇小说《绝地逢生》改编的同名电视连续剧于全国人民代表大会开幕当天在央视一套黄金时间播出，引起广泛关注。《绝地逢生》取材于贵州省的乌蒙山区，这里山多地少，是我国石漠化最严重的地区，长期以来党和国家在这里倾注了大量的人力、物力、财力。一次次的救济和扶贫，使当地居民探寻到一条人与自然和谐发展的道路，开始摆脱穷困的命运。

然而，乌蒙山区群众并未完全摆脱穷困的命运。二〇一七年十月中旬，我再次来到乌蒙山区腹地深入生活，得知地处乌蒙山区腹地的毕节市还有七十二点四五万深度贫困人口。看到一份份为贫困群众建档立卡的材料时，我非常惊讶，它们精准到户、人，精准到因为什么而贫，精准到如何因人因户不同而采取不同的脱贫举措……我不得不信服。我立刻动身，前往地处乌蒙山屋脊的海雀村进行采访。采访时，简直可以用"震撼"两个字来形容我的心情。说实话，我写作已经很少用"震撼"这个词了，我已年过半百，很不容易被什么所震撼，今天我又用到"震撼"这个词，显而易见我的激动程度。

那天，我走进了村庄，路旁就有一户人家，我抬腿向这户人家走去，陪同我的朱大庚一边走一边大喊："安大娘，安大娘！"我开玩笑说，别喊了，别动静大了吵扰到人家，到了我们敲门。

到了门口，不用敲门，门是开着的。总不能未取得主人同意就进屋吧，我停在门口。朱大庚又喊"安大娘，安大娘"！半晌，旁边一间屋的门吱嘎一声，露出一张满是皱纹的脸，我们赶紧进去。朱大庚一边扶着安美珍大娘回到火炉旁坐下一边大声说：安大娘，欧阳主席来看你了。安大娘没什么反应。朱大庚怕我难堪，对我说"大娘九十六了，耳背听不清"。见安大娘耳背，我也有些遗憾，毕竟我是来采访的，需要与人交流。但既然进来了，我还是要坐下来的，有些感受，也不是只有交流才能收获的。我们就围火炉而坐，炉中煤燃烧不充分，屋内充斥着煤气味。

不能与安大娘交流，我只好与朱大庚说话。我担心煤气会影响老大娘的健康，朱大庚手指挂满屋顶的苞谷棒子说："这是在烤苞谷，屋顶周围都漏着风。这里海拔有两千三百多米，雾大，湿气重，苞谷不烤的话，怕发霉。"

既然安大娘听不见,我就不介意地对朱大庚说,在这里就别提什么主席了,就介绍我是欧阳作家,别把人弄糊涂了。

话音未落,安大娘突然讲起话来,只不过很难听清楚。仔细听,我才听明白几个字:习书记好!大恩人。

我贴近老人的耳朵说:老大娘,你说习总书记呀!

安大娘还是重复着习书记好、习书记好。说着说着,老人家一下站了起来,居然步履蹒跚地朝堂屋走,我赶紧扶着她,怕她跌跤。朱大庚见我紧张,跟在后面说:老人家身体好,还干活哩。

安大娘个子很小,估计不到一米五,这并不影响她伸出的手指,准确地指到一张挂像上。

我仔细一看,确实是习书记——担任过中央书记处书记的习仲勋同志。

我一下子有点蒙。我经常走村过寨,在老百姓的堂屋正面墙上常挂的是毛泽东主席像,这几年也常见挂习近平主席像的。说真的,在贵州,我还是第一次见到挂习仲勋书记像的。习仲勋书记是陕甘边区革命根据地的主要创建者和领导者之一,在大西北的陕甘一带的老百姓中有着崇高的威望。我知道,这一带的老百姓对红军有着深厚的感情,二、六军团曾在这里建立了革命根据地,在海雀村附近的山谷里就曾发生过"乌蒙山回旋战"中最著名的战斗——以则河战斗。在有些老百姓家里面,我曾看到过贺龙元帅的像。

我的思绪飞到了远古。

"夫霸王之所始也,以人为本。本治则国固,本乱则国危。"两千六百多年前的春秋时期,管子就有了这样的思想,无疑是伟大的,然而他却生不逢时,那时候,他的"是以善为国者,必先富民"的理想很难实现。今天,中华民族进入了伟大的新时代,我们不仅要富起来，而且要强起来。管子还说过："圣人之所以为圣人者，善分民也。"管子的"善分民"即是善于与人民分享利益，而于当今来讲，"我们任何时候都必须把人民利益放在第一位"这句话，无疑高于管子所说，显得是那样的铿锵有力、掷地有声。我认为管子作为一个杰出的军事统帅和思想家、经济学家、政治家，他空怀的壮志与治世理想，在两千多年后的今天得以实现，即便是秦皇汉武、唐宗宋祖，也不可能有今天这个伟大时代对人民作出的庄严承诺：同步小康，一个都不能落下。说实话，大家都是读过史书的，我们都明白，无论是开元盛世的帝王，还是"善分民也"的英主，他们所统治的帝国，不可能让每一个老百姓都分享到盛世的红利，这是不争的事实；即便是鱼米之乡的富足之地，由于受封建地主的剥削，一贫如洗的老百姓不在少数，何况地处边远、蛮荒、不毛之地的老百姓，再英明的君主也是鞭长莫及。再说，封建王朝的以人为本，和当今倡导的以人为本是截然不同的。在我看来，不管封建王朝的统治者以何种形式、何种姿态以人为本，归根结底还是巩固皇权，维护封建统治阶级、剥削阶级权益。而在当今习近平总书记提出"我们任何时候都必须把人民利益放在第一位"的执政理念，这个理念才是以人为本的本质所在。把人民利益放在第一位的执政理念，就是把共产党"为人民服务"、做人民的公仆的宗旨具体化、目标化。数百万干部下乡实施精准扶贫，并锁定目标，在二〇二〇年全民脱贫，全面建成小康社会，这就是人民至上的伟大工程。

　　以我在老少边穷地区长期深入生活、扎根人民的亲身经历，可以说，精准扶贫，普天之下，没有惠及不到的地方。毫不夸张地说，放眼人类历史上任何变革和改变历史进程的宏大战役，都不能与这一场对淤积了几千年的贫困症结所开展的脱贫攻坚伟大战役相提并论。

有了这样的认识，我总是愿意与乡亲们在一起促膝谈心。我就是他们中的一员，是兄弟姊妹，也是无话不说的知心朋友。这样，他们那朴实无华、勤劳善良的秉性，成为我体检自我的一面镜子；老百姓那最朴素的价值观——饮水思源、感恩戴德，于我而言，也是感同身受的。

所以，如果陕甘一带的老百姓发自内心地挂习仲勋书记的像，我丝毫不觉得意外，然而在地处大西南腹地的一隅，看见老百姓家里高挂习仲勋书记的像，确实让我有些意外。

朱大庚见我一脸的好奇，一边扶着安大娘往回走，一边对我说：几句话讲不清楚，我们坐下慢慢说。

安大娘的火炉四周散热不充分，屋顶还透着气，房间里并不温暖，但朱大庚一开讲，听着听着，我胸膛里的热血就沸腾起来。

朱大庚是从一名叫刘子富的记者讲起的，这名新华社记者于一九八五年五月二十九日来到苗、彝族混居的海雀村，看到农户家家断炊，安美珍大娘瘦得只剩枯干的骨架支撑着脑袋。安大娘家四口人，全家终年不见食油，一年累计缺三个月的盐，四个人只有三个碗，已经断粮五天了。在苗族社员王永才的家里，王永才含着泪告诉记者，全家五口人，断粮五个月了，靠吃野菜等过日子，更谈不上吃油、吃盐。耕牛本是农家的命根子，也只得狠心卖掉买粮救人命，一头牛卖了二百五十元，买粮已经花光了。耕牛尚且贱卖，马、猪、鸡就更不用说了。在他家的火塘边，一个三岁的小孩饿得躺在地上，发出嗯嗯嗯的微弱叫唤声。手中无粮的母亲无可奈何。

刘子富在海雀村民组一连走了九家，没发现一家有食油、米饭的，吃的多是玉米面糊糊、荞面糊糊、干板菜掺四季豆种子。这九户人家没有一家有活动钱，没有一家不是人畜同屋居住的，也没有一家有像样的床或被子，有的钻草窝，有的盖秧被，有的围火塘过夜。

刘子富又走进王朝珍大娘家，一下就惊呆了。大娘衣不蔽体，见有客人走来，立即用双手抱在胸前，难为情地低下头。她的衣衫破烂得掩不住胸肚，那条破烂成布条一样的裙子，本来就很难遮羞，一走动就暴露无遗。大娘看出了记者的难堪，反而主动照直说："一条裙子穿了三年整，春夏秋冬都是它。唉，真没出息，光条条的不好意思见人！"大娘的隔壁是朱正华家，主人上气不接下气地说："早在去年年底就把打下的粮食吃光了；几个月来，找到一升吃一升。"

苗族青年王学方带刘子富一家家看，告诉他：目前，全组三十户，断炊的已有二十五户，剩下的五户也维持不了几天。组里的青年人下地搞生产，由于吃得差，吃不饱，体力不支，一天只能干半天活，加上人都得外出找吃的，已经影响生产的正常进行。

这些纯朴的少数民族兄弟，尽管贫困交加，却没有一个外逃，没有一人上访，没有一人向国家伸手，没有一人埋怨党和国家，反倒责备自己"不争气"，这情景令人十分感动。

朱大庚讲述的是新华社贵州分社记者刘子富在一九八五年六月二日向上级写的内参——《赫章县有一万二千多户农民断粮　少数民族十分困难却无一人埋怨国家》描述的情景。

朱大庚介绍说："这篇俗称'黑头内参'的'国内动态清样'刺痛了许多领导人。当时分管农村工作的中央书记处书记习仲勋作了如下批示：'有这样好的各族人民，又过着这样贫困的生活，不仅不埋怨党和国家，反倒责备自己"不争气"，这是对我们这些官僚主义者一个严重警告！！！请省委对这类地区，规定个时限，有个可行措施，有计划、有步骤地扎扎实实地多做工作，改变这种面貌。'当时，老百姓奔走相告，中央习仲勋书记批示了，我们有救了。

有的人文化不高，也讲不清批示内容，逢人就说，吓人得很，三个惊叹号。"

听到"吓人得很"，我由衷地笑起来，这话太朴素了，这是贵州老百姓表达某种事情很重要、很振奋时的一句口头禅。

这三个惊叹号，后来我在"文朝荣先进事迹陈列馆"中看到了。当习仲勋书记批示的原件展示在我眼前时，那三个惊叹号实在太耀眼了，不由令人心潮澎湃。当时，我的大脑里就闪现出一个慈祥的老人，目光如炬，扬眉挥笔。这三个力透纸背的惊叹号，使我感觉出，这个慈祥老人一气呵成的批示，似当头棒喝，如醍醐灌顶，振聋发聩。

我与朱大庚的交流似乎影响到了安大娘的情绪，她也兴奋起来，开始讲话。我们当然要停下来，听老人讲。可是，我只能听明白十之二三。不过，说到习仲勋书记，她依然讲得很清晰。这是一个九十六岁老人的珍贵记忆，是一个基层老百姓的感恩之心，非常朴实，十分感人，它是中华民族的传统美德。

一个伟大的民族从不会缺失记忆，一个失去苦难记忆的民族是失语的民族，而一个失语的民族注定没有未来。我想，参加过这场人类历史上最为波澜壮阔的扶贫攻坚的人们，他们的经历便也成了我们民族集体经历的一部分，此后，便成了我们民族集体记忆的一部分。它无疑会成为中华民族最伟大的记忆，并代代相传。

不畏苦难，并有战胜苦难的决心，这就是拥有自信、力量和智慧的体现。

三十三年前，贵州省委接到中共中央办公厅用明传电报传来习仲勋同志的重要批示后，时任贵州省委书记朱厚泽同志连夜召开紧急会议，并抽调得力干部星夜兼程赶往赫章县海雀村，查看缺粮断炊情况后，一次发放十万公斤粮食，及时赈济饥民。海雀村山沟里、山坳上，人背马驮政府发放的救济粮到家，纯朴的乡亲们脸上挂满笑容，都发自内心地说："感谢共产党！感谢人民政府！"

那年，安大娘六十三岁。三十三年过去，回忆起当年刘子富来到她家的情景，安大娘记忆犹新。我需要朱大庚当翻译，不过安大娘不断念叨的"习书记、刘子富"，我已耳熟能详，是不用翻译的。

朱大庚说，这些年，一拨又一拨来扶贫的干部、领导都到过安大娘家，但安大娘年纪大了，谁都记不住，来过她家的人，她只记得一个人，就是新华社记者刘子富。

我问："朱大庚同志，你是抓扶贫工作的，你来过安大娘家几次？"

朱大庚说："前后最少有七次吧！"

我说："安大娘应该知道你是谁吧？"

朱大庚摇摇头："她不知道！"他扭头看了看还在念叨的安大娘说，"她知不知道我是谁不要紧，要紧的是我知道她是谁。"

这话有点熟悉，我想起一首唱解放军战士的歌："我不知道你是谁，我却知道你为了谁。"这首歌曾无数次感动过我。听到朱大庚脱口而出类似的话，一股暖流涌上了我的心头。看着安大娘饱经风霜但安详的脸，我对朱大庚说："大庚，你这句话有点像诗。"

朱大庚感觉到了我把"朱大庚同志"换成了"大庚"这个变化，有些腼腆起来。我一直相信，能这样腼腆的人，一定是一个心怀善良的人，而一个心怀善良的人，必定是不愿说诳语的人，由此，我坚信大庚那句让我感到熟悉的话语一定是发自肺腑的，由此，我很自然改口叫他大庚。我们之间一下没有了距离。

我一贯坚持眼见为实，尚未到达的地方，不愿意多听别人介绍，不喜欢别人来引导我的言行。我更愿意靠自己看，让自己多思考。我长期在乡下深入生活，在采访中，遇见过不少那种嘴巴说得好其实干不好的基层干部,这也是我一贯坚持眼见为实的缘由。昨天,我从贵阳跑了四个小时,到了赫章县城见到朱大庚,我就不大听他讲,他讲多了,我还不客气地质问。我说:"据我所知,毕节还有七十二点四五万贫困人口,赫章县就有一十四点九八万,离脱贫时间点还有两年的时间,你们是数字脱贫呢,还是真正的能脱贫?"

朱大庚说:"哪里敢弄虚作假,从中央到省到市都有第三方评估和巡察、督察制度,弄虚作假就是找死。"

我说:"眼见为实。"

他说:"你想去哪里?"

我说:"海雀村。"

之所以脱口而出海雀村,是因为两年前贵州人民出版社找过我,请我写一部关于海雀村党支部书记文朝荣的报告文学。按说我责无旁贷,可我手里有省委宣传部重点影视剧《云上绣娘》的创作生产任务,这是一部反映精准扶贫的农村戏,我不可能撇下它。两年前虽与海雀村失之交臂,但我记住了它,这次到毕节采访,当然不能再擦肩而过。

这些年,我也很关注新闻媒体报道的贵州先进人物、先进事迹,比如说被誉为"愚公精神"的罗甸麻怀村邓迎香、赫章海雀村文朝荣,以及被誉为"老黄牛精神"的播州区团结村黄大发等。除了海雀村以前我没有实地采访过,麻怀村、团结村我都现场采访过。我对先进人物的事迹和精神,以及记者不辞辛劳的采访和报道表示崇高的敬意,然而略有遗憾的是,这些报道几乎都是着墨于主人翁如何以"愚公精神"和"老黄牛精神"改变当地生存环境以及脱贫的奋斗过程,这样写,不是不好,而是缺少思考。

我认为,"愚公精神""老黄牛精神"在这个时代弥足珍贵,是要大力提倡的,这与当今在扶贫攻坚战中提出的"扶志"是相符合的。这就是"要我脱贫"和"我要脱贫"的区别:"要我脱贫"是被动的,而"我要脱贫"是主动的。

邓迎香、黄大发、文朝荣的事迹,可以说是"我要脱贫"的生动代表。在我看来,"愚公移山"这个古老故事的本意,更多强调的是精神层面,而事实上,我们都明白,愚公用几把锄头、几个箩筐,即便加上他的子子孙孙,要想把门前的那座大山搬掉,几乎是不可能的。山是不能自己走的,人可以走嘛,是不是非得要移山?这个道理其实谁都明白,所以,古人把这个移山的老人归为"愚公"是有道理的;明知不可为而为之,是为愚人。换句话说,明知不可为还要为之,是为精神可嘉。所以,"愚公精神"应该大力提倡,而他的做法并不可取。

在"愚公"问题上我啰唆了半天,主要是想说明,邓迎香、黄大发、文朝荣这些当代愚公和古人所说的愚公是有本质区别的。我们试着分析一下:首先,他们都有愚公试图摆脱困境的志向,也有愚公移山这种可贵的精神,但是,仅仅有这种移山的精神是远远不够的。以我长期在扶贫攻坚一线采访的所见所闻,我认为,如果没有共产党长期以来坚持不懈地扶贫攻坚,以及一系列的扶贫政策和措施,就不会有当代"愚公"扶贫攻坚的卓越功勋。

告别安大娘,我来到"文朝荣先进事迹陈列馆"。看完后,我的感觉是,它不仅仅是"文朝荣先进事迹陈列馆",更是贵州毕节试验区扶贫攻坚三十年的一个缩影。在这里,我首先看到的是习仲勋书记一九八五年六月五日针对海雀村的批示。这个批示,拉开了中国政府有组织、大规模的扶贫开发的序幕,而这个拉幕人,就是时任贵州省委书记的胡锦涛同志。我记得,二〇一四年三月七日,习近平总书记在参加十二届全国人民代表大会二次会议贵州代表团审议时，我作为全国人大代表曾聆听过习近平总书记的这一番话："贵州的改革有很多独到之处，比如毕节试验区，这是胡锦涛同志任贵州省委书记时亲自倡导建立的，中央统战部和各民主党派中央、全国工商联和各有关方面锲而不舍地关心、推动、促进，取得了重要的成果。我还找到了当年我父亲的一段批示……"

一九八五年七月，恰逢贵州省委主要负责人交替，当时刚刚上任贵州省委书记才八天的胡锦涛同志到赫章进行了为期三天的考察，并不辞辛劳地坐车前往海拔两千三百米高的海雀村专程走访。那个时候的赫章县，总人口四十七点零四万，其中农业人口四十四点三九万，全县工农业总产值一万两千五百零六万元，其中农业总产值六千八百三十六万元，农民年人均纯收入为一百六十六元。全县几乎没有通村、组的公路，运输主要靠人背马驮。除县城和少数乡镇外，大多数乡镇不通电，照明以煤油灯为主，一般乡镇都没有医疗卫生机构，群众看病非常困难，农民住房几乎是茅草房和瓦房，边远山区有不少农民住简陋窝棚。"山高水冷地皮薄，气候灾害异常多；耗子跪着啃苞谷，种一坡来收一箩。"这首民谣是当时赫章县农村贫困面貌的真实写照。"贫困"一度成为赫章县的代名词，而海雀村，又是赫章县贫困的代名词。海雀村，距县城八十八公里，全村苗族、彝族群众，共计一百六十八户、七百三十人。境内山高坡陡，耕地贫瘠、零星破碎，二十五度以上陡坡耕地占百分之九十。村里无学校、无卫生室，读书、看病都要步行到十二公里以外的乡政府所在地。不通公路、不通电，生活饮水主要依靠收集自然降水，整个村庄几乎与世隔绝。有瓦房十二户、草房一百一十四户、简易窝棚四十二户，百分之八十以上农户人畜混居。农民年人均收入只有三十三元，年人均占有粮食一百零七公斤，全村有小学文化的仅有五人。为求生存，盲目过度毁林开荒种粮，森林覆盖率锐减到百分之五以下，导致水土流失严重，生态环境极度恶劣，自然灾害频发，大风一起，沙尘漫天。

胡锦涛书记考察、调研后，语重心长地指出："今天我在这里说，明年我还要来，反正瞄准你赫章了。因为要使我们这样一个黔西北的边远贫困县，能够不辜负党中央的希望，在省、地、县及其干部、群众的努力下，争取尽快改变赫章的贫困面貌，这就是我们的共同愿望。"根据胡锦涛书记的指示，经过省委、省政府的努力，一九八八年六月九日，国务院正式批复，同意贵州省在毕节建立开发扶贫、生态建设试验区的报告。

从贵州"八七"扶贫攻坚战到毕节试验区的建设，至今历时二十九年，可以说，在这二十九年当中，试验区发生了翻天覆地的变化。这些变化，我在二〇〇八年创作的长篇电视连续剧《绝地逢生》中有所展示。电视剧讲述的是一个村庄，在村支书的带领下，不折不挠、因地制宜，在科学发展观的指引下，把一个石漠化严重、不适合人类生存的不毛之地，变成了远近闻名的小康村的故事。

不知不觉九年过去了，毕节试验区取得了举世瞩目的成就。这些成就，在"文朝荣先进事迹陈列馆"的资料中阐述得非常翔实。习近平总书记对毕节试验区的两次批示尤为醒目，特别是二〇一四年五月十五日的重要批示："毕节曾是西部贫困地区的典型。毕节试验区创办二十六年来，坚持扶贫开发与生态保护并重，艰苦奋斗，顽强拼搏，实现了人民生活从普遍贫困到基本小康、生态环境从不断恶化到明显改善的跨越。全国政协、中央统战部和各民主党派中央、全国工商联长期支持，广泛参与，创造了中国共产党领导的多党合作助推贫困地区发展的成功经验，充分体现了社会主义制度的优越性。建设好毕节试验区，不仅是毕节发展、贵州发展的需要，对全国其他贫困地区发展也有重要示范作用。希望有关方面继续关心支持毕节发展，希望试验区进一步深化改革，锐意创新，埋头苦干，同心攻坚，努力实现人口、经济与资源环境协调发展，为贫困地区全面建成小康社会闯出一条新路子，同时也在多党合作服务改革发展实践中探索新经验。"

这个批示是习近平总书记对贵州省扶贫工作的肯定与鞭策。贵州省作为全国贫困人口最多、贫困面积最大、贫困程度最深的省份，被称为全国脱贫攻坚的主战场、决战区，未来几年要实现同步小康、不拖全国的后腿，还任重道远。这个问题，习近平总书记非常牵挂，二〇一五年六月十八日，习近平总书记在贵州调研期间专门主持召开涉及武陵山、乌蒙山、滇桂黔集中连片特困地区扶贫攻坚座谈会时强调，消除贫困、改善民生、实现共同富裕，是社会主义的本质要求，是我们党的重要使命。改革开放以来，经过全国范围有计划有组织的大规模开发式扶贫，我国贫困人口大量减少，贫困地区面貌显著变化，但扶贫开发工作依然面临十分艰巨而繁重的任务，已进入啃硬骨头、攻坚拔寨的冲刺期。形势逼人，形势不等人。各级党委和政府必须增强紧迫感和主动性，在扶贫攻坚上进一步理清思路、强化责任，采取力度更大、针对性更强、作用更直接、效果更可持续的措施，特别要在精准扶贫、精准脱贫上下更大功夫。

十九大报告指出，从现在到二〇二〇年，中国进入全面建成小康社会的决胜期。做好全国在现行标准下农村贫困人口全部脱贫工作，是我们党作出的庄严承诺，更是必须完成的硬任务，绝无退路；同时还要让全国人民乃至世界人民普遍认可，并经得起历史的检验。

这是十九大报告中习近平总书记对扶贫脱贫提出的新任务、新要求。

新任务、新要求是取得脱贫攻坚决战胜利的基石和指南，然而，毕节试验区任重而道远。截止到二〇一七年底，毕节试验区所辖县区，还有三个深度贫困县，三个极贫乡镇，五百二十九个极贫村，九十二点四三万极贫人口。也就是说，在毕节试验区内，十个人里就有一个极贫人口。贫困面积之大，贫困程度之深，贫困人口之多，不得不令人担忧，贵州省委主要领导把这份担忧变成了动力和决心："贫困不除，愧对历史；群众不富，寝食难安；小康不达，誓不罢休。"

如果说，贵州是全国脱贫攻坚的主战场、决战区，那么，毕节试验区就是贵州省脱贫攻坚的主战场、决战区。现在虽然距二〇二〇年全国同步小康只有短短两年时间，但我对此充满信心，这个信心来自于我目睹了精准扶贫实施以来毕节试验区发生的翻天覆地的变化：从二〇一二年到二〇一六年，贫困发生率从百分之二十九点九降低到百分之一十三点二，减少贫困人口一百五十七点六二万人，森林覆盖率从百分之一十四点九提升到百分之五十点二八。这样的数字是令人惊喜的，更令人惊喜的是，目前的海雀村有二百二十二户居民，家家住上砖混结构的黔西北特色新民居，年农民人均纯收入从以往的三十三元上升到今天的八千四百九十三元，森林覆盖率从百分之五上升到百分之七十点四，人口自然增长率从千分之十三稳定到千分之二左右，当年全村小学文化人口只有五人，目前小学文化以上五百六十人，其中大学生八人，年人均占有粮食从一百零七公斤到现在的三百九十五公斤。

这样的数字对比，是令人震撼的。我看见的不仅仅是数字，此时我就站在文朝荣的墓前，看见一片连绵不断的群山绿树成荫，根本不见当年光秃秃的山头和大风一起沙尘漫天的情景。森林覆盖率从百分之五上升到百分之七十点四，这个数字实际上就是把一片不毛之地，变成了一片生机盎然郁郁葱葱的生态之地。文朝荣的一生是平凡而伟大的，他的奋斗历程，浓缩了国家扶贫攻坚战的奋斗历程，可以说，也是中国农民坚韧不拔、生生不息向贫困宣战的一部史诗。

回想当年，时任贵州省委书记的胡锦涛同志给毕节试验区的定位，是开发扶贫、生态建设、人口控制。这个定位无疑是解决乌蒙山区贫困这个症结的实质所在，事实证明，今天毕节试验区所取得的成就，就是认真贯彻落实了开发扶贫、生态建设、人口控制这三大主题的结果，而精准扶贫的实施和全面展开，是要彻底地、全面地解决贫困，并与全国人民一起同步小康。如果说，习仲勋书记对海雀村事件的批示和胡锦涛总书记在乌蒙山区的调研，推动和拉开了国家有组织、大规模的扶贫开发的序幕，那么，精准扶贫的实施和全面展开，在二〇二〇年全国人民一个都不落下得以实现同步小康，就是为这场人类历史上最伟大的扶贫攻坚战画上圆满的惊叹号。

离开海雀村时，我在文朝荣墓前深深地给他鞠了三个躬，以表达对这位长者的敬佩。我想，文朝荣的精神长存，文朝荣为之奋斗一生的事业还会继续。贵州省委、省政府在全省学习十九大精神、宣讲十九大精神和学习贯彻落实习近平总书记在贵州代表团审议《十九大报告》时的讲话精神之际，制定了二〇一八年脱贫攻坚工作打算，这个打算里有这样的表述：减少农村贫困人口一百二十万人以上，实现十六个贫困县摘帽、两千五百个贫困村脱贫，选派七千三百六十八名干部担任贫困村第一书记，选派四万三千万名驻村干部，组成八千五百一十九个工作组进驻贫困村帮扶。实施万名农业专家服务"三农"行动……

有了这些行之有效的举措，贵州绝不会拖全国人民的后腿。在二〇二〇年与全国人民一道同步小康,我们有充分的信心去实现这个目标!坚决去实现这个目标!肯定能实现这个目标!

我在全省学习习近平总书记十九大讲话精神期间,参加贵州代表团审议的讲话精神时,听到十九大代表们的宣讲,心情久久不能平静。用一句贵州人念念不忘的话"牢记嘱托,感恩奋进"来说,才能表达我激动的心情。习近平总书记在参加贵州代表团审议时,我观看了中央电视台新闻联播的全程报道,总书记的讲话,我是字字句句听清楚了的。这次听代表们宣讲,如身临其境,令我感同身受。见到毕节的代表,我便迫不及待地问:"总书记心系毕节,先后七次对毕节试验区作出重要指示和批示,这次你发言汇报了毕节扶贫攻坚的情况,总书记有什么新的指示?"

毕节代表说:"习总书记说:'谈到毕节,我还是很有感情的,批示了几次。胡锦涛同志非常关心毕节,我去看胡锦涛同志,他还对我说,他到贵州任职前去看我父亲,因我父亲是书记处书记,我父亲说贵州有一个很穷的地方叫毕节,胡锦涛同志到贵州上任第一站就到了毕节。到二〇二〇年实现第一个百年目标,重中之重就是攻坚战,现在时间已经进入倒计时,我们再不能犹豫再不能懈怠,因为没有时间了。打赢脱贫攻坚战,在此一举'"。

这就是一个日理万机的大国领袖对红色革命老区的殷殷之情。

在毕节试验区一路采访下来,我都是在感动和震撼中度过的,而我现在还想说一件让我热泪盈眶且鲜为人知的事。这件事,得从结束采访的十天后说起。

十天后,我在毕节文联宣讲十九大报告精神时,遇见了文学爱好者、毕节驻深圳办事处前主任罗光前。宣讲结束后,我与他闲谈,谈到了海雀村,谈到了习仲勋书记对海雀村的批示,也谈到海雀村老百姓对习仲勋书记朴素的感恩之情。他说,习仲勋书记退休后都还心系毕节贫困群众,一九九七年七月初,正在深圳休息的全国人大原常委会副委员长习仲勋及夫人齐心,在深圳市委、市政府主办的"深黔携手、扶贫帮困"的活动中,捐出了他们一个月的工资及津贴共计三千元给毕节的困难群众。这个消息刊发在《毕节报》一九九七年八月十六日第一〇一三期报眼位置。

听到这些话,一股暖流涌进了我的心头,又从心头涌上我的双眼,一时我热泪盈眶。我曾在乌蒙山区长期深入生活、扎根人民,创作过长篇小说和同名电视剧《雄关漫道》《奢香夫人》《绝地逢生》等作品,二〇一二年毕节市第一届人民代表大会常务委员会第一次会议曾授予我"毕节市荣誉公民"称号。我早把自己视为乌蒙山区的毕节人了,也就有着和乌蒙山区老百姓一样朴素的感情。

旭日从磅礴的乌蒙山升起来的时候,我屹立于泥丸之地,举头凝望东方。东方正红,阳光温暖。我默诵起阳明先生的话,"此心光明,亦复何言",默念着孟郊千古流芳的诗句,"谁言寸草心,报得三春晖"。

倾听花开的声音

花茂村原名荒茅田，意指贫困荒芜，后改名花茂，寓意花繁叶茂，这是荒茅田人一个美好的愿望。荒茅田人没想到这个愿望，需要一个甲子的漫长岁月，才能梦想成真。

穷则思变，是改变现状的重要因素，换句话来说，穷不思变，无论多久，你的境况依然不会有任何改变。从 1955 年更名为花茂，一个甲子六十年的岁月，对于一个村庄来说，确实是一个漫长的过程，而这个过程就是一个村庄从贫困到富裕的奋斗历程，而这个历程就是一部中国农民的心灵史诗。

是啊，穷则思变，是改变现状的重要因素，但并不意味这个因素就能改变你的一切，有的贫困不是因为你思变就能改变，就如有的国家和地区祖祖辈辈都在贫困、祖祖辈辈都在思变，但依然没有改变，依然贫穷。这是一个世界性的问题。

荒茅田这个名字也不知道叫了多少个朝代，一句话，这个地方就是一个贫困、荒芜的地方；即使它叫花茂了，也并未改变它是一个贫困村的状况。

在纪念长征胜利六十周年之际，我曾受贵州省委宣传部的委派，写一部反映中国工农红军第二方面军长征的电视连续剧剧本《雄关漫道》。为了写好这部剧，作为创作者，必须系统、详细、深入地了解党史、军史,特别是长征这段历史。于是,我重走长征路,而地处遵义县枫香镇境内的苟坝会议会址也是我的目的地之一。这样,我才知道有一个花茂村存在。那天,坐在吉普车上,一路颠簸了六个半小时,还没到目的地,同车的本地人见我着急,便对我说:这里已经是花茂了,最多十分钟就到苟坝。我朝车窗外一看,花茂不仅没有花,树也没见几棵,道路泥泞不堪,民房陈旧杂乱,真的有点不堪入目。说实话,这样的地方很难让人记住。

结束那次采访后,没有人再给我提起过花茂,花茂村就像我经过的很多村庄一样,没有留下任何记忆。即便五年后为了创作一部电影剧本,我再次到过苟坝,也没有想到花茂村的存在。其实,到苟坝只有一条路,我肯定经过了花茂村。

我再次来到花茂村的时候,花茂已经是花繁叶茂一派生机勃勃的景象,已是远近闻名的美丽乡村,更是"百姓富、生态美"的模范村。

这次来花茂,主要是创作一部反映"精准扶贫"的电视连续剧,这就必须在这里长住,与这里的老百姓促膝谈心,体验他们的生活,这样才能写好他们。五天后的一个傍晚,刚吃完饭,枫香镇的党委书记帅波说:欧阳老师很辛苦,吃完饭我陪你到苟坝散散步。我很惊讶,苟坝?这里不是花茂吗?帅波说,苟坝村和花茂村就一步之遥。我更惊讶了,我说:嗨,奇怪了,苟坝我到过两次,第二次来也就是五年前,按说这个地方我必须经过啊,也看到过啊,哪有这么美丽的一个地方嘛,短短五年时间,莫非换了人间?帅波兴奋地说:你到过苟坝?哎哟,你再看看今天的苟坝,你肯定也认不出了!

苟坝确实发生了翻天覆地的变化,苟坝村也从一个贫困村变成了小康村。花茂村和苟坝村比邻,都在马鬃岭山脚下,苟坝村因为苟坝会议在这里召开而远近闻名,在党史、军史上有着重要地位——在这里,进一步确立和巩固了毛泽东在党中央和红军中的领导地位。然而,这地方却由于地处边远,由于自然条件的限制,长期处于贫困。

党的十八大以来,习近平总书记多次前往革命老区调研考察,每到一地,他都牵挂着老区人民的生活,多次讲到,"要让老区人民过上更加幸福美好的生活",并将其提高到政治责任的高度来认识,郑重地指出,"加快老区发展,使老区人民共享改革发展成果,是我们永远不能忘记的历史责任,是我们党的庄严承诺"。

以往,我们知道的是"全面建设小康社会",而十八大报告中提出"要在2020年前,全面建成小康社会"。"建设"和"建成"一字之差,体现我们在建设小康社会的步伐中有了明确的时间点和明确的目标,这一字之差,充分体现出了底气和自信、使命和担当,放眼世界,这无疑是一个伟大的承诺!

由于我长期从事文学创作,深入生活、扎根人民,便是我工作、学习的常态。在基层待的时间多了,对基层的情况,我可以说是非常了解的。就说这五年以来,我几乎大部分时间都在乡下走村过寨,自然免不了要与县乡的基层干部打交道,但更多的是与当地老百姓打交道。所谓"交道",其实就是一个沟通和认识的过程,这个过程使我非常愉悦,而这个愉悦,只有来到这里才能感同身受。因为我的愉悦是来自于他们的愉悦,而他们的愉悦来自于党的政策、党的关怀、党的温暖。无疑,老百姓的感情是质朴的,他们发自内心的那种表白,让人听后内心不由得升腾起一种对共产党的敬畏之心和敬佩之情。

表白是质朴的,质朴的表白却令人震撼,这些话语至今在我耳边回响。这是一位年近花甲的老人的表白,他说:辛苦了共产党,幸福了老百姓。老人家说的这句话，听起来很简单，细想起来却一点都不简单，因为，"辛苦"和"幸福"这两个词，浓缩了这一时期党的形象和老百姓的感受。如果不是身临其境，如果不是和老百姓促膝谈心，我就听不到这样纯朴的心声，而老百姓这样真实的心声给我带来的不仅是心灵的震撼，更是灵魂的洗礼。

那天的采访情景至今想起还历历在目。采访的话题是从"三改"开始的，由于花茂村要搞乡村旅游，所谓"三改"即是"改环境、改厨房、改厕所"，这是乡村旅游必备的整改。老人说："一开始我不理解，我们祖祖辈辈都是这样生活的，为什么非改不可？村委第一书记周成军多次来我家给我做工作，做不通他还不走了。那个苦口婆心啊，真像一个婆婆在唠叨。我看他起早贪黑的，今天跑这家，明天跑那家，心想，人家是为了什么啊，还不是为了我们。"采访即将结束时，我说："湄潭县龙凤村田家沟的老百姓唱了一首歌叫《十谢共产党》，你知不知道？"他说："知道，那首歌太长了，按我说就一句话：辛苦了共产党，幸福了老百姓。"

这位老人的话，佐证了枫香镇党委书记帅波和花茂村第一书记周成军的说法，我分别采访他们两位时，他们都说，基层干部的辛苦指数决定了村民的幸福指数。当时我不以为然，甚至认为他们只是说了几句冠冕堂皇的话，但当我在这个村庄住了下来，与村民们"张家长、李家短"拉开了家常，并相互信任说起了心里话，才知道，这位乡镇书记和村第一书记的话是真真切切的。

村民们说，现在的干部和原来不一样了，他们到了我们村，来帮助我们奔小康，每天起得比我们早，睡得比我们晚，吃一顿饭还非得给钱，不给钱的话，他们就不吃。

短短几句朴实的话，说出了现在乡镇党员干部下基层的工作作风,也切实反映了从严治党以来,共产党的先进性进一步在群众心目中生根发芽。

作家也是一样的,如果脚上只带着汽车尾气,下到田间地头后也就随便看看,再进村里吃一顿农家乐,然后抹抹嘴巴拍拍屁股走人,这样走马观花,是永远不可能写出贴近百姓生活的作品的。

而真正的作家,就是要像习近平总书记说的那样:深入生活,扎根人民,才能写出"沾泥土、冒热气、带露珠"的文章,这就要求作家在人民中体悟生活本质,吃透生活底蕴,并且把生活咀嚼透了、消化完了,才能变成深刻的情节和动人的形象,才能创作出百姓喜闻乐见的作品,作品才能激荡人心。

我在遵义的花茂村、苟坝村体验生活,真真切切地感受到了这两个地方翻天覆地的变化,这儿就是习近平总书记说的"看得见山、望得见水,记得住乡愁"的好地方。短短五年,可以说"百姓富、生态美"的美丽乡村就是花茂村、苟坝村的现实景象。自从深入实施精准扶贫以来,花茂村、苟坝村的变化,用"翻天覆地"来形容毫不为过。

原来的花茂,我是看见过的,印象就是脏、乱、差,偏僻而贫穷,而现在的花茂,真真实实呈现在我眼前的是:一幢幢富有特色的黔北民居散落于青山绿水之间,一条条水泥路成网状连通着每家每户及每一块农田。不要小看它,一个小小的村庄,该有的它都有了,如果按照很早以前的说法,"通水通电通电话通广播电视是共产主义"的话,那么现在,花茂村通网络、通天然气,有污水处理管网,有电商、有互联网+中心,有物流集散点,这样的社会主义初级阶段,能不令人欣喜吗?采访枫香镇党委书记帅波时,他曾说过一句话:就是要让每一栋黔北民居都成为产业孵化器,从而带动各种产业发展。此话并非虚言,眼见为实哪!

采访花茂村现任第一书记潘克刚时,他对花茂的发展如数家珍。他说:花茂有今天,得感谢精准扶贫,精准扶贫这四个字深入人心。原来我们也扶贫,但都不太理想。比如输血式扶贫,他缺钱,你就扶,没有从根本上解决问题,说实话,有的人甚至拿到钱就打酒喝去了;造血式扶贫也有不理想的地方,比如这家人文化不高,你给他讲搞科技扶贫,他往往认识不到位,即使项目上马了结果也收效甚微。这样很容易造成脱贫了又返贫的现象。精准扶贫太好了,它的六个精准是:扶贫对象精准、项目安排精准、资金使用精准、措施到户精准、因村派人精准、脱贫成效精准。我们严格按照这样去做,脱贫了的农户就不可能再返贫。

花茂村的脱贫致富,只需从这几个数据就可以看出来:2012年花茂村外出务工者多达1200余人,村中出现大量留守儿童及空巢老人,五年后,花茂村各项产业得到健康发展,出外打工者也逐渐回到村里,现在出外务工者仅有200余人。(2016年,共有178万人来花茂村旅游,综合收入5.69亿元。)现在花茂村有1345户人家、4950人,人均收入14119元,按目前颁布的农村小康收入标准为人均1000美元,那么花茂村人均达到2105.29美元。花茂村有轿车233辆,其中不乏宝马、捷豹等高中端车辆(不含皮卡等农用车辆)。

据苟坝红色文化旅游创新区管委会负责人刘明贵介绍,苟坝红色文化旅游创新区核心区接待游客近300万人次,实现旅游综合收入达15.69亿元。刘明贵说:我们以"传承红色文化基因,打造美丽乡村"为己任,苟坝村是著名的"苟坝会议"会址所在地,苟坝会议精神就是"讲政治、守纪律、敢担当";贵州省纪委把苟坝作为"两学一做"党性体检基地,全省纪检干部在这里就"加强党性体检,当好党内政治生态'护林员'"进行了研讨学习。

"党要管党,从严治党",十分深入民心,这从我与老百姓的交谈中就能充分感受到。记得在花茂村采访一位村民时,这位村民说:"现在的党员干部都知道哪样做得,哪样做不得。说实话,现在在村里,吃亏的都是党员干部,我看他们加班加点的,还不发加班工资,想起来,他们真的是为了我们好啊。有时候,看着他们实在辛苦,想表达表达心意,送什么他们都不要。当年红军在这里不拿群众一针一线,现在的党员干部到村里来也是一样的。像干部鼓励我们搞一家一户的农家客栈,说实话,当时我们眼界也没这么宽那么远,没想到有那么多城里人来吃住,那时候,你家看我家,我家看他家,就是没人行动起来。第一书记、支书和主任都来过我们家拉家常,其实就是做我们的工作,喝的茶、嗑的瓜子花生都是他们自己带来的。村委会的事情都是一事一议、集体决定。一些谋发展的事情,感觉有困难,都是村干部带头干。原来村里人家中有事,都喜欢你家请客我家送礼,说实话,大家都有点受不了。现在好了,干部们不兴这一套了,我们群众也就慢慢不兴这一套了,还把红白喜事的操办规定写进了村规民约。"

在这里我深深地感受到了泥土的芳香,以及芳香中散发出来的思想光芒。花茂村的脱贫致富,是精准扶贫深入实施的现实成果,而这样的成果正在无数个花茂村实现。精准扶贫深入人心,我相信,不管谁到这里来,只要与老百姓促膝谈心,就能从他们的话语中体会到精准扶贫的重大意义。

记忆最深的是,有一次采访土陶烧制作坊的非物质文化传承人母先才老人。他家的作坊最早时就是一个小作坊,只做一些泡菜坛子、酒罐子,销路不好,收入不高,甚至面临严重亏损。就在他准备放弃这个手艺的时候，镇长和村第一书记多次前来帮他找原因谋思路，还请来了遵义师院艺术学院的师生来给他的产品进行免费设计，并把他的作坊作为教学试验基地，同时建议他根据市场需要做出旅游产品，并增加制陶体验作坊，让旅游者可以参与其中。现在，仅制陶体验这一项，每逢周末30台机器一天收入达到6000至7000元，使这个濒临倒闭的微小企业获得了新生；加上镇里根据微小企业的补助政策给予补助，母先才家的土陶烧制作坊已今非昔比。母先才说：说实话，"像我们这种处于贫困线以下的手艺人，如果不是书记、镇长、第一书记无数次来关心和支持，没有他们的出谋划策，就没有我的今天。"

母先才说了一句让我至今难忘的话，他说：活了这么久，我终于重要了一回。

这句话，是那样地朴实，那样地精准。这位老人真切感受到了自己的重要。同步小康，一个都不能少，这正是领袖的情怀。2015年6月16日，是花茂人永远不会忘记的日子，这一天，习近平总书记来到了花茂村，亲切地与村民们拉家常，村民王治强回忆说："习主席平易近人，笑起来像太阳，让我们心里暖洋洋。你信不，我现在的心，天天都是热的。"他自豪地说，别看我们这里山区偏僻，来过两个主席，一个是毛主席，一个是习主席。

是的，长征途中的1935年3月10日，在这里毛泽东主席用一盏马灯照亮了中国革命前进的道路；也正是在这里，进一步确立和巩固了毛主席在党中央和红军中的领导地位，从而挽救了红军，挽救了党。八十年过去，弹指一挥间，挥去的是时间，挥不去的是伟人留下的那些丰功伟绩。

是的，在中华民族伟大复兴的征途中，习近平总书记来到了这块红色的土地。习近平总书记在这里感慨地说："怪不得大家都来，在这里找到乡愁了。"总书记亲切地说："党中央制定的政策好不好，要看乡亲们是哭还是笑。"习近平总书记还告诉我们："要守住发展和生态这两条底线。"花茂村的繁荣和发展，正是遵循了领袖的这一睿智的执政理念。村民王治强笑起来像一株向日葵，他说："习主席说我们是哭还是笑的时候，在场的乡亲们都笑开了花。"

落实习近平总书记视察贵州的讲话，成为全省上下的强大共识和扎实行动。

帅波说，习近平总书记在花茂视察后，花茂成了远近闻名的"乡愁"品牌，而这个品牌要名实相符还任重而道远。我们压力很大，省委书记来给我们撑腰杆，同时也严肃地鞭策我们："作为全国贫困人口最多、贫困面积最大、贫困程度最深的省份，贵州被称为全国脱贫攻坚的主战场、决战区，未来几年能否实现同步小康、不拖全国的后腿，不仅仅是经济问题，而且是重大的政治问题。"这一席话，掷地有声，让基层干部既感到压力，更增添了动力。

中国共产党第十八次全国代表大会明确提出：确保到2020年实现全面建成小康社会宏伟目标。十八大以后，习近平总书记在二十六次国内考察中，有十五次涉及扶贫开发，有七次把扶贫开发作为主要内容，由此可见，贫困问题，是中国全面建设小康社会的"拦路虎"，也一直是总书记最为牵挂的事情。

我在花茂写的剧本，讲述的故事就是贵州省遵义市播州区枫香镇下辖的二十一个村，如何从贫困村到小康村再到"百姓富、生态美"的富裕村的递变。

2012年前，地处大娄山脉腹地的播州区枫香镇所辖的二十一个自然村，只有少数几个村庄解决了温饱问题，多数村庄还处于贫困线上下。每一个村的自然条件、实际情况都不同,脱贫过程中面临的难题也不同。

这二十一个村无外乎三种典型:第一种以花茂村为例,地处大山马鬃岭的东边,地势以丘陵为主,以种植水稻为主,老百姓吃上饭没有问题,但是要想脱贫奔小康,这个担子不算轻;第二种以纸房村为例,地处马鬃岭的西边,山势险峻雄伟,几乎没有稻田,多为旱地,是出了名的贫困村,如何脱贫,这个担子更重;第三种以保海村为例,典型的喀斯特地貌,这种地貌被联合国教科文组织认为是不适宜人类居住的地方,石漠化严峻,山陡土薄,不适合农作物生长,不要说水田,就是旱地也要看天收获,这是深度贫困村,如何脱贫,担子可谓沉甸甸的。

但是,无论是花茂村、纸房村还是保海村,都必须一个不落地同步小康,这是历史的责任和担当。播州区枫香镇党委书记帅波说起这21个村庄,特别是马鬃岭西边的深度贫困村怎样在2020年不拖全国人民的后腿同步小康时,信心十足。他说,老百姓从原来被动等你扶贫,转变成了现在主动的我要脱贫。这样的转变真不容易,原来等你来扶贫,矛盾不少,一是老百姓对脱贫致富缺乏信心,二是老百姓看你忙他不忙,你急他不急,每年就盼望着那点扶贫款,扶贫款到了,又"你家多了,我家少了"地常常争吵不休。后来精准扶贫开始了,情况就大变了,六个精准扶贫的精准实施,使老百姓真真切切地感受到了真实、公平、实惠。老百姓说,看到上上下下那么多党员干部为我们忙碌,我们再不争口气,这脸都不知往哪儿藏。"我要脱贫,我要奔小康"成了群众的共同心声。所以说,扶贫更要扶志气。老百姓有了这样的志气,就没有什么困难能难住我们。

当初，马鬃岭西边的村民们看到花茂、苟坝发展好了，曾抱怨说：就隔一座马鬃岭，一边是欧洲一边是非洲。帅波说：什么欧洲非洲的，这里是播州。扶贫工作从来都是一视同仁的。当然，你们现在不如花茂，除了自然条件恶劣的因素外，也多在自身的问题上找找原因。放心吧！总书记说，同步小康，一个都不落下，我们会不折不扣做到的。

后来，省委省政府出台了一系列的脱贫举措，比如扶贫的五个一批：发展生产脱贫一批、易地扶贫搬迁脱贫一批、生态补偿脱贫一批、发展教育脱贫一批、社会保障兜底一批。还有扶贫的五个坚持：坚持扶贫攻坚与全局工作相结合，走统筹扶贫的路子；坚持连片开发与分类扶持相结合，走精确扶贫的路子；坚持行政推动与市场驱动相结合，走开放扶贫的路子；坚持"三位一体"与自力更生相结合，走"造血"扶贫的路子；坚持资源开发与生态保护相结合，走生态扶贫的路子。

这些强有力的举措，使偏僻边远、自然条件恶劣的深度贫困村看到了希望，马鬃岭西边的几个村庄也次第打响了脱贫致富攻坚战。到2020年，播州区枫香镇的二十一个行政村中的深度贫困村，一个都不会拖后腿，一定会与全国人民同步小康，这一点我坚信不疑。

潘克刚是十九大党代表，临去北京前，他精心挑选了几张花茂的照片，把家乡的新貌和乡亲们的笑脸带到北京，向总书记汇报。他知道，他一定会近距离见到总书记。习近平总书记是贵州代表团的一员。

两年多过去了，每当想起习近平总书记在视察花茂时讲的"政策好不好，要看乡亲们是哭还是笑"，王治强依然心潮澎湃。他说："总书记来的那天，太阳特别红，向日葵开得特别的艳。总书记的讲话像太阳一样又温暖又慈祥,在场的乡亲们都笑开了花。"我与王治强谈心的时候,他总是重复他那天的感受。我采访时,帅波几乎都在场。"每次听见,心里总是多了一份责任,多了一份信心。"他说,"花茂村近年来发展山地现代高效农业,推动农旅一体化,村民生活更上一层楼。为什么花茂村的乡亲们笑开了花,就是精准扶贫的政策好和切实有效地落实了总书记的讲话精神。"

这几年,贵州省、市、区上下都特别关注花茂的发展,为了乡亲们的笑更美更甜,各级党委政府都行动起来,实施了一系列的举措。首先是党建引领:创建精准服务型党组织,倡导"五带头五提升"。群众常说,村看村、户看户,群众看党员、党员看干部,群众富不富,全靠党支部。花茂村的快速发展,精准服务型党组织的建立无疑是强有力的抓手。

各级党委打造阳光党委,政府则"消除藩篱,开门办公",探索"五带头、五提升",推动党员干部践行"五带头":带头学习提高、带头争创佳绩、带头服务群众、带头遵纪守法、带头弘扬正气;实现党组织思想建设"五提升":提升思想建设、提升党员素质、提升服务能力、提升发展水平、提升群众满意度,发挥党组织、党员、干部在精准扶贫、率先小康中的"领头雁"和"火炬手"作用。为推进花茂村扶贫开发,播州区成立了苟坝红色文化旅游产业创新区,实行镇区一体化管理,发展全景域旅游助推率先小康。

自从"五带头五提升"切实开展后,行政审批从简,"马上办""钉钉子""负责到底""服务创业""敢于担当"五种精神被大力倡导。对省委确定的同步小康6大项25个核心统计监测指标,播州区根据自身特点对实现程度在80%以下、80%至90%、90%至95%、95%以上的指标分别实施红、橙、黄、绿"四线管理";建立重大项目信息化管理平台，实行项目建设"五个一"（即一个项目、一名领导、一个专班、一个机制、一抓到底）和"五定"，即定时间、定责任、定人员、定任务、定效果的工作机制，督促各部门主动作为。选派村级党组织"第一书记"、实行村干部绩效考核等工作机制，一次通报、两次约谈、三次问责；结合实际研究制定镇、村两级统计监测指标体系，强化城乡居民收入、"百姓富、生态美·美丽乡村"创建，联系服务群众"最后一公里"等工作的动态监测；分级开展小康示范创建，上下联动、示范引领、整体推进。再是在机制上创新："五带十帮"是因地制宜的好办法，它精准地构建了大扶贫格局。针对花茂村一带的精准扶贫中的问题和主体，实施"五带"，即一是党员干部结亲带贫困户搭建"连心桥"，二是驻村工作组带贫困户破解"发展难"，三是龙头企业带贫困户化解"增收难"，四是专业合作社带贫困户抵御"大风险"，五是致富能人带贫困户实现"产业兴"。构建党委领导、政府主导、群众主体、部门帮扶、社会参与的大扶贫格局。实施"十帮"：一是帮助找准脱贫门路，二是帮助搞好技能培训，三是帮助解决项目资金，四是帮助拓宽销售渠道，五是帮助改善人居环境，六是帮助顺利完成学业，七是帮助关怀孤残老弱，八是帮助实施医疗救助，九是帮助提升文明素质，十是帮助强化法治。

省委主要领导说的话"贫困不除，愧对历史；群众不富，寝食难安；小康不达，誓不罢休"，被播州区区委书记黄国宏记得牢牢的，接受我采访时，他一直重复这几句话，看来，他切身体会到了这几句话的分量。黄国宏的自信和务实，给我留下了深刻的印象。他说："人民对美好生活的向往就是我们的奋斗目标，我们要把这句话真正落到实处。这些年实施小康工程，通过'四在农家·美丽乡村'累计打造二十个类似花茂甚至高于花茂的示范村，再结合现代高效农业园区建设,推动农旅、文旅、工旅、商旅一体化发展,带动农民实现持续增收,打造了一张'乡愁播州'的亮丽名片。通过实施幸福工程,抓好安居、教育、健康等群众生活息息相关的生活实事,启动实施七百多个重大民生工程,城乡基础设施明显改善,群众获得感普遍增强。"

我再次看到潘克刚,是在10月19日新闻联播里,当习近平总书记来到党的十九大贵州省代表团时,他将花茂村近两年来的发展变化向总书记作了汇报,还把一张展现花茂村新貌的照片送给总书记。总书记高兴地说:这是风景画,很漂亮。

潘克刚回到花茂的第一件事就是宣讲十九大精神,地点就在"红色之家"的院子里。他向大伙儿仔细介绍十九大的盛况和自己的参会情况,当回忆起与习近平总书记见面时的场景,潘克刚十分兴奋,他说:"能够参加党的十九大,非常激动,我深受教育,倍受鼓舞,这是一次终生难忘的人生经历。"

王治强忍不住抢话:"潘书记,总书记有没有提到我们乡村旅游今后该怎么走?"王治强经营着"红色之家",正是当年总书记来到了"红色之家",他才从此走向了致富的康庄大道,他当然最关心的是乡村旅游,这也是花茂村民普遍关心的问题。潘克刚激动地说:"我向总书记汇报了现在乡村旅游成了花茂乡亲致富新路时,总书记嘱咐:既要鼓励发展乡村农家乐,也要对乡村旅游作分析和预测,提前制定措施,确保乡村旅游可持续发展。"

潘克刚的宣讲就这样一问一答地持续了一个下午,"红色之家"院子里的乡亲们一直笑声不绝于耳。他们的笑是由衷而幸福的。

这里是一块红色的土地,有着对红军、对党的深厚感情,这里的人民曾哺育了共产党领导的中国工农红军,与共产党、红军建立了深厚的鱼水情。

习近平总书记说：全面建成小康社会，一个不能少，特别是不能忘了老区。

精准扶贫的深入实施，使得花茂村、苟坝村旧貌变新颜，全国、全省无数个花茂村、苟坝村正在旧貌换新颜。

潘克刚满怀憧憬："相信花茂村的未来会越变越好。花茂村还要继续坚持发展乡村旅游和农特产品种植，让乡亲们吃上'旅游饭'，让生态变成'摇钱树'，让'乡愁'成为'大品牌'。让我们这幅'风景画'更加美丽，以此来感谢党中央和总书记的关怀。"

花茂村何时起有这么一个美丽的村名，又为啥取了这么一个美好的名字，是谁取的呢？我没有得到确切的回答。唯一确认的是，花茂村已是远近闻名的美丽乡村，更是"百姓富、生态美"的模范村。

我在花茂前后生活了大半年，为的是要写好一部反映精准扶贫的长篇电视连续剧，当我海量采访后正思考如何下笔时，党的十九大刚刚胜利闭幕，新时代、新起点、新征程，吹响了中华民族伟大复兴的号角。总书记那句气贯长虹的话"中华民族的面貌发生了前所未有的变化，中华民族正以崭新姿态屹立于世界的东方"，还在我耳畔似春雷炸响，我的大脑里闪现出的片名是：《花繁叶茂》。是的，马鬃岭山下的花茂村、苟坝村不再是脏乱差的贫困村了，现在它们繁花似锦、美丽和谐。在这样的环境中生活，是很有诗意的，于是，在创作《花繁叶茂》剧本的间隙，我大脑里总是不断出现一首诗，而这首诗，又变成了一段如泉水叮咚般的旋律，在我耳边婉转悠扬地响起。我想，在这花繁叶茂的伟大时代，我何尝不是在倾听花开的声音呢？

不仅是我听到了花开的声音，我想，全国人民、全世界人民都在倾听！

水的眼泪

　　假如我在人世间有八十年的光阴，我想2005年肯定是我最值得记忆的一年。我想不出，在我以后还会有哪一年能像2005年这样震撼我。这样的震撼，实际上已影响了我九年，再往深了说，它影响了我对人生的前五十年的思考。

　　我不纠结"在我之前我是谁，在我之后我又是谁"的拷问，也不纠结"我从哪里来，又要到哪里去"的疑惑。圣人说，五十而知天命。果如其言，我了然的是一个"道"字，老子的精髓。我知道了，我存在于世，即是宿命。我要做的就是"道"行于世。"道"字的结构是：首即是头，头上两点即是眼，眼高头低即是思，思之则走之。如是，可谓正"道"否？

　　2005年，我四十岁，正是不惑之年。要不是上天垂青于我，我在三十天的旅程里感悟到的东西，即使是用三十年的时间也未必能做到。这有点像金庸武侠小说里的练武之人，突遇奇缘，本来要用三十年才能打通的任督二脉，经绝顶高手短时间的倾力而为，这练武之人的最难点任督二脉由此通畅。

　　而我的奇缘却是大自然，大自然的鬼斧神工常为世人惊叹，可又不仅仅是惊叹两字可以了结的。叹而不思，惊而不悟，惊叹又有何用。悟道不悟，空为妄语。这便是我辈的浅薄之处。

说到奇缘，当然就在一个"奇"字上了。这个奇就是我没想到，在短短的三十天里，我从中国版图的最南到了最西。这两个地方给我印象最深的都是水，水的存在。可以说在以往，像我这样的人往往会忽略它。水的无处不在，恰恰是我容易忽略它的原因。再说，我的家乡堪称西南山水之乡，有闻名遐迩的大瀑布和数也数不清的瀑布群，有大乌江、南北盘江和千万条小溪。有山就有水，这是云贵高原的特征。贵州既是长江水系重要支系乌江的发源地，又是珠江水系的主要发源地。要说有什么地方因为水而震撼我是很难的，大瀑布、大江、大河、大湖、大海都是见过的，水于我来讲再平常不过了。然而，南海的水不一样、罗布泊和塔克拉玛干的水不一样，这种不一样使我受到深深的震撼。如果要用一句话总结我最深的印象，那就是：在南海上航行，除了水还是水，就是水的世界；而在新疆行走，到处都是水的形状、水的痕迹，却没有水。在戈壁滩里、在大山和峡谷中，你分明看见了小溪、大河、湖泊，可那只是水曾流过的痕迹和水曾经存在的形状。所以当我在塔克拉玛干的沙海里捧起一捧沙粒时，我的脑海里立刻闪现出那浩瀚无垠、波澜壮阔的南海。历史告诉我，这里在亿万年前也像南海一样，可是我眼前见到的却是33万平方公里的沙海，世界的第二大沙漠。细腻的沙在我手中根本停不住，像水一样滑溜，从我指缝隙漏掉。是的，年轻的喜马拉雅山脉抬升了，这里就不再是水的世界。我站在这茫茫沙海里，脑海里想的是，那时候，水一定哭了，这些沙就是干涸的泪珠。

先南后西，那年的十月二十八日，我到了祖国的最南方。对于我来讲，从没见过这样多的水，这水多得让我恐惧。小时候就知道有一个成语——波澜壮阔，到了这里，我才真正体会到什么是波澜壮阔。小时候也听惯了一首歌叫《西沙，我可爱的家乡》，歌词开头第一句就是:"在那云飞浪卷的南海上……"这首歌曲旋律优美,令人百听不厌;歌词更美,令人无限向往。

是的,人生在世,有很多向往是不可能实现的,我也早习惯了这样的现实。不过,有向往总比没有好,就算向往只是一个美丽的神话,我也要向往。能不能实现其实已不重要,重要的是我们有向往这样的过程,这过程其实就是一种美好在心里慢慢绽放。我很享受我的很多向往,虽然它们在我的脑海里近在咫尺却又远在天边,这并不要紧,要紧的是我享受我的向往,这些向往像美丽的神话萦绕在我心中,让我时时想起。令我没想到的是,这样一个我想都不敢想的向往,却在我的不惑之年实现了,我在云飞浪卷的南海上航行了九天八夜。

那是怎样的九天八夜哪!就是现在,九年都过去了,我依然不能准确表述心中的那些涌动着的思绪。

南海航行结束后,船在三亚靠岸。海南岛的三亚也是我向往的地方之一,有一首歌曲叫《请到天涯海角来》,以前很是让我激动和向往,可到了三亚,我却激动不起来,思考了半天才找到原因,什么天涯海角,去了西沙去了南海深处的人,还会激动于三亚?所以第二天,有人说,今天到三亚最美的地方去。我说,不去了,最美?还有西沙美?主事者说,当然西沙美,不过一般人去不了呀!我说,既然我去了南海、去了西沙,就是不一般的人了,一般人去的地方,我就不去了。主事者说,那——你不到"天涯海角"那几个字前照张相片?留个纪念嘛!我说,在西沙的礁石上都照了"祖国万岁"了,再在这照"天涯海角"还有意思吗?再说,这是天涯海角吗?至少去过南海深处去过西沙的人都会这样疑问的。主事者笑了起来,好!船昨天夜里才靠岸,你是应该好好休息休息,在南海上航行时,你是吐得最惨的。

这之前,我曾动摇过。动摇之前,我还英雄状地在驾驶指挥室里,与船长、大副谈笑自如。当我分不清东南西北,分不清大海和天空时,我还清醒地意识到,这一千多吨的船,在那惊涛骇浪中,就像一片树叶一样,浪起,船头被高高举起,浪伏,船头又深深地砸下。一朵朵浪花铺天盖地砸向驾驶室时,这时,我才觉得有点不妙。我问大副,他们呢?大副说,早走了。顿时,我眩晕得站立不住。要不是水手,我根本回不了卧舱。

在卧床上,我根本躺不稳,干脆任性滚下床,抱着水手拿来的桶吐开了。这辈子我没少吐过,像醉酒、像生病,可没像这样狂吐过。我感觉天旋地转,人轻飘飘的,像要死了一样难受。

在从事写作以前,我是个地质队员,在荒山野岭中也遇到过几次生死之险。在十万大山、在横断山脉、在东昆仑,我都经历过生死考验,可在海里完全不一样。在陆地上,再荒芜再险峻,我的脚可以告诉我真实,我的心不会恐惧。在海上,脚毫无用处,而五脏六腑告诉我,严重动荡,生不如死呀!上船之前,听说曾有人受不了颠簸跳海的,还说有人带了一只狗上船出海,狗也受不了跳海了。我当是玩笑。现在知道,这并非玩笑,我要是站得起来,走得出去,我也要跳海。

第二天,船靠岸了,我也记不清港口的名字了,只记得有人说,这是近海,到深海还很远。本来一靠岸,我就有劫后余生之感,这一听,立刻就恐惧起来。言谈之中我就往安全方面扯,意思很明了,希望知难而退。我想,只要多几个人附和,主办方可能会考虑。但是,我的想法还在萌芽阶段,几乎就被掐死了。几乎所有人都兴高采烈,根本不考虑什么安全问题。只有申霞艳表示了同感，她也是晕得最惨的之一。不过，她说了一句话后，我也不再动摇。她说，晕死算了。此生要到南海西沙也就这次机会了。西沙不是谁想去就能去的地方。

三天前，我们是何等地充满激情，什么叫激情澎湃，到了澎湃时才知道，那时候我们真的沸腾了。

临上船，南海渔政渔港管理局吴壮局长讲南海形势，而后是南沙问题、北部湾问题、西沙问题甚至钓鱼岛问题。他叫吴壮，身材并不高大，一副书生模样，却不丝毫影响他的果断。他思路清晰，言辞掷地有声、铿锵有力，充满感染力。在壮丽的南海图前，他胸有成竹，气势磅礴，无不体现出一个男人的魅力。

至今，每每想起吴壮，想起他在海图前的身影，我依然澎湃不已。这些年，南海问题、北部湾问题，还有钓鱼岛问题，几乎白热化了。很奇怪，只要遇到这方面的问题，我就想起吴壮，这个让我澎湃的吴壮，这个让我热爱南海、热爱西沙的吴壮。吴壮现在哪里？他是否退休了，不得而知。这个让我热泪盈眶的吴壮同志哟！

之所以尊称吴壮为同志，是因为他点燃了我心中从未消失的英雄主义和爱国主义，尽管这两个主义一直在我心中，但澎湃起来却是因为吴壮。他一直身临其境、身体力行。而我只能屹立高原面向大海，心花怒放。吴壮同志，您还在南海吗？什么时候，南海像您所说，在那云飞浪卷的南海上，盛开着一行行、一队队的浪花，让全国人民都"心潮逐浪高"，让所有中国人都说："那是祖国盛开的花朵。"这些钢铁之花，开遍南海，谁敢阻拦中国之花盛开，就给来个花葬，掩埋了它，让全世界都聆听花开的声音。

遥远的那天，吴壮同志在南海海域图前说的第一句话，是问我们知道美济礁吗？我们当然不知道。不知道不知痛，知道了才知道心痛。南海海域图，清晰而明了，我第一次那么亲近地看望南海，心中无限感慨，那时，我真恨自己没有才华赋诗一首，只能朴实地望着南海感叹——那是中国神奇的版图。

神秘、美丽、富饶是散落在南海上那些众多大小岛礁的形容词，这正是我心痛所在。仅北纬十二度以南的七十八万平方公里的南沙海域中，就有二百三十多个岛礁。其中岛十一个，六个沙洲露出水面，被周边六国七方所包围，而我国驻守的仅寥寥八个。八个？二百三十多个岛礁哪！

徐再林船长是个英雄，他曾在美济礁捍卫国家尊严。这是1995年5月13日发生的事，简称"5·13"事件。美济礁是那一海域中面积最大的一个礁，是一个宽阔的、准封闭型的环礁，中间形成一个潟湖，平均水深25米，在其西南方向无险滩，是一个良好的避风抛锚的好地方。无论在军事上还是经济上，都具有非常重要的位置。既然这么重要，就有人想打主意。

那天凌晨，中国渔政34号船在美济礁值勤。我们可以想象美丽的美济礁是怎样的美若仙境，我甚至想象徐再林屹立在船头，正欣赏海天一色的天堂美景。雷达却探清了有人来破坏，不，应该是进犯。4000吨级的登陆舰和一艘护卫舰，配备了大炮和直升飞机，直愣愣朝300吨的渔政船而来。一方是正规军人军舰——海军，一边是中国渔政管理人员。也没什么可怕的，徐再林心一横，把船打横拦在水道上，有本事撞沉老子，要不，你就停下，从哪里来滚哪里去。

上级命令渔政34号船力争将对方拦截在8海里之外，万一不行，则将对方拦截在5海里之外，迫不得已的情况下，将34号船横向沉没堵死南口主航道，誓死不让敌舰进入美济礁。

无疑，这是一个悲壮的命令。是渔政小小的 300 吨的船，最后让来犯者该滚哪滚哪去了。

徐再林是英雄，他的英雄表现在不是自沉堵道，而是大无畏的，有本事撞沉老子的 34 号船。渔政小小的 300 吨的船，最后让来犯者灰溜溜地滚回去了。徐再林有英雄之气、有过人胆气，当然，有这样的底气，是因为祖国强大。听到结尾时，我想起毛泽东的一句话："我们一定要建立强大的海军。"

现在的我知道了，也看到了，大国之魂——强大的海军舰队，正巡航在海疆上，一行行、一队队翻腾的浪花正盛开在云飞浪卷的南海上，永不凋谢。现在，正是歌如潮，花如海，欢迎朋友四方来的时节，朋友！你听到了吗？花开的声音。

九年前的那天，座谈会的结束语当然是吴壮同志的声音，这声音到现在还似乎在我耳畔炸响。他说，我问过无数的人，问他们我国的国土面积是多少？他们都回答我说，是 960 万平方公里。我说，不对，仅在南海，就还有祖国的广阔无垠的海洋国土，这也是中国的版图。

那一刻，吴壮同志在我眼里，不再是个书生，而像一个投笔从戎的大将军。现在，也许他已退休了，这不要紧，要紧的是我们的万吨战舰，正在南海巡航，正在保卫南海，正在捍卫中华民族的尊严。

徐再林 1995 年在 34 号船当船长，十年后成了 302 船的船长。南海之行，他是我们的船长。302 船绝不像 34 号船只有 300 吨，它是一艘千吨级的渔政船，今非昔比呀！

要是我没能到西沙群岛，我一定后悔死了。怎样到的西沙，我已记不住了，没法记住，在船上昏睡了几天，船上的事也记不住几件了。

印象最深的之一是深海钓鱼。应该是在海上第四天吧？我晕头晕脑的，仿佛听见甲板上欢呼声响起，晃悠悠地站起来，良久才发现船不晃悠了，是我自己在晃悠。顿时我来了精神，快步爬梯走向甲板。到了甲板上，先吓了我一跳，海不是蓝色的了。我顾不上看同伴们为什么欢呼，赶紧抬头看天空，天还是蓝的，而且是蓝透了的那种蓝。这样的蓝，恰当一点讲该叫碧蓝吧！这碧蓝的天空像蓝水晶一样晶莹剔透，这样的天空，我在东昆仑见过，但这里似乎更加辽阔。

蓝海蓝天一色，当然会更辽阔，我惊讶的是海水怎么就黑黝黝的了，像墨水一样黑。忙问水手，才知道深海就是这样的。不是水黑了，而是水太深就显黑了。在这黑黝黝的水里，人的眼睛和鱼的眼睛区别就大了。我们盲目地丢下鱼饵，鱼儿几乎同时准确地就咬上钩了，拉线收鱼使我们手忙脚乱。这不是钓鱼，基本上是随手取鱼。大家欢呼雀跃，是必然的。

印象最深的之二是捞小鱿鱼。浪大，船靠不上岸，就抛锚在离岸几公里的浅海。当然，这样的浪还不足以使我晕船，晚餐就在甲板上吃了。晚霞过后是星空，美得没法形容，只有置身于此的人才能感受到那是怎样的一种美。钓上来的鱼，摆满了一桌，很少人问津，倒不是鱼不好，还有什么地方的鱼有这里的好呢？主要是这几天上顿鱼下顿也是鱼，味蕾对鱼已疲乏了。

大副走来说，我已烧好了一锅水。烧好了一锅水？什么情况，不懂。大副说跟我走。好奇是我的天性，无须明白，我跟着他走。到了海水处，顺着他的手电筒一看，我大吃一惊，只见水里密密麻麻地闪着光点，像夜空中满天闪烁的萤火虫。

还没等我回过神来，大副用网兜往水里一捞，一网兜晶莹剔透的小鱿鱼出了水。他把小鱿鱼往锅里一放，迅速灭了火，再用漏匙捞进碗里，用手抓起就往嘴里送。看他吃得津津有味，我也抓起就吃。我真的没吃过这样的鱿鱼，太鲜美了。

印象之三是西沙群岛中的永兴岛。西沙群岛，也称千里长沙、万里石塘。它地处南海的中西部，由 34 个岛礁组成，海域面积 1700 平方公里。它位于北回归线以南，雨量充沛，岛屿海域的水温年变化不大，是天然的好渔场。永兴岛是西沙最大的岛屿，它的卫星岛叫石岛，石岛与永兴岛有一条 300 米长的栈道相连，是西沙群岛的最高点。石岛上那些珊瑚礁千奇百怪，突出于海的部位，酷似龙头。站在龙头之地，一眼望去，耀眼的阳光下，海面五光十色，近的浅蓝，远的碧蓝，在这近与远之间，交替纵横着淡青、鹅黄、蔚蓝、嫩紫……一时天地间，柔和、妩媚、宁静、瑰丽，人生有缘置身于此，此生知足也。真是心旷神怡！大快人心哪！

一块巨大的礁石壁上，"祖国万岁"几个血红的大字特别显眼。这一刻，油然而生的是自豪感。这自豪来自于内心深处，这天堂一样的西沙是祖国神圣不可侵犯的版图。我久久地注视西沙主权碑，久久地注视收复西沙纪念碑。日本法西斯入侵西沙时残留的碉堡就在不远处，这是历史的罪证，谁也不能忘记（顺便说一句，有的人死不认罪，还忘记罪恶，我要说的是，至少每一个中国人不能忘记，还要警告有的人，不要瞎了狗眼，不认罪，不等于无罪。忘记罪恶，只能说你还是恶魔。行恶者，得到的一定是恶，这是亘古不变的真理）。

"人不犯我，我不犯人，人若犯我，我必犯人……"站在西沙永兴岛的龙头礁上，我脑海中响彻的声音是毛泽东同志的这句名言。

慨而慷后，我一低头，大吃一惊，看见金灿灿的波光下，浅蔚蓝色晶莹剔透的海水里，密密麻麻都是鱼，那鱼绵延不断地伸向远方，我从没见过这么多的鱼。是不是只有在天堂才能看见？我深以为然。

老子说，道生一，一生二，二生三，三生万物。万千思绪，我说了三，也就无须再说。总之，西沙印象于我，至死不忘。人生在世，永生不忘的东西，确实太少了。

此生可能再也没机会去南海到西沙了，这也并不重要了，重要的是在我的心里，永永远远地记住了南海、西沙——那是中国神奇的版图。

从三亚起飞是晚上 11 点，可是晚点了，大约是凌晨 2 点才到达贵阳机场。回到家中，已是凌晨 3 点钟了。一进屋，当然吵醒了妻子。妻子见我收拾行李，有些惊讶地问，你这是干什么？

我说，来不及了，早上 7 点 40 分的飞机。飞新疆。

妻子说，你疯了。出门都半个月了，刚到家又走，有你这样的人吗？还不如不回，直接去新疆得了。

我说，南边和西边一样吗？西沙 35 度，罗布泊有多少度不了解。天气预报说这几天乌鲁木齐才零度。我回家拿羊毛衫。

妻子说，什么？你要去罗布泊？你找死呀！

就这样，我从祖国的最南边，去了祖国的最西边。

从最南到最西，首先是适应气候和时差。气候是我预见到了的，当我在天山面对天池以及遥目可及的天山最高峰之一博格达雪峰时，刚从 35 摄氏度的南海来的我，感觉异常地冷，一喘气，顿时热气弥漫。（南方人都知道，即使是在冬季，冷得哈气成雾的时候，的确少见。）我扭头看陪同我来到天池的王伶，有些惊讶，而她此时还穿着裙子，披着一条披肩，一副灿烂的模样。王伶是我见过的作家中最能歌善舞的人了，在鲁迅文学院时，她是我们班搞文艺活动时的女主持。

在三亚时，我与孟繁华先生通话，顺便告诉了他我要去新疆。孟先生说，新疆呀！是个好地方。我说，您说说印象最深的。孟先生沉吟片刻说，到处是水的模样，却没有水。一时我不懂，也不好再问。

在东天山，我看到了大雪山、天池、河流，还有新疆最大的城市乌鲁木齐。乌鲁木齐在维吾尔语里是优美牧场的意思。于我来讲，我宁愿看到优美的牧场，而不是城市，宁愿看到万马奔腾，而不是汽车塞道。是的，这个世界总是与我们的愿望相去甚远。乌鲁木齐早已不是优美牧场，这是事实。在世界上有多少美丽的地方变成高楼林立，也是事实。世界上还有多少美丽的地方没有高楼耸立呢？

一同前往罗布泊的还有地质队的王副队长。王副队长在野外工作了二十多年，可谓身经百战。喀喇昆仑、阿尔金山、天山、塔克拉玛干、罗布泊等新疆最为险峻最为荒芜的地方，都有他的脚印和身影。有这样的人在，要我消失在罗布泊太难了。我见到这位老地质队员时，他正面对着一张罗布泊卫星图。王队长身材高大，一张脸朴实而坚毅，岁月的沧桑痕迹在他脸上一览无余，黑红的脸色，褶皱的皮肤，信任和敬佩油然而生。

他虽显老，但"老"中却分明透露出硬朗。我在地质队长大，见识过很多这样的硬朗，你别看现在四十五岁的他像长了十岁的人，可再过十年，他还这样，再再过十年，他也还这样。1984 年，我的分队长也刚好四十五岁，后来当了省地质局的总工程师，再后来退休了，前不久，我见过他，快七十五岁的人了，仍然健步如飞，模样与当年变化不大。三十年哪！听起来很吓人，可他的变化真不大，依然是黑红的脸，褶皱的皮肤。要说有变化的只是眼睛不一样了，这不一样也只有我这样当过地质队员的人，才能感觉出来岁月的痕迹烙印在了眼睛里。那眼神，只要你一望，就永远难以忘怀，难以用语言表达。如果，非要表达的话，只有一句"阿弥陀佛"了然，这眼神像佛光普照，大慈悲！

王副队长就像我当年的老分队长一样，在图上指点着，给我讲解得非常仔细。不同的是，当年，我的分队长手里是一张1958年中国人民解放军总参测绘局绘制的一比五万的地形图，而王副队长手里是一幅一比一百万的卫星图。王副队长指着罗布泊大耳朵的耳心说，我们去这里。

过达坂城时，一曲美妙的旋律在我耳边响起。在我的眼前，维吾尔族歌唱家克里木似乎在快乐而幽默地载歌载舞。是的，像《达坂城的姑娘》这样美妙的歌曲越来越少了，像克里木这样能歌善舞的歌唱家也越来越少了。

王副队长很喜欢这首歌曲，就是不太满意王骆宾改编的歌词。为什么要别人"带着百万钱财，领着你的妹妹，同坐马车来"？他说，太俗、不雅。他说还有一个版本，李双江等歌唱家唱过，旋律更好！歌词更好！不知为什么克里木没有唱这个版本的。我也有同感，这个版本我也会唱，唱过后，就不再唱王骆宾的那个版本了。现录不同于王骆宾版本的歌词对比一下看：

自古以来人人都说达坂城是好地方
达坂城的风光好，牛羊肥又壮
达坂城的姑娘美，小伙子也漂亮
热爱劳动心灵手巧诚实又大方

达坂城的甜瓜大西瓜是大又甜

不知情的人儿他摘瓜甜瓜也变酸
为了摘瓜我身上挨过三千六百皮鞭
就是再挨一万六千皮鞭我自己也情愿
……

这个版本的结尾要含蓄而优雅些。王副队长也深以为然。他说，其实还有一首200年前流传至今的《达坂城的姑娘》民歌，达坂城的姑娘名叫"阿拉木罕"。歌曲婉转悠扬、悲戚而美艳。说完，他情不自禁地哼唱起来："我的梨儿散落在地，你愿不愿意为我拾起？想要吻你我却不够高，你可愿为我弯下腰……"他唱出来的味道是那样地愁郁而又温婉。悲戚的结局是，阿拉木罕不得不离开达坂城。这样的离散，在不同的年代，在不同现实生活中，可谓屡见不鲜。可是，这首歌子流传了两百年，这是需要多么伟大才能做到呀！旋律实在太美，歌词实在太美，我的眼睛蒙眬了，我的心潮湿了。我的舌根像生津了一样，一丝丝淡淡向喉咙潜流，我知道，这是泪水的味道。

这样的味道，真是久违了。为什么这样美妙的歌子，流传了200年了，并没有名满天下，为当今世人所知，而王骆宾根据其改编的词曲，却享有盛誉，传遍了世界呢？是不是优雅的东西俗气了，就容易传播呢？是不是非要改编呢？是不是不改更好呢？实事求是地说，我是这样认为的，有的民歌需要改，有的不需要改；不需要改的，你也改，不是你有私心，就是妄自尊大。

达坂城位于天山东段最高峰博格达峰南部，原来只是一个极不起眼的小城，风沙是这里的常客。据达坂城的老居民介绍，二十世纪四五十年代，这里只幸存几棵榆树和二十几户无处躲藏的人家。不可否认，是一曲王骆宾改编的《达坂城的姑娘》使这里名扬天下，享誉海内外。如果,当年王骆宾来此采风,听了这首民歌,并不改编它,依然介绍出去,又会是怎样呢?当然,这世界的残酷就是没有如果。

无论是王骆宾版的,还是李双江演唱的,都是好歌。可这于我,听了王骆宾版的,好!于是学而唱之,再听了李双江演唱版的,也好!于是也学而唱之,不再唱前一版。而听了这200年前的后,我想,前两版我该忘记了。其实,不用我忘,这之后,满脑子里响彻的都是这首原始的歌。

过了吐鲁番,又一首美丽的歌子随风飘进了耳里,那是关牧村浑厚的女中音。《吐鲁番的葡萄熟了》,这首家喻户晓的歌曲,曾让我对吐鲁番有着无比的向往。吐鲁番就在眼前,见不到有生长葡萄的模样。山又光又秃,地又干又净,见不到一棵树一丛草。汽车掠过一座座山、一条条沟壑,到处都有水的模样,却没有水。我不禁问王副队长,水呢?他说在地下十几米有,叫坎儿井。吐鲁番盆地有坎儿井一千多条,总长度达3000多公里,它是中国最伟大的水利工程之一。我说葡萄在哪点?他说在葡萄沟。我很失望,终于没好意思说,看看去。我们的任务是去罗布泊,那儿有一个地勘小组。

吐鲁番盆地属大陆荒漠性气候,干旱炎热,蒸发量高达3000毫米,夏季最高气温有过49.6℃的纪录,中午的沙面温度最高达82.3℃,因此自古有"火洲"之称。由于盆地气压低,吸引气流流入,这里也是我国有名的"风库"。难怪从达坂城一路下来,见到很多巨大的风扇在风中转动,这是风力发电,是世界上最环保的发电方法。王副队长说,达坂城的春季风暴,每秒达50米,七角井吹下的大风,曾吹翻过往的车辆。

再往前走,一路没什么看的,还是一座座山又光又秃,一条条沟壑没有溪水。到了火焰山,当然要停下来看看。火焰山是中国的热极,初看它的表面寸草不生,但山腹中的沟谷却绿荫满目,溪水潺潺,成为热极中的"花果园",著名的葡萄沟就在这里。火焰山区又是中国的低极,王副队长说,我们目前站着的地方,低于海平面150米左右。由于火焰山本身具有独特的地貌,再加上《西游记》里有孙悟空三借芭蕉扇扑灭火焰山烈火的故事,使得火焰山闻名天下。吐鲁番盆地的土著民族是姑师人,他们早在2200年前就进入了文明社会,建立了车师国。不过,车师国和许许多多星罗棋布的小国一样,根本经不起大自然变迁的法则,一个个次第消失。在这不可避免的消亡事件中,最有名、最引人注目的当推楼兰古国。

从乌鲁木齐到哈密大约600公里,我们预计在哈密住一晚,第二天进罗布泊。

半夜才到哈密,疲惫至极,倒床便睡。到了哈密不知哈密啥样,甚至正宗的哈密瓜也没吃上,不能不说是一种遗憾。这样的遗憾不要紧,因为哈密既然是一座城市,并且是一座地州级城市,只要你愿意起这个心,无论两个城市地处南北东西,或一个在天涯一个在海角,或一个在地角一个在天边,只要你愿意,或者说愿意辛苦一点,一天之内,没有你到不了的城市。

假如,哈密不是现在的哈密,假如,我愿意的辛苦不是一天,而是一年的话,我不会留下任何遗憾的。唐三藏从长安走到这里,最少得小半年吧!我从黔中郡来,一年能到这里算是一路顺风吧!

我想象骑着骆驼,随着西行的骆队,不远万里还一路千辛万苦来到哈密,我要做的第一件事绝不是睡觉,一定是在祈祷。

可我万万没想到去罗布泊也很容易。一条笔直的公路在一望无边的盐碱地上延伸,像在大地美丽的脸上划破了一条长长的伤疤。我不知道为什么会这样来形容眼前这条漂亮的公路。事后,静下来想时，更是确定我当时脑海里闪念的那个词是准确的，当然是伤疤。这伤疤，破坏了我对罗布泊的美感与想象。当我在卫星图上看到罗布泊时，是那样地心潮澎湃，罗布泊色彩斑斓，简直美不可言。特别是那大耳朵，轮廓分明、层次立体，给人的就是一个词——震撼。

当卫星图上的大耳朵，第一次进入我的眼帘时，不由叹息大自然的鬼斧神工，继而是我大脑里频频闪烁的臆想，莫非它的存在，就是为了倾听浩瀚星空的声音？它一定听到了原子弹、氢弹的爆裂声，耳朵还好吗？

罗布泊的大耳朵，可谓大名鼎鼎。美国宇航局发射的地球资源卫星从900公里高空拍摄到的罗布泊湖盆，形似人耳，有八道耳轮线，还有耳孔、耳垂。科学家解释了这种奇异的自然地理现象：大耳朵其实就是罗布泊不同时期干涸的湖盆，如果把大耳朵的套放在有地形标高的地形图上，你会惊讶地看见大耳朵的面积竟然达到450平方公里，谓之地球之耳，名实相符。而罗布泊洼地中海拔780米的等高线，却又是大耳朵立体感超美的前提。清晰漂亮的耳轮线，见证了罗布泊湖水的盛衰。这其中不知经历了多次反复退缩，每收缩一次，就形成一道耳轮线。随着湖水的逐步减少，湖盆呈同心状收缩，最后干涸。罗布泊原本就是盐水湖，干枯后留下的是一层盐壳。"大耳朵"为什么在卫星图片中那样色彩斑斓，美丽无比？那是因为盐壳结晶为无数粒状晶体，在光的作用下，从太空往下看，即便是色彩斑斓这样的好词，也不达意。还是想象，试着想象一下，可能是另一种景象。也许，每个人的想象不一样，景象也不一样，一样的，一定是每个人的心情，这样的心情，本无法也不可言传。如果非要有一个词来讲，那就是：心旷神怡再加上心花怒放。

罗布泊的太空照片在1972年公布后，大耳朵从此被誉为"地球之耳"。它的另外一个名称挺吓人的,叫作"死亡之海"。为什么叫死亡之海呢?王副队长说,近半个世纪以来兴起多次开垦浪潮,大批内地人迁移西部组成建设兵团,开展土地平整运动,塔里木河两岸人口激增,水的需求也跟着增加。扩大后的耕地要用水,开采矿藏需要水,人们拼命向塔里木河要水。几十年间,塔里木河流域修建水库130多座,盲目地扩张,像个吸水鬼,终于将塔里木河抽干了,致使塔里木河流域由20世纪60年代的1321平方公里萎缩到1000平方公里,320公里的河道干涸,沿岸5万多亩耕地受到威胁。60年代,因塔里木河下游断流,罗布泊迅速干涸。到1972年,罗布泊彻底干涸,周围生态环境发生巨变,草本植物全部枯死,防沙卫士胡杨树成片死亡。沙漠以每年3~5米的速度向罗布泊推进,很快和广阔无垠的塔克拉玛干沙漠融为一体。罗布泊从此成了寸草不生的地方,被称作"死亡之海"。

　　地球之耳,死亡之海,这两个词组,确实天差地别,几乎看不出有任何内在联系,就是顶级的造词造句高手,也绝无可能理解地球之耳即死亡之海。只有大自然办到了,它让这两个天差地别的词与现实景象高度统一。

　　罗布泊意为多水汇集之湖。如今,这里别说湖了,更无多水之说。没有了水,还泊什么呢?罗布泊在秦汉以来叫蒲昌海、牢兰海、孔雀海,到了元代也还称罗布淖尔——多水之湖、汇集之湖。就是在1942年,还尚存水域3000平方公里,也算大泽吧!可短短30年,到1972年,罗布大泽彻底干枯。从让人充满美丽想象的孔雀海到多水之湖再到死亡之海,这个过程只有用震惊、可怕、残酷等词汇来形容。

　　是的,孔雀海、死亡之海,同样是海,却是两样的景象。

大自然的可怕之处就在这里，人的可怕之处也在这里。地球几十亿年的演变过程，证明了大自然的可怕；人类有史以来的五千年繁衍过程，记载了人的可怕。同样是可怕，不同的是前者为自然法则、自然规律，它的特性是不可控，不能任意改变。而后者为人为因素、人为任性。任性的特点就是妄自尊大，目空一切。是的，人为万物之灵，但凡有生命的，不管是动物还是植物，事实证明都无法与人争锋，任性由此产生。可怕的根源就在这任性里。有人研究天，研究地，研究动植物，被称为科学家。这些人越研究越感觉人类渺小，他们唯一能做的就是敬畏大自然，敬畏自然的法则和规律。可是，这部分人毕竟是少数。人类史告诉我们，少数人任性并不可怕，可怕的是大多数人都任性，主要体现在贪婪、无知、自大。

贪婪最为突出的表现为不计后果，肆意妄为；无知最为突出的表现为无畏，所谓无知者无畏；自大最为突出的表现为目空一切，毫无敬畏之心。

人类的任性已经让地球的生态环境到了一个非常危急的时刻，这几乎是不争的事实。可是有多少人在真正关心呢？又有多少人真正感觉忧患呢？当然，人与自然的冲突从古到今从未停止过，而今天尤为剧烈。是的，当老虎岭没有了老虎，当野鸭塘没有了野鸭，当青松坡没有了青松，或者，当石油城没有了石油，当煤都没有了煤，这样的任性还能有多久呢？伟大的老子，早在两千年前所著《道德经》里，就已经有了结论：认识不到和不遵循自然法则和自然规律，其结果只能是自食其果。老子从不任性。

说起罗布泊的神秘，不亚于百慕大，一个是陆地上最神秘的，一个是海洋中最神秘的。罗布泊有一个广为人知的不解之谜，就是彭加木的失踪，几十年过去，依然为世人所关注。我听过也看过无数关于彭加木失踪的传说和文章，但，王副队长的话，一直是我信服的。王副队长说，彭加木说是去找水，却没有往低处走，而是反向而行。这是一个地质队员起码的常识，他不会犯这种低级错误。王副队长说，他所在地质队的技术人员，无数次穿越罗布泊，从未出事。像余纯顺莫名其妙就死了，不解。王副队长说，真是莫名其妙。前有保障车十公里就放水放食物，后面还有人追踪。还真就死了，怪哉了。王副队长曾数次穿越罗布泊，可没有电视台追踪，更无众多保障和向导。地质队员曾先后几百人次进入过罗布泊，只有三人因迷路而死亡。

今天，我与王副队长进罗布泊的第一个任务，就是去看望一个地质小分队。一路上我们几乎没有遇到过任何车，却无数次看到海市蜃楼现象。我从未看到过，因而当它出现时，我以为是真的。当意识到前方是海市蜃楼，我并没有大喊大叫，只是按捺住内心的激动，眼睛瞟向王副队长，见他一脸平静和从容，大惊小怪之状，绝不会在一个老地质人身上出现。

于是，我只好保持姿态继续看着车窗外。广袤的大地，空旷无比，这样感觉车很慢，看车速表已达每小时140公里。心开始神游，如果罗布泊是一张脸的话，那么这条公路就是一条长长的疤痕，而我们的车，就像一只螨虫在其上爬行，要爬到大耳朵之中心，的确不易。当时我为什么会闪出螨虫这个词，事后一想，就是卑微。在那样广袤而神秘的天地里，心，就是卑微，渺小。

公路两旁是黑黝黝且闪着白光的土地，这是盐结晶与泥混合成壳，密布成一望无际的盐碱地。这盐壳坚硬无比，像刀锋一样，车根本不能在上面行走。王副队长说，钾盐是国家急需的重要矿产，而根据地质工作分析，罗布泊湖盆地内最后干涸，也就是卫星图上极像人耳的区域，是钾盐最丰富的地方。1988年，地质分队进罗布泊探钾盐矿时，吃尽了这盐碱地的苦头。盐碱壳之硬，你就是把铁镐举过头顶狠狠地劈下去，震得人双臂发麻发痛，也只能挖出一个白点点来。只好用钢钎，一把八磅大铁锤几个人轮换着打，钢钎就是不往地下钻。几番过后，终于打了一个洞，才放了一炮，那白花花的盐四下飞溅。巨大的蒸发量与几乎为零的降雨量，是这里成为死亡之海的主要原因。因此，要建钾盐生产基地，水是关键。也就是说，地质人只找到钾盐矿还不行，还得找到水。这水从天上来，不可能。从气象资料来看，这里降雨量几乎为零。从地上来，也不可能。塔里木河、孔雀河、车尔河、疏勒河的水，早就因为自然因素和人为因素汇集不到这里了。现在要想恢复水波荡漾，几乎是天方夜谭。只有一种可能，问地下要水。没有水，要建钾盐生产基地，也是天方夜谭。于是，地质队来了，探矿、找水。

  王副队长说，地质人在盐碱地上钻洞、放炮、挖坑，真是不易，天气热，高达50℃，人在坑里作业，一股子灼烫的热气直蹿脑门，汗如雨下，头晕脑涨。地质分队在盐壳地上搞了罗布泊第一个坑探线，这条线为后来国家建立罗布泊钾盐基地打响了第一炮。通过10年的工作，地质分队在罗布泊核心区域完成了水文地质普查3000平方公里，详查1254平方公里，水文地质钻探5939米，成井26口，单井最大出水量每天1608立方米；矿化度最低为1.6克/升，为国家钾盐开发提供了水源保障。最值得惊喜的是，在红十井两处打出的自流井，汇集成了局部的小湖泊，没几年就长满了郁郁葱葱的芦苇。他们栽下的几棵树也碗口粗了，再过几年就会成为参天大树。罗布泊在王副队长的嘴里，不再让人恐惧，反而觉得充满希望。罗布泊再成大泽湖泊呢，是我们共同的良好的愿望。

是的，愿望是好的，现状是令人堪忧的。这样的感觉，在我见到地质小分队的成员们时，尤为沉重。说实话，在曾经的大泽中找水并不难。不见了地表水，地下水还是有的。我说的沉重，准确一点，应该是忧虑。没错，急需的钾盐是要开发，可罗布泊的地下水将不再晶莹剔透。要说大量的工业用水，对罗布泊地下水没有污染，这一定是说瞎话，关键在用水的人。

小分队有七名队员，队长是一个老地质。他四十出头，看起来却五十有余。队员们都很年轻，都是刚毕业几年的大学生和硕士、博士生。两女五男，是这个小分队的成员组合。在以往的记忆中，像这样的一线地质小分队，很少有女地质队员。我干了八年的野外一线地质找矿，也当了七年的小分队负责人，从未要过女队员。分给我，我也不接纳。原因很简单，地质工作流动性大，且都在荒山野岭，有许多不便，这是非一线野外地质工作人员无法想象的。

两名女队员有着地质人特有的美。虽然，几年的野外磨砺，使她们的脸上有风雨的痕迹和些许沧桑的味道，可这并不影响她们的美丽。这美丽是端庄的、自然的、健康的、真实的。

王副队长说，十年前，他接待过一位作家，叫黄世英。问我认识否？我说当然认识。他写过《世界屋脊的太阳》《胡杨》《男儿要远行》《天涯孤旅》等电影，影响很大，是中国国土资源作家协会副主席，我的前辈和老师。

这次来新疆，我的主要任务就是采访，写一部有关西部找水的报告文学。有的人可能会迷茫，中国的大江大河主要发源于西部，西部缺水吗？答案是，严重缺水。

据了解，西部地区目前尚有569个县（市）、近4000万人面临缺水难题，其中缺水严重的197个国家级贫困县的人口近千万，面积达 214 万平方公里。时任国家发展计划委员会主任曾培炎曾指出，西部大开发的当务之急不是修机场、建公路等基础设施建设，而是找水。大力开发西部的水资源建设，然后在保护西部生态环境的前提下，进行可持续发展战略。

水资源短缺是一个全球性的大问题，中国是严重缺水的国家之一。也许有人会认为，这太惊世骇俗了吧！事实就是这样。

《南征北战》有一个场景，至今仍让我难以忘怀。说的是山东战场，有一支部队经过一条不知名的河流，战士们踏水过河，并用手捧水痛饮，完了，说了一句满怀激情的话："又喝到家乡的水啦！"我始终相信，凡是看过的人，无不会被那战士的深情所感染。是的，还有什么能比青山绿水更能触及人们对家乡的眷恋呢？那么现在，还有能让你这样痛饮的河流吗？

小的时候，青山绿水是我对这个世界最初的认知。在记忆中，水是那样的晶莹剔透，山是那样的青翠葱郁。山里那些小溪小河自然不用说了，就说城里的河流吧！我的家乡贵州铜仁市有三条河穿城而过，随便下到那条河游泳，从不担心呛水，游泳中多喝几口水，从未听说谁有闹肚子的事发生。现在，游泳还可以，嘴巴可得闭紧了，一个不小心咽下几口水，你就有麻烦了。我的家乡由于地处以秀丽而闻名天下的武陵山脉腹地，因而还算好，麻烦不大。很难想象，还有几座城市中的河水还可以这样畅游。城市对地下水过度地索取，已经严重影响城市的安全，这也是不争的事实。中国水资源总量的三分之一是地下水，而全国 90% 的地下水遭受了不同程度的污染。据报道，有关部门对 118 个城市连续监测，数据显示，约有 64% 的城市地下水遭受严重污染，33% 的地下水受到轻度污染，基本清洁的城市地下水只有 3%。80% 的疾病与不合格饮用水有关。根据《全国环境质量报告书》（1993），在中国，只有不到11%的人能喝到符合我国卫生标准的水。在饮用自来水的2亿人中，1.1亿人饮用的是高硬度水，7000万人喝的是高氟水，3000万人则喝着高硝酸盐水。因为大部分作为水源的江河湖海，都受到了工业及城市排污的污染。很可怕，很震撼。

美丽的天山是世界上七大山系之一，地处欧亚大陆腹地，全长2500公里，在中国境内有1700公里之长。天山呈东西走向，壮丽的山脉横亘耸立，将新疆大致分成了两个部分，南是塔里木盆地，北是准噶尔盆地。

咱们新疆好地方呀！天山南北好牧场，戈壁沙滩变良田，积雪融化灌溉农庄……这首歌无疑是我对新疆最美最深的印象。歌曲旋律优美，什么叫闻歌起舞，听到此曲便知一二。可是，当我到了天山南北这两个中国最大的大盆地，却是满目黄沙。在塔克拉玛干的腹地，我简直无所适从。从水的世界来到沙的世界，这样的落差的确需要适应。沙丘像起伏不断的浪头，浩瀚无垠。在南海，我感觉自己像一滴水，融入了那广阔的蓝色世界里，渺小得几乎没有了自我。可我又感觉，我分明无处不在。在浩瀚的水世界，我是哪一滴水，确实已不重要，重要的是我的心在这辽阔中开阔了。我不再纠结我是谁，我就是一滴水。诵读老子经典时，有一句上善若水，在那儿我算悟到一二了。五年后，我写了一首480余行的长诗，记录了我在南海水世界和塔克拉玛干沙世界的感悟：

世界上理想主义的道路

从来都是一条

充满起伏跌宕的河流

如果一滴水、千万滴水

不曾有着艰辛而漫长的汇集

就不会有大地抒情诗一样美丽的小溪

如果一条小溪、千万条小溪

不曾有着与千山万壑、千难万阻

较量的勇气

就不会有大江大河的汹涌澎湃

在这汹涌澎湃里

每一滴水都是英雄

都洋溢着战斗的英雄主义

有了这样的精神

才有了大江大河的浩浩荡荡

不可阻挡、一泻千里的气概

是的，一滴水曾经是那样的不起眼

可是，只要亿万颗水滴团结起来

就能成为大海

浩瀚无垠、波澜壮阔

大海才是万物之源啊

水是无形的

无形的优势

是它可以变成任何一个形状

在峡谷里它是急流

在悬崖上它是瀑布

在盆地它是明镜

在天空上它是云彩

在云朵中它是雨滴

在南风飘的时候它是雾霭

在北风刮的时候它是雪花

这便是水的属性

遇坚而刚、水滴石穿

遇软而柔、润物无声

这便是水的精神

团结而和谐

也许有人会认为

一滴水融入了大海是令人恐惧的

一滴水在浩瀚的大海里

还有那滴水吗

因而宁愿是绿叶上一颗晶莹剔透的露珠

美丽在深山里

那么我们告诉你

这是典型的自私自卑自闭

在一个晴天

你的美丽也许只能是昙花一现

一滴水于弱者是泪、于强者是汗

一滴水向往大海而艰苦卓绝的过程

于弱者是灾难

于强者是财富

这就是事物的唯物的辩证法则

我算不了强者，但心却越磨越坚。这样，我就不再为些许小事揪心不已，少了不少的麻烦事。

老子曰，道生一，一生二，二生三，三生万物。两千多年了，老子的智慧，依然让我辈自惭形秽。在这次旅行之后，我才真正地感觉到以往的无知和浅薄哪！

从东天山到罗布泊，经古楼兰、若羌到阿尔金山北麓的且末古城，再穿越塔克拉玛干大沙漠到达西天山，感受无法形容，说太美了，实在是太俗太笨。可是说什么呢？说不好，只好无语。

对一般人而言，大沙漠无外乎广袤、苍凉、荒芜。于我而言，就不一样了。我走的是地质人走的路。地质人的路，其实就是没有路。人迹罕至，是地质人的行走特征。我来到这里，不仅仅是穿过那条横贯大沙漠的高等级公路，更主要是进入沙漠腹地，去寻找地质人的足迹。虽然这足迹，于大沙漠而言，它也许不超过一天就荡然无存。并不夸张地说，甚至你刚走过，再往回走，或许就看不见自己留下的足印。在沙地，你不能以雪地的常识和经验来判断什么，特别是在这样的大沙漠。据说，在这里，沙随风而动。明明头天还见几个大沙山是这样的，第二天一看，这大沙山成那样的了，你简直不敢相信自己的眼睛。至于成哪样了，言传很困难，只有亲身体验。大沙山都能这样了，何况人类小小的足迹。

我说的足迹，是地质人留下的钻井。要不是有一根钢管高高地露出沙面，没人会相信，这地方会有一口水井存在。这口井的出水量还不小，日出量可达700立方米。据了解，不同的地勘单位，在塔克拉玛干大沙漠打出了不少这样的淡水井。是的，在大沙漠腹地找到了水，简直就是奇迹。

我无法想象，当年，这里曾人声鼎沸。

面对这黄沙的世界，我久久无语，而此时，脑海里浮现的却是南海的水世界。我唯一的反应，就是不断捧起黄沙，任其在指缝间像水一样流失，周而复始。我抬头仰望苍天，苍天无比地湛蓝，像南海一样地湛蓝。在那波澜壮阔、云飞浪卷的南海上，我是哪一滴水呢？而眼前一望无际的沙海，广袤而苍凉，又使我生出对沙的恐惧，我又是哪一粒沙呢？王副队长忍不住诧异地看着我。在他的目光下，我又捧起黄沙，脑海里尽是水滴和沙粒，它们此时正滴滴答答地落入我的心房，这不是沙，这是水干涸的泪滴。

在昆仑山上

一

你见过的天空，是我见过的那一种吗？

自从我见过这天空，就不再相信还有什么样的天空，能比得上我见过的这一种。

是的，在看见那天空的一刹那间，我的心胸一阵紧缩，接着一声痛快的呐喊涌出了我的喉咙——这是我的天空啊！

我是站在海拔四千九百米的一处山脊上，喊出这一句话的。说是呼喊，其实是在呻吟。那时我已累得不行了，坐在一块狰狞且黑黝黝的石头上喘着粗气。

人累极了，仅仅低着头喘气是不够的，一定要扬起头来。就在我扬起了头狂吸一口气的那一瞬间，我看见了，看见了我的天空。我的天空湛蓝湛蓝的，蓝得像透明的翠玉一样鲜嫩。

我举起双手呼喊，可那是一种没有声音的呼喊。我是想发出一声惊呼的，但咕噜在我喉咙里的声音，似乎被我深深吸进了胸中，并在我的胸腔里一阵翻腾，变成了阵痛的呻吟。

在这个地方，你才知道太阳是怎样地光芒四射。光线像金色的发丝在湛蓝中任意穿行。雪峰顶像雄性十足的头颅，昂然挺立，呈银色，衬出它的威仪与深邃。

天空蓝得透亮，像神话里蓝水晶般的世界。我甚至不能第二次扬起手来，我怕一不小心，指尖划破了这神话般静谧的湛蓝色世界。

越怕什么就会出现什么，这是人与自然世界默契的一种存在。就在我被这湛蓝的天空惊呆了的时候，一双手从静悄悄的天空里伸出来，进入了我的视野。这双手又粗又黑，一下子刺破了这巨大而透明的蓝色玻璃，我的心似乎也能听见玻璃破裂的声音。

我愤怒无比，我甚至想拾起刚才累极了丢在石头旁的地质锤，敲掉这一双手。

这手当然不是我的，是李子博士的。这双手被李子那双强悍的脚带进了这莽莽东昆仑，并站在东昆仑的这一角落举了起来，这本身就是一件了不起的事情，尽管这双手又粗又黑太不好看，破坏了我美好的视野。

最后，我当然是伸出了我的也不好看的手，去拨他的手。我原想李子就应该知趣地收手，没料到我手居然推不动他的手。我的手撞在他的手背上，他的手竟然纹丝不动。看来我实在是累得不行了。

碰不动他的手就算了，我不想再次发力去撞他，这样很不礼貌，也许还会激怒他。李子这个家伙，平时一团和气，生起气来，和我一样有着牛死顶不放的脾气。

李子的手，说是举，其实没过头，是齐肩平举的，这样比举过头更难坚持。他双手的拇指和食指呈八字形，眼睛斜视，我知道他这是在目测距离。

见他的手总在那儿比画，我说，李子，你累不累。

李子答非所问地说，我正推算一下离那座山有多少千米。

我顺着他的手往前一看，不远处有一座灰黑黑的山峰，山峰后面是一座更高的雪峰,雪峰上面是湛蓝色的天空。

那灰黑色的山峰看似不远,可我们一行五人要走过去,最少还得半天。其实我们未必一定要去那座山,但这事李子说了算,看来今天有可能是非去不可了,要不他也不会忍耐着困倦在那儿折腾半天。

李子也应该有些犹豫,毕竟现在看来,早先预算的时间远远不够。向导兼翻译扎西和民工巴哈正在不远的山坳处支帐篷。我们走的时候,扎西一再吩咐不要恋战,说虽然那山看得见,也不是很远,但要是变了天,迷了路,就麻烦大了。

我说,我们有指南针,再说搞了多年地质,哪有连看得见的地方都回不来的道理。你放心好了,支好帐篷,赶紧找水去,做一顿好饭,等我们回来吃。

李子说,再次提醒你,我们的存水不能用于做饭。这水要用在最关键的时候。找不到水,我们就吃干粮。

扎西说,这三匹骡子这些天也累得够呛,体力消耗大,必须找到水源,让它们吃饱喝足,明天才有力气往回走。

我们也充分估计到可能时间不够,但没想到会出入这么大。横断在前面的是大断层的末端,依然深切得像地裂了一样,岩层倒立起来,一直延伸到那座黑黝黝的山峰脚下。李子很是难堪,走吧,时间不够,不走吧,也不行,所以比画了半天。

我说,你比画也没用,还算什么算,手还能有脚懂得距离么?走过去啥都明白了。

李子还是答非所问,说,这是一个老炮兵教我的,别看是个土办法,当年打炮,喊打到哪里,哪里就开花,误差不会超过一米。

我说,现在不是打炮,是定点。

李子说,是呀,是定点。这条断层,我们追了五天,这是最后的冲刺了。我们当然不能推理过去,我看花半天时间是值得的。不去的话,也许漏掉一个大矿体也难说。

我看了一眼远山,又看了一下李子,说,那儿也许和我们现在屁股下的东西一样。

李子把望远镜递给我,说,这样更清楚。

我没接,这天蓝得到处都清清楚楚的,没我看不清的地方。我说,你是项目负责,你说了算。

李子见我不接望远镜,并没在意,还是一脸高原红,笑呵呵的。虽然他一贯是个笑哈哈的人,可这时,我认为他有讨好的成分。他是项目负责人,可以坚持要走,我们肯定也无条件一起走。但我是普查分队的元老,项目组的大部分人都曾是我的部下。我的意见,他一直很尊重。前面是断层的尽头了,我知道他不甘心,非要去看一看。以前我追踪过无数条这样的断层,也曾经无数次有他这样的坚持,结果都在预料之中。如果那儿有矿体,我们一路追来,早在断层的破碎带发现了一些矿化特征了。可到目前为止,我们并未发现任何矿化特征。但话又说回来,地质这门科学,绝对是不能主观确定什么的,不去看一看,实地考察,毕竟不是最后的事实。也许有奇迹出现,也不是不可能。但这个奇迹,我干了多年地质,还没出现过。

去,还是不去,谁也不肯说不去。去与不去,由项目负责人李子定,没有人愿意负这个责任。

李子见我不说,干脆一屁股坐在了我身旁,解下氧气袋递给我说,来,吸几口。我们加紧吃点干粮,休养半小时,等你这个大诗人吟诗一首,再开路。

李子一坐下,我立刻就站了起来,朝他吼道,你才是诗人,你一家人才是诗人。

李子呆了一下，猛地把我拽着坐了下来，说，你有毛病是不是。

我说，没毛病。一次去北京出差，在茶馆里喝茶，你知道我是好这一口的，一坐就是大半天。有几个年轻人也来喝茶，在我隔壁。他们一坐下来，就介绍一位漂亮的女孩子，说这是某某诗人。那女孩子清清秀秀的，显得既亮丽又文静。原以为别人介绍她是诗人，她一定会很高兴。在我眼中，诗人毕竟是值得尊敬的。不想这个女孩子一下跳起来，伸出食指愤怒地指着介绍她的那男子说，你才是诗人，你一家人才是诗人。然后他们几个人嘻嘻哈哈闹成一团，大谈诗人，搞笑诗人。我听不下去了，自然是买单走人。走到门口，我突然想起那女孩子的名字有些熟，名头还不小，发表过不少作品，号称诗坛四子之一。

李子听了不以为然，歪着头，故意斜着眼说，你在那些诗刊上发表过诗没有？我没搭理他。李子一边啃着压缩饼干一边说，这样说纯粹是吃不到葡萄说葡萄酸嘛！再说，你看不懂，不一定不是诗嘛！那毕竟是另外一行，隔行如隔山，好不好，不好说。

我说，不准谈诗了，哪个再谈诗，我跟哪个急。有这一帮所谓的诗人在，这世界上还能有什么好诗。你看她们取的笔名，这样"子"，那样"子"的，我看叫"松下裤带子"也没人正眼看……

说完我直盯着李子看，因为他叫李子，他啃着压缩饼干不哼气，我又说，还是李子好呀！不来虚的，实在呀！原始就叫李子。不像有些人，不要脸，明明老爹老妈没给取什么"子"的名，自己偏偏喜欢上"子"了，于是老爹老妈不取自己取。不过李子嘛，毕竟比什么松子、玉子们好。李子本是我们老家的一种水果，又酸又涩。李子不好吃不要紧，要紧的是这名字带有泥土的芳香，朴实无华嘛！

李子闻言，嘴里正包了一满口的压缩饼干，想反击我，又说不出话，那压缩饼干多难吃呀，进了嘴巴又干又沙。要想斗嘴，就别吃饼干。看着李子忙于把饼干往喉咙里送，喉咙又忙于收缩想把饼干吞进胃里，我很得意。

李子博士和我是同乡，都出生在毛主席老人家诗中写到的"乌蒙磅礴走泥丸"的那个地方。我们两家都住在云贵高原乌蒙山脉的腹地，他家与我家就隔十几里地。我们的家乡，满山遍野都是李子树，花开的时候满山像下雪一样的。这种土李子花开得好看，果子却酸。儿歌唱曰：开白花，结青果，桃子开花它结果。说的是桃子开花的时候，李子已谢花结果了，春天就来了。

李子的母亲姓李，是远近闻名的小美女，乡亲们就用他们看到的最美的花来叫小美女，于是老老少少都叫她小美女李花。小美女上学的时候，也就顺其自然叫李花了。真是无巧不成书，小美女长大后找了一个男人姓陶，就是李子他父亲，叫陶行之。他母亲生下他，正是李花开得雪白的时候。他母亲是个远近闻名的女强人，又是小山村唯一上过高中的妇女，说话很有权威。她说，我叫李花，儿子就叫李子吧。李子他父亲说，叫哪样李子哟，我姓陶，不如小名叫桃子。李子他母亲说，投桃报李么，就叫李子。

很多年后，李子老妈承包了几百亩荒山，种植了当地的一种科技李子，叫朱砂李。这朱砂李开白花结朱砂红的果，不酸也不涩，脆生生，甜滋滋。于是李子博士的女儿，被他老妈取名叫李朱砂。李子不是很满意，但他是出了名的孝子，不可能不听他老母亲的。这时候我故意拿他的名字来逗他，是想激怒他，因为他明白我知道他是个孝子，容不得别人对他母亲半点不敬的。

李子终于吞完了那口饼干，果然对我怒目相视，继而用平稳的声音说，你有神经病是不是，谈诗你就谈你的诗好了，不谈也没人愿意和你谈。你说些哪样嘛！

见李子一没骂人，二没大声吼叫，我知道他真有点生气了。为了表示我明白了我的不对，只好暂时闭嘴不说话，张开嘴去咬那又硬又沙的压缩饼干。

助理工程师张铁这时候却不知好歹，满口的饼干还没吞完，就瓮声瓮气地说，诗歌我不懂，但是我很爱，不是吗？莫非你不准我爱。

我说，张铁，你狗日，哪壶不开你提哪壶是不是。不准谈诗。

张铁用拳头捶了捶自己的胸口，费力地吞下最后一口哽在喉咙的压缩饼干，翻动着圆突突的眼睛说，组长，你不能剥夺我爱的权力吧。

张铁油腔滑调，说的是一个303地质队历史久远且人人尽知的笑话。一个大老粗钻机工，被抽调到当时的宣传队打杂，见了宣传队的那么多乐器，爱好上了。他把所有乐器搬进自己的房间，保管起来，并在门柱上贴了一副对联。右联是：音乐我不懂。左联是：但是我很爱。横批是：不是吗？

我说，张铁，老子不想搞笑。

张铁说，不搞就不搞。不过石叔我也告诉你，你们那些什么狗子猪子的小日本诗人，躺在床上，老子也没兴趣。

我说，不要你们你们的，你和她们才是们。

李子说，张铁，别流氓似的，还有一个月就回家了，要流氓回家流氓去，别在嘴巴上过瘾。你动不动就要流氓你们组长的同志，这很不好嘛！

见李子也开始幽默地逗起闹了，我知道他的气已消。不过他这么说有点过分了，我有点不舒服，都是这诗歌逗起的。说她们是同志，简直就是搞笑我，辱没我。要命的是，我平时喜爱诗是他们知道的，李子拿到了我的软肋。来不及思考，我张开嘴就吼，你才和她们是同志，你一家人才和她们是同志。

李子说，不谈诗就不谈诗，你急些哪样嘛！

说不谈诗，是让他们不谈了，我要谈，总不能看着我一直崇敬的伟大的诗歌，被他们这几个看低了。我呈激动状站了起来，手在蓝天有力地挥舞。我左手一指海拔6099米的唐古拉山，右手一指海拔6621米的格拉丹冬雪峰，说，"横空出世，莽昆仑。"它们才是诗，它们才是大地壮丽的史诗。

由于缺氧，我差点站立不住。我尽力稳住双脚，伸展双臂，头往上仰，深深地吸气。我看见唐古拉山遥远地耸立在一座座山相连的尽头，在那湛蓝色的苍穹里，是那样的宁静，又是那样的神秘，像画又像诗。

我看过一部电影叫《黄河绝恋》，女演员宁静穿着一身八路军军装，立在黄河壶口大瀑布前，像我现在这样。那是宁静最美丽的时刻，也是大瀑布最美丽的时刻，有一个外国军人用相机凝固了那一刻。此刻，我仍然希望李子这个工作狂，能有一点点诗情画意，赶快拿出相机，拍下我的这一瞬间。虽然我还有点狼狈，身穿的地质服又脏又旧，满目的疲惫，只有黑油油的脸庞上还透着一脸的高原红，使我整个人有那么一点生机。

李子这小子，胸前挂了一部数码相机却是一动不动，我怎能提醒他呢，只好不甘心地收回了双手。

我的目光依依不舍地看了看湛蓝色的苍天和那湛蓝色里高高耸立的格拉丹冬雪峰。这不舍，激起了我的火气，不由在心里骂开了李子。心里骂完了，还不甘心，忍不住骂了一句：狗日的些，快给老子照张相。在骂声中我重新摆好了姿势。李子也没行动。

我太想照一张相片了,所以并没指明骂李子。也许这"些"字比指明骂谁更糟,打击了所有在场的人。这些家伙一个个不说话,圆瞪着一双双牛眼,往李子胸前挂着的相机看,似乎李子一旦举起相机,他们就会鱼跃而起阻挡他。

李子并没有注意他们,而是一直死死地盯着我。我想这回骂出戏了,他也许正在构图,思考怎样照好这张相。

过了好一会儿,他的目光依然如此,我才发现,他并不是在看我,他的眼睛像吸进了太阳的光亮,深深的像黑洞,让我不可捉摸。那吸进去的光亮又似乎慢慢地射出,掠过我的身躯向后飘去。我的身后是那连绵不断起伏的黑色山体和山体上高高耸立的雪山,更远更高的是海拔6621米的唐古拉山主峰格拉丹冬雪峰和湛蓝色的苍天。

我想,李子在青藏高原干了几年地质了,对于我惊讶的这些,他是熟视无睹的。最多在他初来乍到时,会惊呼一句很缺乏艺术表现力的话——这山硬是比内地的雄伟,这天硬是比内地的天蓝。

横空出世,莽昆仑。它西起帕米尔高原,东止于川西北,绵延2500公里,海拔8000米以上的山峰有四座,其中乔戈里峰海拔8611米,仅次于海拔8848米的珠穆朗玛峰,为世界第二高峰。

从山系和历史文化来看,我更加喜欢和敬仰昆仑山。喜马拉雅山全长约2400公里,从山系来讲它小于昆仑山系。喜马拉雅山脉有接近一半的山峰不是中国的,而昆仑山的主体和山脉的绝大部分都属于中国。从历史文化渊源和对国人的影响力来讲,我个人认为,昆仑山远远大于喜马拉雅山。古人视昆仑为"万山之祖"和"通天之山"。有所谓:"昆仑者,天象之大也;昆仑者,广大无垠也。"古人对昆仑山的传说和赞叹绝对高于喜马拉雅山,虽然它们都是中国最高的山系。它们也是世界最高的山系,青藏高原是世界之脊。世人都知道,中华民族的母亲河——黄河、长江,都发源于昆仑山系的支系巴颜喀拉山和唐古拉山。历代中国人视昆仑为神山。我的家乡乌蒙山脉山体之雄伟,也发源了中国四大河流之一的珠江。毛主席在《长征》一诗里赞叹"乌蒙磅礴",更在《念奴娇·昆仑》一词里赞叹昆仑"横空出世"。

按李子的话来讲,莫非第二天早上一起来,雪峰就不是那雪峰,天空就不是那天空了么?李子说这话的时候,总是显出不屑一顾的眼神,我非常愤怒,有一种秀才遇到兵,有理说不清的感觉。

我说,就是不一样,每天都不一样。如果你看每天的太阳都一样的话,只能证明你这个人毫无艺术细胞,也永远不可能成为艺术家。

李子说,我为什么要有艺术细胞,艺术家又不是人类共同的理想。你有艺术细胞,跑来搞地质干什么?我看,你这个人哪点都好,就是神经有点问题。是不是艺术家和热爱艺术的人都有点不正常,这个问题我没有考证过,我也不想考证这种无聊的事情。你看你,看见太阳你写诗,看见月亮你写诗,看见一座山一条河你也写诗。好嘛!太阳、月亮我就不说了,反正古往今来多少人争先恐后地写,你写也不多你一个,你不写也不少你一个。可是你狗日的,你看看这里有多少山,你数得清么,你写得完么。我看你最后是不是看见一棵树一棵草也写首诗。如果这也算诗人的话,我看你就别搞地质了,回家写诗去吧。

我气得无语,你你你……

他说,你什么你,你那些诗你自己背,别放在马背上。你狗日的被压死了就算了,别把我们的马压死了。在这些山里,指望汽车是不行的。

我说，我不来搞地质，看得到这些诗一样的东西么？我还真要为一棵树子写诗了，你还能咬我一口？

我和李子在这东昆仑山的腹地，永远是吵架的。如果有一天不吵，那就是出大问题了。今天我本来不想与他斗嘴，只想让他给我照张相，他不但不给我拍一张，还盯着个傻兮兮的眼睛。

对不上他的目光，我已有点受气。姿势摆久了，我累得心慌，更生气。我喘了一口粗气，正想骂他几句。李子把目光移到我的嘴巴上，堵住了我的话。他盯着我的嘴巴说，坏了，坏了。

我说，你才坏了。

他说，你身后来了一块乌云。

我说，你身后来了一条昆仑狼。

李子急了，站起来指着我身后说，你看，越来越大了，黑压压地过来了。

李子话音刚落，我已感觉到背后有种连绵不绝的压力，赶紧转身，只见乌云已不是一块，而是以铺天盖地之势朝我们压来。

二

你不可能见过这样的一种鸟。这种鸟，生活于陆地动物生存极限的海拔高度上。这种鸟，就是向导兼翻译扎西也未见过，只有木香错乡年纪最大的老人见过。老人不会说汉话，有关这种鸟的传说，全部来自扎西——他会说汉语。这传说一传十，十传百（也只能传到百，木香错乡能住人的地方，就这些人了）。这种鸟到底是什么样子呢？据传说，鸟全身乌黑，并闪着金属般的光泽，长得像鹰，比鹰小一点，翅膀却是鹰的两倍。除了木香错乡的老人，谁也再未见过这神鹰。

我们见到这种神鹰啦!正是大风起兮云飞扬的时候,我与李子一行人逃到山脊后面的背风处,躲避突如其来的暴风雨。说是背风,其实这里的风也小不了多少,昆仑山的风是顺着山的起伏而起伏的。正所谓云在脚下走,雾在身边起,正是昆仑山气候变幻无穷的写照。我们虽然穿有防雨服,可那雨还是从头淋下来,顺着头发,流进脖子,钻到身体里。七月的昆仑山,在这种海拔高度上,依然会冷得人发抖。我们手忙脚乱地拿出预备的临时雨篷,包好装备,大家各抓住雨篷的一角,遮掩在头顶上。我们尽量压低身体,以免被风吹走。如果仅仅是这样,也就太平常了。

那天的不平常,是我们见到了神鹰。刚开始,并没有谁注意到离我们只有几米远的鸟儿。那时候,天上刮着大风,风中带着雨,雨中带着闪电,闪电里带着霹雳声,我们自顾不暇。

李子在风雨雷中大声叫喊,大家低一点,低一点。

我们已蹲得不能再低了,再低就得躺在地上了。地上除了有雨水外,还有已冰凉的石头,躺上去非感冒不可。在昆仑山腹地,感冒就像瘟疫一样可怕,即使一般的感冒,也会在很短的时间发展成脑水肿、肺水肿、肺气肿等病而危及生命,一不小心,就死了都不知道咋个回事。这里的氧气只有平地的百分之四十,气压低,连水也烧不开,打火机也打不着火。我明白李子的意思,雷电无情,我们又带有金属体,他怕我们成了雷击的目标。

我把嘴巴贴近李子的耳朵,和雷比声音大小,在这种距离,显然我的叫喊超过了雷声。李子听明白我的意思后,在闪电和雷声的间隙大喊:快,大家慢慢往下移动。

大家步调一致地往山下移动,这很艰难。我们又不能站起来走,如是站起来，有两种可能，一种是我们抓不住雨篷，雨篷会像树叶一样在风中不知去向，还有一种可能就是我们抓住了雨篷，雨篷里灌满了风，像飞机的降落伞，不，这时应该是升飘伞，在风中带着我们去雷电闪烁中飞行。我们只能蹲着，尽量压低身子，慢慢移动。这样又累又慢，的确让人很难受，我们相信，只要往下移二十米，就安全了。那些突起的石头远远高于我们后，它们就是避雷针了。

可就这短短的二十余米，我们花费了六百秒的时光。在第六百零一秒的时刻，我们走到了一个出现奇迹的地方。这地方本身不是什么奇迹，和山脊的每一处都相同，一样的是风雨中的石头、一样的是四亿年前寒武纪的石头。

奇迹的出现，总是伴随着一声惊呼来到的。这惊呼首先来自张铁的嘴里。这里闪电和雷鸣的间隙很短，说明我们和雷电很近。在霹雳声中，我们还是都听到了张铁的声音——一只大鸟，一只大鸟。

张铁的手没空，一只紧抓着雨篷一角，一只提着装备，我们只好从不同的角度寻找到他的眼睛，从他目光的延伸处，我们都看到了他惊呼的那一只大鸟。

大鸟的羽毛颜色和石头近似，只有眼睛的周围有一圈白毛，这是张铁能够发现它的原因。在那圈白毛中，一双黑得晶亮的眼睛在闪电中闪着光芒，这光芒没有因我们的来到而恐慌，它甚至在这风雨和雷电中显得很从容、很安详。

一只鸟可以不畏惧自然界的风雨雷电，可是你听说过不怕人的鸟吗？无论这只鸟有多大，就是草甸子上空飞翔的鸟中之王大雕，见到站立的人，如再见到人手中举起什么，它不是逃跑就是飞得高高的。飞得很高是大雕的自信，可有很多自信的大雕惨死在人类的枪下。现在即使是蓝蓝的天上白云飘，白云下面羊儿如白云跑，也很难看到大雕了。大雕成了濒危物种已是不争的事实。在这种海拔高度,生存着这样的一种生命,是值得人尊敬和敬畏的。

这里是无人区,我们的到来是短暂的,即使是短暂的,我们也是冒了极大风险的。在昆仑山上的无人区,病倒和失去生命的地质人是不少的。

这只鸟是大雕吗?不像。我在一个生物博物馆见过一只大雕的标本。像一只鹰?也不像。这只鸟没有鹰大,翼展却是鹰的两倍。这种特殊的翼展是它在这种高度生存的需要么?我想肯定是的。可是它这时候展开它的翅膀干什么呢?炫耀和威慑?至少在这时候是不可能的。不是因飞行而展开翅膀,我想这是鸟最不愿意干的事情,何况现在的风雨几乎达到飞沙走石的程度。

展翅而不飞翔是很累的,它的羽毛淋着雨,羽翼下钻满了风,只有用双爪紧抓住石头,双翼紧贴在地上,才不会被风吹走。问题是它干吗要双爪抓紧石头,以硬碰硬,它不痛吗?它干吗展开双翼紧贴地上任风雨吹打,它不累吗?要是我有双翼,我就离开这冰凉的土地,随着风飞它个痛快。可是,这鸟为什么这样,它有理由不飞翔吗?

它真的有不飞翔的理由,这个理由震撼了我们每一个人。在鸟儿因风而飘荡的羽翼下,我们看见了两只幼鸟。幼鸟显然不是还在洞穴里嗷嗷待哺的那种,它们也许已学会飞翔。可在此时,它们还抵御不了风雨的狂暴。它们在母亲羽翼下,闪着天真且乌亮的眼睛,因寒凉,冷得发抖。

昆仑山的气候,就如戏子的脸,说变就变。有些日子半小时一变,刚刚万里晴空,转眼就下雨,雨还没下完,接着下冰雹,或者随风刮起冰沙、飘起雪花。七月飘雪在昆仑山是常见的,就像毛泽东所说,"飞起玉龙三百万,搅得周天寒彻"。这寒彻不仅仅是在冬日,夏日也是如此。

在风夹着冰沙刮起的时候,我忍不住凑近李子的耳朵,大声说,李子,我们过去吧。

李子看了我一眼,没说话。张铁明白"我们"的意思,凑在我耳边喊,可能要飞跑。

我把声音提到了最高处,说,它跑什么跑,要跑早跑了。

李子没说话,不等于不明白我们说的。他是出了名的孝子,最懂得母亲的,莫非这事放在鸟身上,他就傻了。我横了他一眼,他也不理会。他眼睛死死地盯着那鸟羽毛上弹跳的冰沙,突然发出像喊山似的叫声,要是它飞走了咋个办,小鸟就完了。

我盯着他大叫道,试试,它不会飞的。

李子也盯着我大叫道,好,试试。动作慢点。

这大鸟似乎真通人性,并没有见我们移向它而飞走。它只是更加吃力地用翼展把小鸟遮掩得更严。

当我们终于移动到它们的上方,用雨篷挡住风雪冰沙时,心中升腾起了一股庄严感和成就感。我看见李子的眼眶里有泪水涌出。虽然我们满脸是水珠,很难分清是水是泪,可我相信那就是泪水,因为泪水这时已模糊了我的双眼。

风雪停后,我们恋恋不舍地离开了。那大鸟抖擞着它巨大的羽翼,沉甸甸的翅膀顿时显得轻盈起来。小鸟也扑腾着翅膀,愉快地飞出去十几米又落下来,又飞起来又落下去,就这样,两只小鸟渐渐地远去。大鸟腾空而起,像一架设计得美妙绝伦的飞机在空中盘旋。

我们要去的地方今天自然是不能去了,体力已消耗到了极限,再说时间也不允许了。在山脊往下一千五百米远的平台上,向导和民工们支起的帐篷历历在目,这个距离也是我们沉重的负担。轮流吸了氧,每人吃了一块巧克力,我们才抬起如铅沉重的脚,朝临时驻地走去。

三

你在路上行走,总会遇见一些美丽的姑娘,美丽得令你忍不住回头张望。即使你以后不再见到她们,你也是愉悦的。

假如这个姑娘又给你留下了不可磨灭的记忆,而这个不可磨灭又使你伤痛为什么只是路遇。正当你一路感伤地回到家,却惊喜地发现这个美丽的姑娘竟然与你同住一栋楼,你就不仅仅是愉悦了,也许会谋划很多方法,目的只有一个,认识她。这个认识她,其实是你要让她认识你。她不认识你,只是你认识她的话,等于你们双方都不认识。认识后有两种可能,一种是友谊,一种是爱情。可是,有一个作家却说,男女之间没有友谊,只有爱情。尽管武断,却有些道理。

我在东昆仑行走多年,男的都没遇见几个,别说是女的,更不要说是美丽得令人回头张望的,翘首守望也无用。如果要说遇见什么,那一定是昆仑熊和昆仑狼等野生动物。

如果在不可能的地方,突然有一天遇上了美丽的姑娘,那一定是令人刻骨铭心的。一个人真正地拥有一回刻骨铭心,真是一件了不起的事情。不过,你不要以为只有爱情才刻骨铭心,甚至说男女之间有因友谊而刻骨铭心么?那你就大错特错了。这在茫茫昆仑山是没有用的。没有上过昆仑山的人,是没有资格说昆仑山,说昆仑山的人和事。

五月十五日，那天天气真是晴朗，一团团白云在湛蓝色的天空中任意遨游。进山的车队已走到了第五天，离我们要去的目的地木香错已经不远了。在昆仑山搞地质调查，大本营一定要建在有水的地方。青藏高原上大大小小的湖泊之多是中国之最。东昆仑的小湖泊很多，很美丽、很特别，水的那个蓝，几乎和天蓝没有两样。小湖泊的名字都很特别，我们要去的叫木香错，还有叫依然错、其香错、懂错、茶目错、错那、多尔索洞错的，等等。

木香错的人家应该是傍山而立，依水而居吧。一路上我们都在想这个问题，要不想还不成。我们一路奔波就是为了到达那里，以那儿为圆心展开工作。我们将在那儿生活半年，要不关心它，不想象它，是不可能的。

在这五天的长途跋涉中，一会儿车陷进了雪坑，一会儿又乌云满天，大雨瓢泼，一会儿又万里晴空。一路上没遇上什么令人兴奋的事情，在地上遇见了一些野牦牛、藏羚羊等，见到人就跑；在空中看见鹰和一些不知名的鸟群，鹰在天上来往盘旋不走，看着我们在地上蜗行。这五天来，我们在雪坑里推了无数次车，搞得人筋疲力尽，都很沮丧。

我和李子以及扎西坐的是号称山地之王的越野车"巡洋舰"，很少被雪坑陷住，但我们总不能丢掉后面的两个大车和一个双排座中型车，那上面载有其他的队员和装备。

最让人振奋的是，目的地马上就要到了。扎西指着前面的山坡说，过了那儿，木香错就到了。那山坡当时在我们眼里的那个美呀，真是没法形容。山坡并不陡峭，是一个巨大的起伏带上的梁子。梁子上满是青草，就是这里的人称谓的草甸子。

车行的小公路从那草甸子横穿而过。我们的沮丧一下子就荡然无存，心情非常好。那时候，天上有白云在湛蓝色的天空里飘，地上有白云一样的羊群，在青青的草甸子里时隐时现地流动。是的，微风轻轻地那个吹呀，风吹草低就见了牛羊。

我指着羊群说，扎西同志，白云一样的羊群里，怎不见古铜色的骑手。

扎西说，不会有的，应该。

我学着扎西说话的方式说，不会有的，应该。为什么？牧羊人总是骑马在羊群中嘛？

李子回头说，诗人，你酸不酸嘛，还古铜色的骑手。

扎西说，木香错很近，这里羊少，不要骑手牧羊的。

李子又回头说，听不懂么？诗人。人家说你的"白云"太少了，不需要古铜色的骑手。

见李子学我说话，我也懒得生气，我现在挺高兴的。不生气，嘴是要斗一斗的，反正我俩有斗嘴的传统。我说，你凭什么说没有牧羊人。

李子再回头说，牧羊人我都看见了，是不是古铜色还难说，但绝对没有骑马。

李子坐在副驾驶的位子上，视线要比我和扎西在后排好。

张铁瓮声瓮气地说，你们吵啥子吵，车子一过去，啥都清楚了。

张铁有心事，一路上很少说话，我和李子在这五天的行程里，不知斗了多少嘴，要我数一数，还真是数不清，张铁硬是一句没掺言。这会儿可能是快要到目的地了，也振奋了，他才像小公鸡初开叫，瓮声瓮气地叫开了。至于张铁的心事，有机会专门说说。现在最重要的是说，我们怎样遇上了美丽的姑娘格桑梅朵。

格桑梅朵，在藏语里就是美丽的姑娘。这名字要有多少诗意就有多少，这个名字本身就是诗。遇见她的时候，我们还不知她有着的名字和人高度统一。看见她的第一眼，在场的所有人眼睛为之一亮。特别是扎西，更是体现得别样，车子还在缓缓行驶时，他就手忙脚乱地开车门，可又开不开。

他当然是开不开门的，这车是轮胎一滚就自动锁门。扎西坐了这么久的车，是知道这情况的。可能是他急于下车，竟然忘了。他急了，一边继续掰那不可能掰开的门扣，一边喊，别压着羊，别压着羊。停车，停车。我下去问一问路，走错了可不行。

那时候，羊群正不紧不慢地横穿过公路，我们的车早采取了制动刹车，绝对是压不到羊身上的。扎西关心的绝对不是羊，问路的理由也太牵强。他早给我们说过，通往木香错只有这一条独路，只要向前就能到达。为了想下车，他暂时忘记了去路，需要去问一问那个美丽的姑娘，我们是理解和同意的。本来我们也想下车，扎西既然先表达了，正合我们的意，我们没有任何理由不停车。

车一停，大家都下了车。我原想，这么多男人一下子涌了出来，说不定吓跑了这个美丽的姑娘。或者，她的牧羊犬正潜伏在草丛里，等我们接近它的主人，它就一跃而起。咬狼先咬头狼，这是牧羊犬的聪明之处，头狼被伤会震住其他狼。扎西走在最前面，如果有狗袭击，肯定是先咬他，我还是有点警惕。这里的牧羊犬可不是城市里狗市场买的那种个子虽不小，嘴却又长又尖又温和的外国牧羊犬。这里的狗叫藏獒，是犬科动物里最高大最凶猛的。最大的藏獒几乎和一头半大的牛一样。我想除了虎中之王东北虎外，像个头小一点的华南虎、孟加拉虎，与藏獒相遇，避战的可能不是狗，而是虎。

我的担心是多余的，在这美丽的草甸子上，只有这个美丽的姑娘，没有凶猛的藏獒。首先远远印入眼帘的是她亭亭玉立的绝好身材，走近了，更让我们惊叹的是她那大大的纯真的黑眼睛。这是一双不仅会说话而且会唱歌的眼睛，这眼睛并没有因我们的到来而有一丝的恐慌，有的只是安详和好奇。这双眼睛黑得发亮，像有光亮从中溢出，这光亮又幻化成无数的光线，搭乘着此时美艳无比的太阳光，朝我们射来，光线里似闪烁着五线谱，流动着阳光般的音乐，使我想开口歌唱。当然，我只是想，并没有张口。

扎西叽里咕噜地与美丽的姑娘说了一长串的话，完全忘了我们的存在。他眉开眼笑，又说又打手势，看来一时半会儿是说不完的。我们是理解扎西的。作为一个合格的地质队员，他不仅要战胜大自然带来的艰难困苦，更重要的是要战胜人类的天敌——孤独。一个真正的地质队员，没有人因大雨、冰雹、豺狼虎豹而退缩，也没有人因山高、谷深、林密无人烟而逃遁。同行里的年轻人曾说，高山反应我们也不怕，生活艰苦是这个职业的特征，要怕就别干这一行，我们最怕的是没有女地质队员与我们同行。后一句虽有戏说的味道，可往往戏说恰恰是人心最深处和最真实的体现。

很早以前有"好女不嫁地郎"之说，可那时候，我们还有几个有志于干地质的女队员同行。这些年，女地质队员在一线几乎绝迹了。探讨这个问题时，李子当时很愤怒，说，你知道，五十到七十年代，三十年里死了多少女地质队员么？仅"魔鬼城"的黄沙一次就吞没了一个八人组的普查小分队。这八个人都是母亲呀！

李子就是这么一个人，特别爱他的母亲。其实我这样说也是废话，有谁又不爱自己的母亲呢？但李子是有"特别"两字的，他因爱母亲而尊重所有的女性。他有一个令人听起来很顽固的想法，他说一个女人没有生过孩子，就不是一个真正的女人，也就不是一个母亲。我说，现在不结婚的女人多得很，不生孩子的女人大有人在，莫非你还能咬人家一口,你这是干涉人的自由,你懂不懂。

李子说,动物的终极目的是繁衍生命,没有了生命,地球也就失去了意义。

我说,地球有没有意义,这个问题太大了。昆仑原来是海,现在是山,恐龙原来疯狂地繁衍后代,留下的是大大小小的化石群。地球的意义失去了吗?

李子说,你横扯淡,你讲的这个问题,一辈子也讲不清楚,我清楚我这辈子是做好一个父亲。我很满足,也很自豪,我有一个女儿,我给人类增添了一个母亲。

我说,我有一个儿子,我也自豪,为人类增加了一个父亲。

见我学他说话,李子知道是故意和他横扯,也就懒得理我了。我才不管他理不理我,又说,干脆你出一个母亲,我出一个父亲,让他们再为人类增添一对父母亲。

李子闻言跳了起来,说,虽说下一代的事情由下一代自己解决,不过我深知你这个上一代的德性,我会动用一个父亲对女儿的影响力,来阻止。

我说,我也深知你这个上一代的德性和下一代太不一样,所以我老婆会动用一个母亲对儿子的影响力,来促成。

我和李子永远都这样为着较劲而较劲,在这远离亲人的地方尤为如此。这也是我们排解孤独的一种方式。

其实,第一线是不是要有女地质队员,早有争议。一些老地质专家说,当年同时上山的女性很多,有时还挤过一个帐篷睡,第二天,啥事也没发生。其实就是一个心理问题,有她们在,我们心里愉快,有使不完的劲,还多了一分责任感,恢复女地质队员上一线也是有利的。于是青年地质队员欢呼一片,说太好了,太好了。不过说归说，女地质队员终于永远告别了第一线。于是第一线的男人，就注定不仅要战胜自然，还要战胜缺乏女性的孤独。也许正是习惯了缺乏女性的孤独，所以地质队员都特别尊重女性。按兄弟们的口气说，能在一线看到女性就高兴得不得了了。

这时候，我们虽然只能看着扎西与那美丽的姑娘说话，真的，我们看着也高兴。高兴的方式之一是抽烟。于是，我和李子愉快地接过张铁递过来的烟，李子点燃烟深吸一口，一边吐烟一边说，扎西也不容易，让他多说一会儿。

我说，一会儿，怕不够哟，二会儿，三会儿，四会儿能走就不错了。

大家盘腿坐在茂盛如棉的青草上，这有一种使人惬意的味道。天是蓝的，云是白的，草是青的，人是快乐的。连续奔波五天了，我们也难得在这样晴朗的天空下休息。

果然如我所说，扎西是在大约有三会儿的时候回来的。他坐下来，我们也忘记了他的存在，都目视着那个美丽的姑娘渐渐远去的身影。

张铁的目光里闪着依恋，碰了一下我的手，说，石叔，你说我们还会见到她么？

张铁的父亲张刚是我和李子本科学校的校友，比我们高九届。其实我们比张铁也就大十二岁，是可以喊哥的。因为我们与他父亲是校友，关系又非常好，张铁就依了他父亲叫我们一声叔叔。不过，在野外工作，他从不喊叔的，理由是喊了叔就不好开玩笑了，一般是在很严肃的场合才叫叔叔。见张铁那认真样，我也只好如实说，除非你离开我们，跟她去放羊。

扎西明显感觉受了冷落，说，你们抽烟的，不给我？

张铁丢过去一支烟，说，扎西，你和她说了些什么，如实交代，否则不敬你酒啦。

扎西是个喜爱酒胜于一切的藏族汉子，吃饭得先喝酒，一喝酒必须喝开，一喝开就会喝高，喝高了就嚷着向我开炮。向他开炮就是向他敬酒，据说是因为崇拜《英雄儿女》的王成。

扎西拾起草地上的烟，说，说你们。

张铁不相信地摇头说，说我们？没说你们？

扎西摆摆手说，我说你们是北京来的，她才愿意和我讲这么久。

张铁说，可惜我们不是北京的，她知道北京？

扎西说，李子博士、石头博士都毕业于北京，不是北京的是哪里的？谁不知道北京，没读过书的人都知道，是中国人都知道。

张铁说，那她为什么不与我们亲自谈一谈，我看见她是朝我们望了几眼的。是不是那姑娘想来，你不让是不是，扎西。

扎西说，我想她不会说汉话，来也谈不上话，有什么话我都替你们说了。

张铁一边站起来一边脱衣服，说，你扎西自私，你不能代表我们。

扎西也站起来脱了藏袍，两人在草地上摔跤。在张铁被摔倒第五次的时候，李子发话了，说，别闹了，赶路。

扎西对倒在草丛里的张铁摇摇手，说，你别再倒第六次了，李子博士说要赶路，救了你。

张铁夸张地咧嘴喘气，他这是找台阶下。这里的海拔才接近四千米，对于我们这些常年工作在高海拔区域的人来讲，还不需要张大嘴巴呼吸。

我们路遇美丽的姑娘，以张铁被摔倒在草丛里喘气而结束。

东昆仑山中的村庄，远远没有内地一个偏僻的小山村大。木香错坐落于湖畔，湖水像一块巨大的蓝水晶，较远处是缓坡草甸子，再远就是高耸的雪峰了。经接洽，我们住进了村里的希望小学。希望小学有二十几个房间，却只有三十几个学生。这里虽是乡政府驻地，常住居民也就三十几人。最大的建筑是希望小学，再就是乡政府用石头盖起来的藏式平房。一些牧民的帐篷散落在周围几公里至十几公里的草甸子上。

希望小学空着的十几间房子刚好够我们用，项目组一共有二十五个人，分成三个野外作业小组，两个驾驶员兼采购员，三个炊事员，一个医务人员以及项目负责人李子和我。我和李子住一间，便于商量工作。安顿好后，我和李子刚把图纸展开，格桑努西支书就带着一桶鲜奶来了。

格桑努西支书四十三岁，个子高大，肤色黝黑，性格开朗，是个典型的藏族大汉。他进门一眼就看见一比五万的军用地形图，顿时兴奋起来，说，好多年没看过这种图纸了。见我们疑惑地看着他，他解释说，我当过兵，从连长任上退伍的。听说你们俩都是博士，不得了。在部队，我见过团长、师长、军长，从未见过博士，今天终于见到了，你们是我见过的最有学问的人。

格桑努西支书如此热情，我俩一时不知从何接话，只是介绍了我们的工作，并表示感谢。

格桑努西支书手一挥说，这是国家大事，你们有困难就说，我们当地政府全力支持。

这时，炊事员刘泽华进来了，说，格桑支书，我们想买一只羊，一路上跑了五天，就没好好吃过一顿饭，大家想好好地吃一顿解解馋。

格桑努西支书豪爽地一笑，大手一挥，说，今天的羊不要买了，我送你们一只。

我和李子同时白了刘泽华一眼，意思是责怪他，你要买羊找扎西带到牧民家买去,麻烦人家支书不妥,支书要送羊,更觉得不妥。我连忙说,格桑支书,这样的不行,不行。

格桑支书用一副连长对战士的口气说,有什么不行的,你说说看。

李子这时反应过来了,重复着我的话,不行的,反正不行。

格桑支书口气硬朗,还是连长对战士的口气,说,什么不行不行的。我告诉你们,这羊不是公家的,是我自己家的,叫你们吃你们就吃,文化人就是啰唆。

一个非要送,一个非不接。似乎要陷入僵局。我急中生"智",就说,格桑支书,我们不是啰唆,是不拿群众一针一线嘛。我以为格桑支书当过兵,用部队的纪律可以堵住他的口。

我的这"智"到了格桑支书那儿,不但没有体现出智慧,反而让人感觉牵强和愚蠢。格桑支书说,我什么时候成了群众了?不拿群众一针一线,这话应该由我说,这话出你的嘴巴,太不顺耳朵了。

我我我……我一时还真想不出如何对应。

格桑支书知道我无言以对了,马上以一个军人的果断和藏族人的豪情说,我们都不要啰唆了,一句话,你们今天不要也得要,不要就不是男人,也不够朋友。

说到这份上,我和李子对视一眼,同时爽朗地说,好,我们要了。

格桑支书走到门口,吆喝来他的妻子,对刘泽华说,朋友,你跟她去牵羊。

刘泽华走后,李子从箱子里拿出了一瓶茅台酒,这是他母亲从家乡带来的,他带在身边一直舍不得喝,看来他是被格桑支书的豪爽和热情感动了。果然,他把酒递给格桑支书说,这酒也不是公家的。

格桑支书接过茅台,一边端详,一边吧嗒吧嗒地说,国酒茅台好酒呀,多少年没见过了。还是在部队立功时,师长奖励我喝过一次,那个香呀!

见格桑支书的样子,我们很高兴。可还没等高兴一会儿,在二会儿的时间里,他把酒还给了李子,说,你们太不对头了,我送你们羊,你们马上送我酒,你们太急了,这样的不好,就是不好!

李子一下子急了,又不知怎么办,嘴里结结巴巴的——他一急就这样,说,这——这——这……就是"这"不出话来。

李子看看我,是要我来解围。可这一分钟的围,我也不知怎样解。

最后还是格桑支书解了这个围,他见李子一脸的诚恳又一脸的窘态,笑了起来,说,这酒我是要的,现在不要,晚上再送给我吧,我们一起喝了它。

我们三人都笑了起来,男人们只要是由衷地发自内心地笑了,就说明从那一刻起,我们是真正的朋友了。

我们正笑得开心,张铁突然闯了进来,口里喊道,来了来了。

我学着电影里解放军连长的口吻说,冒失鬼,慌张些什么?

张铁兴奋地说,我在门口看见路上遇到的那个牧羊姑娘赶羊过来了。

格桑支书说,你们在哪里遇见的。

张铁说,在北坡的草甸子里。格桑支书,你们这里的姑娘长得好漂亮哟。

格桑支书说,那是我家大女娃子。

我和李子、张铁闻言都一惊,生怕有哪里不妥的地方。

格桑支书却笑哈哈地说,走,看看去。

我们的脚不由自主地跟着格桑支书走。这样,我们就不但认识了格桑梅朵,格桑梅朵也认识了我们。之前我说过,你认识一个美丽的姑娘,这没有什么值得高兴的,关键是这个美丽的姑娘要认识你,才令人愉悦。那天我们就愉悦了一个晚上,李子的茅台酒虽然少了点,可是几乎醉倒了每一个人。没有人在喝完茅台酒后,认为格桑梅朵拿来的青稞酒和茅台有两样,只要是格桑梅朵倒酒,每人几乎都是一仰脖子喝个干净。那真是我们少有的放开喉咙喝个痛快的一次狂欢哪!

在以后很长的一段工作时间里,只要我们回到木香错,都能看到格桑梅朵美丽的身影。格桑梅朵对我们相当友善,经常与她阿妈给我们送鲜奶,送干牛粪。虽然她的脸上一直都遮盖着一条雪白的围巾,可她那双会说话的大眼睛总是带着善良的微笑。她不会说汉话,却能用汉语喊出我们每一个人的名字。虽然我们看不见她的嘴,我们都相信那一定是美得无与伦比。

几个野外作业小组上山搞工作,几乎都能提前完成任务回来。我知道,除了工作,还有一个重要的原因就是格桑梅朵。一次,张铁随小组上山野外作业一个星期,回来时一个个满身污泥,疲惫不堪。张铁还有些气喘,治疗后躺在床上休息,我去看他,不想他见了我,并没有抱怨如何辛苦,却无意识地感叹了一句,唉!在山上还真有点想格桑梅朵。

我听了这话当时很讨厌他,我也不知道为什么那一刻会有这种感觉。张铁刚满二十六岁,地质专科毕业四年了,两年前他父亲找到我,一定要他上昆仑山,说是了却他的愿望。我当然知道这愿望对于他父亲的重要性,当时毫不犹豫地答应了他。可是这一答应,麻烦来了。这麻烦不是我的,是张铁的。

张铁的麻烦自他从母亲肚子里出来一睁开眼就注定了。他母亲一辈子都记得,在一个女人最需要男人的时候,孩子的父亲却还在深山找矿。从此,他母亲一有空就数落他的父亲。长大一点后,他读书上学,这个长期在野外工作的地质队员爸爸,自然是管不了他太多,上学又只能在子弟学校,教学水平是可想而知了!张铁拼死拼活终于考了一个专科,还是班上优秀的学生之一。长大成人后麻烦更大了,谁愿意找一个地质队员的丈夫呢?按张铁的话来讲,找女朋友都找烦了,比在山上找矿还难。

既然难找,人就会犯急。张铁犯急地找了一个女朋友,这姑娘也还不错,人长得清清秀秀,自己开个小水果店做生意。张铁为了证明自己有多么在乎女朋友,在手腕上毫不犹豫地刺上了姑娘的名字。有一次,我发现后,说,你这么傻,万一她找了别人,你还把手腕皮给割了?

张铁认真而自信地说,石叔你别乱说,她不是那种人。

他的自信在我答应他上昆仑山后被击得粉碎,他的麻烦又来了。不过张铁长大了,也学会了处理一些麻烦。他对姑娘说,你等我三年,三年这个项目就完了。出野外有很多野外津贴,到时候,我们就有钱了。几经折腾,姑娘最后暂时相信了他的话。

我们内部认为这话纯属屁话,有谁愿意为了那点野外津贴来这种海拔高度拼命。张铁并未真正踏实,从格尔木市出发的第一天开始,他的心一直未轻松过。在五天行程中,他一言不发,直到遇到格桑梅朵才有所好转。本来,他和他女朋友的事,一喝酒必在我面前一口一个石叔地给我诉说,仿佛不喊我一声石叔,我就不听他的故事似的。这段时间,他喝高了不下三次,一次也没有给我讲他女朋友的事。

现在听这小子念叨格桑梅朵,我一下子警觉起来,我抓起他的手,露出他的手腕来,把他女朋友的名字送到他的眼前。张铁挣脱开我的手,说,石叔,看不出你还挺阴暗的,你想到哪里去了。我说想人家格桑梅朵，和我想我家卢玉不是一样的。

我听他这么一说，一颗心才放了下来，说，你家卢玉，最后天晓得是不是你家的哟。

张铁说，我相信她。

我说，相信就好。好好休息，别垮了身体去见她。

张铁说，我和她约好的，我只要对着格拉丹冬雪峰喊她的名字一百声，她就会等我三年，神山会保佑我们的。

我笑道，想不到你小子还会浪漫一下。

张铁笑了一下说，不要小看人嘛！石叔，你写的那些诗，李叔不喜欢，我喜欢读。

我盯着张铁的眼睛说，你有病呀！

张铁说，咋个说的。

我说，是的，你是真有病。

张铁说，我说的是真的，我特别喜欢你写我爸的那一首，我爸看着看着就哭了，这才去求你带我来这里。你知道我爸那个倔脾气，他是万事不求人，为什么偏偏求了你，都快两年了，你还不觉得奇怪？

我一时无语，两年来，张铁一直跟着我在这东昆仑的大山里生活，这次是我们真正意义上的一次谈心。张铁的一席话，让我深深想起了我的老大哥张刚来。他的故事三天也讲不完，很悲壮。有人说只有悲剧才是最震撼人心的，所以我一直不敢轻易讲这个故事，我怕把本来动人心魄的故事讲得平常了。我给张刚写过一首诗，这首诗叫《勋章》：

　　一条腿的代价
　　并没有换来一座矿山

这成了你终身的遗憾
毕竟与山为侣十几年
常望远山而泪眼朦胧
你说这算不得英雄泪
这份上还能说这话
同志们叫你好汉
常回来与你举杯
痛饮悲欢

最后离开山时
你也没有得到一枚找矿的勋章
借来同志们的看了又抚摸
一声声叹息
该对儿女们如何好交待

同志们默默地为你送行
想告诉你
你的勋章不挂在胸前
是埋在深沟里的那条断腿
你的腿就是一枚血的勋章

  这首诗,没被任何一家诗歌刊物看中,只好发表在我们文学社办的内刊上。是的,张刚的遗憾只能由张铁来完成了。张铁来到东昆仑腹地已经两年,我们能如愿以偿地为国家提交一份大型矿床报告吗?我们应该都有这个理想的。

我们从未看到过格桑梅朵的脸,但这并不影响她在我们心目中的美丽。我们宁愿这样想象着,也不再奢望头巾有一天会奇迹般地掉下来。奇迹的发生得从那天我们遇上神鹰后说起。

那天,大雨、大风及冰雹过后,我们拖着沉重的步子回到了帐篷里。几乎是每个人一见到睡袋就钻了进去,可躺在里面谁也睡不着,却又困得心里发慌。吃东西懒得动嘴,说话懒得出声,只是眼睛上下左右翻动。第二天,我们休整了一天,隔天再去了那条断层的终点。很不幸,如我预料,那儿与当时我们屁股下坐的石头一模一样。其实这个点,我们是可以不去的,并不会影响地质图的质量。可是李子就这么一个人,有着不到黄河心不死的倔强。

第三天,我们像一群残兵败将走进了木香错乡,阳光的艳丽并没有遮掩住我们的狼狈,反而似乎使它显得更清晰。格桑努西支书迎上来说,再不回来,我就要组织人找你们去了。格桑梅朵,快拿奶茶,快拿奶茶来。也许格桑梅朵早在明媚的阳光中就看见了我们一个个的狼狈样,知道我们已疲惫到了极限,话音未落,她已经端着一盆奶茶急步走来。也许是她太关注我们了,一不小心被什么绊了一下,双手只能紧端着盆子,腾不出手来护住由于惯性而下滑的头巾。那一刻,我们首先担心的是怕她摔倒,见她没跌倒后,所有的眼睛都只注视她头巾的下滑,没谁再去关注奶茶。当我们都睁大眼睛准备迎来这突然的惊喜时,头巾却不再下滑,停在了她高高的鼻梁上。

格桑梅朵并没有特别的惊慌,当然一丝的慌乱是有的,这慌乱让她的大眼睛忽闪忽闪的。她眨着的那一双黑眼睛,简直可爱极了。有人说,不是因为美丽才可爱,而是因为可爱才美丽。她放下盆子,整理头巾,我感觉太阳的红飘上了她的脸,尽管我们没能看到她的脸庞。

虽然疲惫至极,可那时候想的偏偏不是奶茶,而是想象我能像那个大胖子高音之王把音量提到最高处,唱出一首《我的太阳》来。那时候,天上一个太阳,地下一个大阳,鲜活了已疲惫不堪的身心。

并不是所有的歌都一定要唱出声来才会铭记于心,也许正是没有从胸腔从嘴里唱出来,那声音才会久久地回旋在心中。

四

你一定见过许多各种各样的旗帜,在这个精神信仰缺乏的世界里,旗帜是精神的体现和需要。国有国旗,军有军旗,党有党旗,会有会旗,所有的旗帜毫无疑问都是人为的,因为旗帜代表着不同肤色、不同民族、不同国家的人的精神。不容置疑,只要这个世界还存在着精神和信念,那么你就应该相信,旗帜是永远不会飘落的。

我们最熟悉的旗帜一定是五星红旗,它无时不在我们的视野里高高地飘扬,因为这面旗帜是我们这个民族复兴的精神所在。你一定无时不在地关注着这面旗帜,也无时不在地为这面旗帜而感动。我也是这样的,和你没有两样。

但是你见过这样的一面旗帜吗?它不是人为的,而是自然的。我见到这种旗帜,不仅仅是感动,更被它震撼。你也许坚信一点,那就是只有高级动物的精神世界里,才需要有旗帜的飘扬,除此以外,其他任何动植物,有可能拥有一面旗帜吗?你一定很自信,这个反问句似乎可以击溃任何企图与你争辩的人。可是,这个世界最大的真谛就是实事求是。实事求是是可以击败一切的,无论你声音怎样地洪亮，无论你的雄辩怎样地诡异。

我不与你争辩，是因为我到过东昆仑的唐古拉山脉。上过昆仑山的人，和一般人当然不一样。你想和你现在不一样吗，那么来具有"众山之父"之称的唐古拉山主峰格拉丹冬吧！等你来了后，等你不一样后，我再带你去浩瀚的唐古拉山脉里，在那些荒无人迹的不知名的雪峰上，你会看到这样的奇迹，一面面自然而然的旗帜迎风展开。

你也许认为我在讲童话故事，那么我告诉你，正因为渴望奇迹，才会出现一代又一代人讲也讲不完的童话故事。在奇迹未临之前，大多数人总是不相信；在奇迹来临之后，大多数人也总是沮丧与奇迹失之交臂。你是这个大多数的人吗？无论怎样，你还是先听我讲一讲这面有着童话般神奇的旗帜吧！但你一定要相信这绝非童话。

在很远很远的山峰上，有一种神奇的旗帜，这旗帜不是人做的，也不是用布或丝绸做的，这种旗帜是风做成的……

第一次看到风做的旗帜，是与李子他们历经千难万险爬上了一个山口后。那是我们拖着疲惫的身子冲刺的一个目标，必须登上去并翻越它。

说是风做的旗帜，绝非想象和杜撰，是有科学依据的。这旗帜事实上是一种树，在藏民口中就叫旗树。旗树的树冠像一面迎风飘扬的旗帜，树枝动感地朝一个方向延伸，而其他方向不生长任何枝丫，这是寒流长期而固定的风向所致。

看到旗树后，我刚爬上山口，累得上气不接下气，可我特别想对李子说些什么。我夸张地张开大嘴——在讲话前，得把气搞顺了才行。我仰着头，嘴朝天，喉管无比顺畅，有助于多吸收这山口稀薄的氧气。不到最后的时候，我的手是不会伸向包里的氧气袋。在李子他们的胸还在像拉风箱，嘴巴还当风箱口用的时候，我已基本顺好了气，可以说话了。我说，李子，这是旗树。

　　李子看了我一眼，没说话，他的嘴还是风箱口。不过他看我的那一眼，仿佛是说，是旗树，就在眼前，我还不知道看呀！要你说，多此一举。

　　我才不和他搞目光交流，趁他说不出话，多说几句，我说这就是诗，我说你还讥讽我见什么写什么，老子就是要写，总有一天老子就为这树子写诗，气死你，我说……

　　我还没说完，李子用嘴打断了我的话，本来我还想多说几句的。他说，石头，你不要一天诗诗的，我不是反对你写诗，更不反对你没事就对着什么东西抒情。你说你要写一首鸟的诗，可那大鸟都快老死了，小鸟都成大鸟了，你的鸟诗，我看是飞不出来了。

　　我一听他说一语双关的"鸟诗"，心里就憋气。上次我们遇到传说中的神鹰后，在回驻地见到格桑梅朵像太阳后，在我想唱《我的太阳》而又没唱后，在我喝了格桑梅朵端来的奶茶后，在我因过分疲劳而睡不着后，我的确躺在床上对李子说，我要写诗。其实那时候我最想写的是一首关于格桑梅朵的诗。但我嘴上却说是要写一首神鹰的诗。在看到那一大二小的鸟儿飞走的那一刹那间，我就决心要写，但我并不想让李子知道。在见到神鹰之前，李子因为诗，像鞭子一样抽了我。为了不让李子知道我想写格桑梅朵的诗而笑话我，我只好说要写神鹰。我怕李子不相信，强调说，那大鸟和小鸟太令人感慨了，这是一种伟大的母爱。爱，各有各的不同，只有母爱是一样的。出乎意料，这一次李子毫不异议，也第一次，赞同了我关于诗的话题。

　　有时候，我可能真以为自己是个诗人了，动不动就说写诗，结果是行动的矮子!但是,我的这个毛病并没有碍着谁,自然也碍不着李子。他居然在累得嘴像风箱口后,还不忘讥讽我几句。我气得不由深吸了一口气,那气就憋在心口,不吐就不舒畅。憋着气,说话肯定瓮声瓮气的。我说,李子,你这个文盲。你懂诗的话,诗歌就没有了,成化石了。我写不写得出来,与你有什么关系。

李子说,怪了,今天吃大力丸了,说话那么粗大。你吃人哪你。不关心你的诗,你不高兴,关心吧,你还是不高兴。人家说诗人或多或少都有些毛病,我今天算是彻彻底底地相信了,真是受不了你这种人。

我说,有毛病没毛病你管不着,你受得了受不了也得受。

李子见我横扯皮,只好闭嘴不应声了。在这样的海拔高度,更需要的是少说话,节省体力。

旗树的确神奇,它的神奇在于风的方向所造就的奇迹,它的美丽在于雪的颜色里飘扬着绿色的信念。这存在本身就是奇迹。毫无疑问,每一个人的骨子里都渴望奇迹,可奇迹从来都不是守株待兔能得来的,只能在不断地寻觅中跋涉中路遇。这路遇也不是有路就有,往往是没路才有。没有路的地方,一旦有人走过,便有了路。这种路上奇迹不断,关键是你走不走。我们走到这里,就遇见了这个奇迹,怎能让人平静呢?我此时的心,就沸腾着美好的词句,可是没有一句像诗。旗树生长在这里,本身就是一首绝妙无比的诗,再好的词儿,终究比不上它屹立在这雪白的山口上迎风招展。

我们无疑是幸运的,在这个充满险恶而又充满希望的世界里,能看见奇迹的人实在太少。没有人愿意在奇迹就在眼前时离开,我也不例外。可是,在这儿,在这山口,由不得人愿意不愿意,我们必须短时间内离开。这里空气稀薄,不宜久留。

我和李子几乎同时站起来，我的脚已在雪地里走了几步，也未感觉李子有跟上来的迹象。我只好回头，正遇见李子恳切的目光。他似乎就在等我回头，我一回头，他的目光就逮住了我。这以往，我们的目光相撞，多半是调侃的，或者是挑衅的。可此时是恳切的，我就有点奇怪了，而且我们刚刚斗过嘴。我想他一定是有什么事，不过，他不说，我才懒得出声问，说不定这家伙又使什么鬼招呢？

　　我千想万想，没预料到李子会说这么一句：帮我一个忙。

　　见李子一反常态，可我又猜不着，心里不免急着想知道。想知道，我也不想正儿八经地问他，我怕我一正儿八经，他反倒来一个180度急转弯调侃我，我得防着他点。我防备的招数是用话激他，逼他说出底牌。

　　我说，有话你就说，有屁你就放。

　　李子说，帮我喊山。

　　我睁大了眼，说，喊山？

　　李子说，喊山。

　　在野外，我们是经常对着山峰、山谷喊话的，通称喊山。像张铁对着格拉丹冬雪峰喊他女朋友的名字，即是喊山的一种。不过，我们多半不是像张铁这样浪漫地喊爱人的名字，而是一种情绪的宣泄。在这东昆仑的茫茫山野里，最大的情绪自然是孤独所造成的烦躁，既然是宣泄，便没有什么禁忌。有时候喊起山来像鬼哭狼嚎，这鬼哭狼嚎中难免有骂人的脏话，但我们并不难为情。在城市里，也许没有人说脏话，却有一些人干着脏事。在这荒山野岭里，不骂几句脏话的人，一定是神仙。我们是凡人，骂了就骂了。有时我们互相骂一骂，谁也不当真，反正都知道，不骂人或没人骂，就憋得慌。互相骂烦了，就对着山吼，吼过了心里就开朗了。

李子是很少喊山的，这时他要我帮他喊山，莫名其妙。我们喊山时，的确有邀人一起喊的习惯，这只是为了吼得更加狂野而已。而谁邀请喊山，也从不是什么正儿八经的。现在李子这样，我反而感到不习惯。我想，你李子想喊什么就喊什么，只要适合其他人喊，大伙儿都会应声。假如你李子喊你老婆，我们也跟着吼，占了你便宜，你李子又要骂人了。

我伸出巴掌，在李子眼前晃了晃，说，没毛病吧！

李子一巴掌拔开我的手，说，你喊不喊。

我扭头看着远处，说，这里不太适合吧！万一引发雪崩怎么办？再说，这里海拔太高了，你嫌我们不够累呀。

我这样说是故意气李子，是想让他想喊什么就赶快喊，啰唆些什么。现在已是夏季，这山口还没有高到夏季也有积雪而引发雪崩，不用说，一目了然。可我偏要在这一目了然里啰唆，你李子不啰唆，哪会有我的啰唆。

李子见我这样，脸上本来不横的肌肉都横了起来，厉声说，你喊不喊。

我看他这一横，知道他心里准有事，还真惹不得，说，喊喊喊……

李子双掌呈喇叭状贴在上嘴，高喊，李—朱—砂，生—日—快—乐！

在李子喊第二遍的时候，我们一行五人应声喊了起来。第一句是属于李子的，第二句、第三句才是我们这些伯伯叔叔们的。

在我们一连喊了十个来回的时候，大家都一屁股坐在地上喘气。

李子涨红了的脸还未恢复，喘着气，结结巴巴地说，我答应李朱砂的。

我有点感动，李子是可以休息一下才说话的，他急于说话，其实就是为了感谢我们，李子就是这么一个实在的人。

李子爱他的女儿李朱砂，胜过爱他自己。这不仅仅是一个慈父的爱，更多的是对女儿的内疚。他两口子生了李朱砂，没人带，只好送到奶奶家。李子的母亲倒是喜欢孩子，也能带好孩子。可这却让李子伤透了心。

应该是十年前吧，李子不远千里去看女儿。他从老家回到组里时，我们在阿尔金山搞野外工作。我正在图纸上圈点，见他进房来，我很高兴。没料到他一进来，不容我问好，立马说，他妈的，这野外地质不能再干了。

我一头的雾水，说，学的这一行，不干干哪样，我们还会干别样么？

李子一屁股坐下，端起我的茶杯一口饮尽，说，考博，考博。

我说，考博就考博，我也算一个。

李子眼圈一下子就红了，双手拍打着我的图纸说，石头呀，你看我们这是为了什么？女儿知道喊我爸爸了，我却没办法不送她去她奶奶家。你猜，我这次去看她，她叫我什么，她叫我叔叔。

见李子伤心的样子，我也伤感，我的儿子也四岁了，我与儿子在一起的时间总和也不到半年。不过我老婆教得好，平时没事就给儿子讲爸爸，所以我一回家，儿子总是不用她妈妈介绍我是爸爸，早已自己冲上来叫我爸爸，与我亲热。

我说，李子，你妈不给你女儿讲你么？

李子说，讲呀！天天都讲。

我说，那她咋个会叫你叔叔。

李子说，怪我太自信，相信我妈不提示我女儿，她也能认出我是爸爸。

我说，结果她喊你叔叔，你伤心了，是不是？李子不说话。我又说，她才三岁的孩子，见到老人都是爷爷奶奶公公婆婆的，见到青壮年都是叔叔伯伯的，一年多不见你了，见你这模样，不喊你叔叔才怪。我那儿子三岁以前，也分不清爸爸和叔叔有什么区别，只是她妈总念叨他爸爸，他感觉爸爸比叔叔亲切。想爸爸的时候，见到穿地质服装的人就喊爸爸，他妈看着就伤心就流泪。说着说着，我也说不下去了，本来是想安慰一下李子，却挑动了自己的痛处。

李子抬起头说，考博是改变现状的途径。

我说，正确。

于是，在第二年，我们同时成了博士生。再过两年，我们都取得了博士学位。可我们也没再提改变什么，我们骨子原本里就爱好这一行，不上山还憋得心慌。这不，我们又不断地接项目，不断地出野外。

五

你见过的月亮，肯定不是我见过的那一种。因为，它是昆仑月。昆仑离天似乎更近些，所以月亮格外的鲜亮。月上昆仑，一片静谧，繁星点点，这是昆仑之夜哪！我在这夜里，你在夜里吗？肯定在，可是没昆仑月。这昆仑月，像羊脂玉一样洁白无瑕，挂在黑水晶一样清澈的夜空里。

我想离月亮更近些，于是去了木香错的小湖边。

小湖里也有一片夜空，自然少不了那轮月亮。我常常就独自傻坐在湖边。看月说是浪漫，其实孤独。这么好的月色，只有我来看，的确可惜。我想吟诗一首，脑壳里一翻腾都是别人的诗。我的诗呢，无论我傻坐多久，就是没有。有几次，我恼怒地想把手伸向湖水，搅乱那夜和那月，可几次还是下不了手。我写不出一首诗，总不能破坏诗吧！没有鲜花，没有美女，如何有诗？我给自己找借口。

任何人来不来都不要紧，要紧的是我来了。带着这样的无奈、这样的孤独，我依然只要天上有月亮，就坚持来看月。这坚持里面有固执，也有盼望，盼望有一天有一个人突然来到小湖边。当然这人最好是格桑梅朵。有这么好的月，有格桑梅朵，这夜就美丽无比了。

这个期盼终于被我等来了。那一天，夜依然、水依然、月依然、人依然。我正思绪万千时，湖岸的草和水边的小石子在沙沙地响，这声音绝对不是风，是有人来了，这人还是格桑梅朵。一个孤独人的期盼来得这么完美，我几乎不敢相信。可是格桑梅朵真真实实地就在不远处款款地向我走来。在月光下，她身子的线条更是完美，头巾里的眼睛分明就是两轮月亮，在这天地间，她圣洁得像是乘着月光下凡的仙子。有她来看月，这月的美才不枉来人间。

格桑梅朵的眼睛并没有去看湖水里的月，而是看着我。她用半生不熟的汉语说，石头博士，阿爸和李子博士……她做了个喝酒的动作，她是来喊我去喝酒的。

我当然要去的，换了一个人来，我一定拒绝。

格桑梅朵在前面走，一路上弥漫着花的馨香和草的清香，偶尔有几只黄蜂、几只彩蝶，在月的光晕里任意滑翔。月色笼罩着这天这地这人，使那天的夜晚像童话里的世界，精彩不已。我跟随其后，相距二米左右，可我感觉，就这点距离，我始终走不进那童话世界，就算我加快步伐，追近格桑梅朵，但哪怕我们只有一层纸薄的距离，那层纸依然隔开着两个世界。我的世界当然也没有下雨飘雪，却因为纸那边有着的童话世界而呈现五彩云霞、金丝鸟鸣。

又记起了那一位西方作家武断的话：男女之间没有友谊，只有爱情。我有一个老师，是大地构造地质学家，一生都在研究昆仑山。他在研究中发现，一分为三是事物存在状态的哲学分析。直观上，世界一切事物的表象都可以一分为三。万物除了有它的正反面以外，还有它的临界点以及过渡带，可称为第三种状态。如地球结构分为地核、地幔、地壳。地球气候带分为热带、寒带、温带。气候季节也分为热季（夏）、寒季（冬）、温季（春、秋）。物质存在状态分为固态、液态、气态。数字分为负数、正数、零。基本三原色为红色、黄色、蓝色。

以此推论，人的情感也存在着第三种状态，除了爱与恨之外，这第三种情感到底是什么样的呢？是纯真的友谊吗？如果是，那么那位西方作家的断言，在这日出东方的土地上将无法生长。

李子见我到了，马上现出少见的豪爽，一边挥舞着酒杯一边大叫，拿酒来，拿脸盆打来。

我抢下他手中的酒杯说，别喝高了，你的脸盆又洗脚又洗脸，脏得恶心。

李子斜了我一眼说，这一段工作顺利完成，离不开格桑支书的大力支持，今天谁不一醉方休，我跟他急。

见李子答非所问，看来是有点醉了，我强调说，打酒也不能用你的脸盆。

李子摇晃着脑袋说，不用脸盆用啥子，脸盆大，这么多人喝不够嘛。

我说，脸盆不干净。

李子扭头对格桑支书说，格桑支书，他说脸盆脏，您说脏不脏？

格桑支书爽朗地一笑说，不脏。梅朵，打酒来。

李子一把抓我坐下，并用手压住我的肩，说，来，你跑什么跑，先喝三杯。

我挣扎着正要站起来，肩上又多了一只手，是格桑支书的。他说，石头博士，李子博士说你能喝酒，你不喝，就不够朋友了。

我拨开李子的手说，好，格桑支书，我敬你三杯。

扎西已喝得一脸通红，抢过来说，也向我开三炮。

我说，开炮就开炮，你可别在炮火中永生了啊！

小看了我。喝。扎西不等我先喝，自己连喝三杯，喝完一抹嘴巴，眼睛盯着我看。

我只好也连喝三杯。扎西伸出大拇指说，好，石头。

我又接过张铁递来的杯子，连敬了格桑支书三杯。

格桑支书喝完了三杯，说，好，石头。你为什么叫石头呢？

六杯酒下肚，我一时也有点晕，打着酒嗝说，我父亲姓石，又是老地质队员，就给我取名石头。石头不好呀！

格桑支书放下杯子大笑起来，我们这里到处都是石头。石头好呀，好石头呀，没了石头哪来的山呀。

受格桑支书的感染，我也高兴地大笑起来。

这时，格桑梅朵端了一盆酒来，正准备放在桌子上，她弟弟益西却突然扑上来抓她的头巾。益西的动作又快又猛，头巾被扯掉是刹那间的事。我们不由全神贯注等待那一刹那间的来临。危急之中，格桑梅朵舍掉酒盆，一手护住头巾，一手拦开益西的手，咣当一声，酒盆掉在了桌子下的石头上，酒溅得老高，撒泼了一地。

益西见没抓掉姐姐的头巾，返身逃走。格桑梅朵也没追赶，整理了一下头巾，弯腰端起半盆酒放在桌子上。大家都没有说话，一切似乎都静悄悄的。我看见酒盆里那半盆清冽的酒中，格桑梅朵的黑眼睛里有些慌乱，我也看见微微摇曳的酒波中映衬着一个美丽无比的闪烁着水红色的大月亮。

月亮咋个就红了呢？我没有醉吧！我揉搓了一下眼睛，抬头向天望去，天上不知什么时候来了几朵云彩，散落在月的周围，月亮的脸已偷偷改变，成了微红微红的，像格桑梅朵羞红的脸。尽管她的头巾没有掉下来，我坚持相信月亮的脸这时与她的脸一般模样。

一切都静悄悄的，至少持续了两分钟。最后还是格桑支书打破了这寂静，他扬起一张喝红了的脸，笑哈哈地说，可惜了酒了，可惜了酒了。

六

你一定知道狼，先是在外婆的童话故事里听见，然后是在动物园里看见。但是你绝对没有见过昆仑狼，昆仑狼是不可能在动物园存活的，你也更不可能听有人说过昆仑白狼。是的，现在内地已经有人开始怀念狼了，已经有人研究狼图腾了。可我们研究石头的，并不注意昆仑狼，虽然到木香错后，听到的大多是关于狼的事情。来昆仑山，遇见的不仅仅是狼，几乎是走进了一个野生的动物世界。

人本身也是动物，来到这动物的世界没有什么不好。也许是对直立动物的敬畏，就是大型的动物，像牦牛、狗熊，也与我们互不侵犯。我们虽然被特许携带枪支，但没有一粒子弹射向动物们。对项目组的几十个人，我和李子一再强调，除非危及人的生命，否则任何人不得使用枪支射击动物，不要说是国家一、二类保护动物，就是一般动物也不能射杀。只有迷路时，互相联络，才能对空射击。

与野生动物不期相遇，是惊险的，也是精彩的。无论怎样，有惊无险的事，对于一个人来讲，是充满传奇和值得永久怀念的。

　　有一次，我和张铁等一行三人，顺着一条矿脉走，走着走着，突然发现前面一块突起的黑石头动了起来，吓了一大跳。这里的石头多半是黑的，没什么惊奇的，可石头会动，这可不得不让人一惊。定神仔细一看，却是一只大黑熊躺在地上伸懒腰，弯曲着它三四百斤肉坨坨的身子，正用嘴巴舔肚皮。

　　再有一次，张铁离开我去不远处敲一块标本，刚走到一嶙峋怪石旁，突然其中一黑色怪石变成了黑熊。几乎是零距离的接触，跑是来不及了。根据老地质队员的经验，张铁只有像中枪一样倒地装死。再凶猛的熊也是从不与死物啰唆的，一般嗅一嗅就走开了。张铁当然也是这样盘算的，他一动不动地趴在地上，竖起耳朵准备感觉熊鼻子的气息。那气息他是感觉到了，却没有马上消失，而是久久地在他身旁停留着。他想知道为什么，又不敢睁开眼看。这状况我是看清楚了，原来熊并没有离开，嗅完了，确定这是死东西后，懒洋洋地躺倒下来继续睡觉。

　　我是在张铁到时间了还不回来，才来找他的，却看到熊和他贴在一起睡觉。我当然判断出张铁没死，可是如何让这熊离开，我也没有好主意。这地方我们认为是比较安全的，因而没有带防身的枪，即使带来了，我看也不能轻易开枪，万一黑熊受惊，它三四百斤的身子还不压扁了张铁。以我自己走过去惊走黑熊更不行，这有点太自不量力，即便是吃了大力丸或像堂吉诃德战风车一样地疯了也不行。不但害了自己，还把别人也害了。

　　最后，我决定去一块巨石后抽烟，等熊睡够了再说。在我抽了几包烟，大约两小时后，张铁找到了我。他一见到我，并不说他伴熊而眠如何难受，却看着我丢下的一堆烟头，说，抽这么多，你不痛心嘴巴舌头的，我还痛心这烟哩。

是的，短短两小时抽了六十支烟，是我从未有过的。这烟抽到后面，几乎不知烟味了，嘴巴只当烟的吞吐器在用。我的嘴巴和舌头几乎麻木了，虽还没有到说不出话的程度，不过话一出口相当麻木。

我木讷地问，走了。

张铁说，走了。

我站起来，才发觉腿和腰都是麻木的，竟然迈不动脚步，还摇摇晃晃差点跌倒。

张铁赶紧护住我说，又不是你和熊睡觉。

后来我想，这也许是我长时间保持一种姿态造成的。这需要自我检讨，万一有一只昆仑狼走过来遇见我，我也许站都站不起来，非被狼咬了几块肉走不可（狼是比较畏惧站着的人的）。事后，我开玩笑，问张铁那熊是公熊还是母熊，说幸亏熊还算睡得踏实，要是它有心事睡不安稳，一翻身非把你压死不可。

张铁一本正经地说，一定是只母熊。

我说，你那时已吓得半死，还知道是公是母，你骗谁你？

张铁说，刚开始是被吓唬住了。后来熊睡觉还怕压了我，用大脚掌拨动我。我判定它一定是头母熊。

我说，对，它怕压死它的崽。

张铁说，石叔，别骂人嘛！我又不是小熊。

我说，你劫后余生，我高兴都来不及，我疯了呀我骂你。

还有一次，一个月亮很大的夜半，李子起来撒尿，尿刚撒完正打着冷战，一抬头看见面前的石头上坐着一只花斑豹子，一双绿阴阴的眼睛正盯着他，吓得李子没命地往帐篷里钻，结果踩了我一脚，痛得我大叫。

这些故事，林林总总说上十天半月也讲不完，但最难忘记的还是昆仑狼，而且是一只白狼，木香错老猎人称之为雪狼。为了那东西，我和李子都老几十岁的人了，居然还打了久违的一架。

那时，我们暂时离开木香错，来到了雪狼沟。雪狼沟因传说有白狼而得名，可是已有很久很久没有人再看见白狼了。一位老猎人说，他的父亲见过，但他父母已去世二十多年了。

很多地方都是这样，空留其名，老虎林没了老虎，黑熊湾没了黑熊，天鹅湖没了天鹅，野鸭塘没了野鸭，青松岭没了青松……我们见惯了这样的现象，也就没把雪狼沟当回事。

走进雪狼沟，太阳已红彤彤地爬上了雪峰顶，还未光芒四射，我们不戴墨镜也可以直视它。远处洁白无瑕的雪峰和湛蓝色天空的接连处，被太阳抹上了一层嫩嫩的桃红色，近处黑墨黑墨的石头，似有金黄色的光在其上随风飘动。一切都美丽极了，一切似乎与平常都不一样，令人愉快，我甚至高兴得在这不可能有鸟叫的峡谷里吹起了口哨，口哨的旋律当然是鸟鸣。

峡谷里几乎不长草，更不要说树木了。在向北漂移的印度板块与欧亚大陆相撞之前，此地是海，不可能有鸟。两板块相撞之后，这里逐渐隆起成高原，在这片高原还没有高到像毛主席说的"不要这高，不要这多雪"的时候，这条雪狼沟里一定有森林，有鸟鸣。不过那鸟鸣是几千万年以前的事了，也许千万年来，这是山谷里响起的第一声鸟鸣，我很自豪，这是我叫的。

雪狼沟里的石头，一块块像一张张饱经风霜满是皱纹的老人脸，横七竖八地散乱在沟里。如果沟里有一条羊肠小道,我们会觉得那简直是一条金光大道。没有路也要前进,这是地质队员的家常便饭。如果有路,这里也不用叫无人区了。

走了两天后,我们到了海拔五千米的地方,马匹是不能再前进了。马也知道保护自己,再往上走,等待它的就是死亡。你就是用鞭子抽它,它也不会走了。我们就在五千米处建起了宿营地。第二天,我们要向上追踪地层。

你能理解我们迷失在昆仑山的冰塔林中,看见月光飘荡在冰川上的感觉吗?由于太阳落西之前没能撤出来,为了不化成冰塔屹立在冰川里,我们那一夜只好在零下十几度的冰塔林里不停地走动。第二天,等到太阳出来,我们回到帐篷,没有一个人还能站起来,就是留守的人把食物送到嘴边,也没有一个人想张口吞食。只有氧气管贴在鼻子上时,我们才贪婪地吸着。

第二天,我们休息了一整天。在下午的时候,李子才开口说话。他说话时,我就坐在他旁边,我以为他会说,我们的辛苦没白费。因为这个地层在此次得到确定,是有很大意义的。出乎我意料,他说的是有关雪狼的话题。

李子随手抓起一些黑色的粉末,说,上面冰川退缩,这里干燥无雨,别看这些石头棱角锋利,没想到风化得这么厉害。在这样的环境,这样的生存条件,不可能有雪狼。

我说,传说就是传说,你当什么真。

李子说,有些传说,是具有科学性的,只是我们未必认识到了。我看往下,在三千到四千米之间,有狼是肯定的,但有没有白狼不好说。白狼一定是基因的突变,可在这环境、在这地理条件下,能找出基因突变的依据么?

我不耐烦地说，这不是我们研究的问题。

李子说，你这个人就是自私，只准你研究诗，不准人家研究点别的呀！

张铁这时凑了过来，把他那一张呈现高原红的脸，伸在我和李子之间，说，你们还是研究一下，我们什么时候往回走。我们已出来一个多星期了，真想格桑梅朵的酥油茶和她做的手抓羊肉。

我拍了一下张铁的左脸，逗他说，我们今天是走不成了，要不你先走。

李子也拍了张铁的右脸，也逗他说，遇不上雪狼我们就不走了。

张铁瞪着一双怪眼对李子说，石叔疯了么还能理解，想不到你李叔这么精神正常的人，也疯了。我看你们只配研究这些石头了，一研究别的，准疯。

我和李子不约而同地握拳、弯曲起中指弹向张铁的脑门，他叫唤着捂着头退开了。

真的，千想万想没想到会遇见白狼。要说遇见狼的事，我可以讲上三天。我从未对狼有恐惧过，尽管从小大人们经常用狼来吓唬我。被恶魔化的狼，并未在我幼小的心灵中留下阴影，是因为狼太像狗了。

我从小就在狗群里玩着长大的，对于狗和狼，我实在不知道我该怕谁。反正我是不怕狗的，应该是狗怕我。我曾经路过一个村庄，视几十条围着我狂吠的狗为无一物。时至今日，我从未被狼群包围过。

从很多听说的故事中，我知道草原狼是群居的，并听说了人与狼可歌可泣相互为生存而战的惨痛，可故事在我毕竟只是故事而已。我所遇见的昆仑狼，从未超过五只，一般情况下都是两三只。说实在的，我从未把有着这样数量的狼放在眼里。

事情的由来往往是你没想到的，这由来虽然平凡而简单，却能给人以惊讶。

白狼出现的时候，我正与李子在斗嘴。那时候我们已走到了雪狼沟的中段，海拔近四千米。在这种海拔，像李子和我这样的老地质队员，是可以毫不费力地吵嘴。斗嘴的原因，是在雪狼沟两边陡峭且嶙峋的石壁上发现了古冰川的痕迹。

我感叹地说，人类的现代化文明是以破坏自然为代价的。你看现在这冰川已经要萎缩到雪山的顶峰了，总有一天，雪山都会变成黑山。

李子说，诗人，你又感叹什么，这些不是你我能改变什么的。还是讲讲你写的诗。今天我高兴，绝不会轻视你伟大的诗歌。

其实我也不想与他探讨这么沉重的问题，也知道他从不与我探讨这类问题，其实我明白，他不愿意探讨，是他平时比我想得更沉重。要是平常他这样把话扯开，我也就算了，可今天我也高兴，他不愿干什么我偏干什么。我们俩就是这样——我高兴了就不让他高兴，或者，我的高兴是他的不高兴。

就这样，我们不可避免地开始斗嘴。也就这样，工作之余的斗嘴，成了我们在这荒无人烟的昆仑山里唯一的乐趣。

我们正斗得口沫飞溅，声音也越来越大时，突然，数倍于吵嘴声的一声狂叫从后面传来，雪狼，快看，是雪狼。

我的脑袋闻声立刻扭动一百八十度，才找到张铁的手指，我顺着手指的方向寻找目标，那张铁嘴里喊的雪狼根本没有。

我笑嘻嘻地叫着张铁的小名说，铁锤，你别可怜你李叔嘴巴笨，你李叔说不赢谁，要憋话还憋不赢谁是不是。

张铁看我不相信他，急得指手画脚地说，真的，我真的看见雪狼了。在那边，就在那边。

我说，你李叔马上就没话说了，在这里，就在这里。

张铁见我调侃，更急了，说，不相信算了，李叔应该看见了吧！

李子没接话，正望着张铁说的那边。

我根本不信这里有什么雪狼，我相信张铁一定是听烦了我们的斗嘴，想让我们结束斗嘴。我拍了一下他的肩说，看见没有，你李叔就是个明了事理的人，知道该闭嘴时就闭嘴。

张铁见李子不接话，又见我调侃个没完没了，再急也说不出话了。

我正得意，李子说话了，他的目光收回来，扭头对我说，真是的，我看见一条白色的狼，像一只成年狗大小，从那边那石头后一闪而过。

我继续调侃说，说话你不及我，扭头也不比我快，我都没来得及看到，你李子能看见才怪。这和你说太阳从西边升起是没两样的。

李子说，走，铁锤，和这个疯子没什么好讲的。

既然不与李子斗嘴了，我就没必要与他们走得很近。我很高兴，这会儿要干的事就是干脆侧身让过两匹马，与牵最后一匹马的民工打手势交流。这藏族汉子似乎也明白我们在争论些什么，他打着的手势仿佛是要我明白，张铁刚才手指的地方确实有东西。可惜他不会说汉语，我始终不明白他确切的意思。这不明白，反而激起了我的欲望——到那东西的闪身处看一看。

我终于忍不住大喝一声，停下。

李子停了下来，回头问，哪样事？

我说，休息一会儿。

李子说，不该就累了吧。

我翻越了几块大石头，一蹦二跳地到了李子面前，说，累了就累了，什么该不该的。

李子倚坐在石头上说，你这样像累了么？你有什么话就快说，别神经兮兮的。

我本想干脆点,说想看看去,可这话到了嘴巴却说成,想烟了,抽支烟再走嘛!

李子说,我早提醒过,在这种海拔高度不适合抽烟,你偏要抽,到时候抽出什么问题来,你老婆别怪我没提醒。

我不再理李子,掏出烟来发给大家。李子是不抽烟的,只好坐在石头上东张西望。

我一边抽着烟一边寻思怎样激起张铁的兴趣,使他愿意与我一起到那块巨石后面去看一看。那巨石看起来离我们不远,可是真要过去也够费脚力的。这地方乱石堆积,杂草横生。

抽一支烟的时间不算短,可我硬是没想出招儿来。如果我只是平庸地说去看一看,别看张铁这小子刚才欢着呢,真要他走过去看看,他肯定不会去。在这样的海拔高度,在这样的乱石堆里,谁也不愿意多走路的。

正当我丢掉烟头,决定放弃时。李子叫了起来。李子一叫,我下意识弯腰拾起烟头。我被他的尖叫惊过几次,全是我忘乎所以乱丢了烟头。但这回,他的尖叫似乎不是因为烟头,他根本没看见我丢烟头。我直起腰,看见他手指着左面山壁脚,不停地喊,快看,白狼。

我真看见了白狼,那白狼沿着山壁脚朝下猛跑。它跑了二十几米后,又停下来,歪着头看我们,又跑,又停下来。

我对张铁说,铁锤,我们去看看,那巨石后面一定有狼窝。

张铁说,正确,它想引开我们。

李子当然反对,我们当然不能因为反对而压抑强烈的好奇之心。李子最后也跟着去了,他是不放心,怕我们会干些什么。

那块巨石后面,有一个不深的斜洞,斜洞里果然有两只小白狼。小白狼不怕人,摇头晃脑地爬出洞,用鼻子来嗅我们的手。我们抚摸着它们可爱的身子,我和张铁分别抱起一只。

我说,李子,快回去拿相机,给我们照张相。

李子说,还照什么相,它老妈来了。

我一边抚摸小狼一边说,它妈敢来?说完,我一扭头,果然看见那白狼在离我们十米远处龇牙露齿。

李子说,你们赶快把它的崽放回去。

我说,放什么放,三条汉子,还怕一只孤独的狼么,快,照了相再说。

李子说,折腾些什么,快放回去。

我把狼崽往张铁怀里一放,掏出"五四"手枪,说,我赶走它。

"五四"手枪虽是把老枪,但威力不小,近距离打死一只虎也没问题。这枪的短处是后坐力大,一般的人开枪后握不住枪柄,容易打飞。我是地质队有持枪权力的几个人之一,曾无数次射击过这种枪,基本上可以达到瞄准头部而击中胸部的水平。这时,我只是想对空一枪吓走白狼。

我正想射击,脸上却重重地被一个拳头击中,整个身体差点失衡。我把枪插回枪套,空出了两只手,挺起拳头向李子进攻。这是我与李子在这东昆仑腹地里,一万次的斗嘴中唯一的一次斗拳。我全力以赴与李子交手,哪管白狼在那儿龇牙咧嘴。一条像狗一般的狼吗,根本不用顾及它。

我与李子打过无数次架,不过都是在上初中的时候。为什么打,也记不太清了。不过我记得,总是他躲开我的拳头,胜利地大逃遁,我拾起他丢下的眼镜追赶。我和李子永远是竞争的,他学习比我认真,成绩比我好一点,还有就是,他跑得比我快。我呢?就是诗比他写得好,拳头比他硬一点。我们总是较劲,他考什么学校,我也考什么,他分到哪个单位,我也分到哪里。我们是一对冤家,却是谁也不愿离开谁。

我以为,我双拳一上,李子准会像原来一样飞跑。不想他挨了两拳后,居然还摇晃晃挺住了身子。

打了他两拳,我的气早没了,见他摇摇欲倒,赶紧抢上一步扶住他,说,算了,不照相了,免得你英勇就义,我没那么多精力照顾你这个烈士的老婆。

李子揉了揉胸口,又抚摸了一下脸,骂道,你狗日的石头,拳头还这么硬。

我们回到原处,并没有马上走,累得够呛。我烟也懒得抽,坐上石头上,看白狼口里咬着狼崽搬家。

白狼咬着一只小白狼,一步一回头地朝远方跑去。我知道,不久它还会回来咬走第二只小白狼。

七

你一定见过各种各样的花,可是你见过开在草甸子上的花么?世界上的花,我想没有比在草甸子上开得更辽阔,开得更妩媚的。在芳草碧连天的绿色世界,遍开着五颜六色的花朵,这花如果不妩媚,你还相信能有称之为妩媚的花吗?可是我更喜爱这草。草常常因为无处不在,而容易被人忽视。于是草最可爱最美丽的所在,总是在不平凡中才能被发现。

这里的草是生动的,因为有蓝天、白云和格桑梅朵的牛羊。这里的花是妩媚的，因为有格桑梅朵而鲜活。在 2000 年的整个夏季，我们这一帮地质队员，也因为格桑梅朵的鲜活，而永远记住了东昆仑的木香错，那是一个多么美丽的夏季呀！这也许是我们一生中最美丽的夏季。

那个美丽的夏季，最惊心动魄的美，是我们离开木香错的时候。

夏季的最后一天，我们在木香错一带的工作任务结束了。走的时候，远近的牧民闻讯都来送行。藏族同胞的热情使我们热血沸腾，经过长时间的道别，我们终于恋恋不舍而遗憾地上车而去。恋恋不舍的，是几个月来与牧民们结下的友谊；遗憾的，却是格桑梅朵没有来送行。

一路上，谁都没说话，有遗憾在心，谁都在盼望最后的奇迹——盼望在初遇格桑梅朵的地方，再次相遇。在这圣洁的东昆仑，当所有人都圣洁地盼望什么的时候，昆仑神是不会让他们遗憾而去的。

当我们停下车，纷纷走向拿着羊鞭亭亭玉立于路旁的格桑梅朵时，我们的心像远处的雪峰一样圣洁。没有人说话，千言万语也无须说，我们友好地打着手势，与格桑梅朵告别，为她行注目礼。

格桑梅朵乌黑的大眼睛里满含着泪水，眼睛红红的。她的泪水不是这一刻才有；这眼睛，没有一夜的泪水浸泡是不会这样红的。

在我们还没有泪流满面时，必须告别格桑梅朵。我们是一群男子汉，这里的女人从来不喜欢有眼泪的男人。

其实是想多留一会儿，但却是我第一个出声喊走。我们登上车，挥动着手，车缓缓走动，格桑梅朵突然拽下了脸上的围巾……那时候，草的那个绿、花的那个美、天的那个蓝，都无法比拟她的那张羞涩的脸哪！一路上，不再遗憾，不再遗憾的美丽是值得人一生去怀念的。

昆仑的山是圣洁而寂静的，可是，在提交大型矿床报告后，这片宁静的群山也许会变成沸腾的群山。这山沸腾了后，还会这样圣洁么？

"河出昆仑"。中国最长的河流长江、黄河，都出于昆仑。冰川是昆仑雪山的灵魂，无数条冰川把巨大的山体切割成了刀砍状的条条伤口。伤口里挂满了冰凌，在慢慢地消融中变成了水晶般晶莹剔透的汩汩细流，然后汇成无数条溪流，从格拉丹冬雪峰、从唐古拉山脉、从巴颜喀拉山脉一泻千里，形成一蓝一黄、孕育了五千年中华文明的两条大江大河。

车过唐古拉山口，李子问，这几个月你应该写了几首诗吧。

我说，就写了一首。

李子说，背来听听。是写格桑梅朵的？还是写那神鹰的？或者是写旗树的？

我说，都不是。

李子说，哪算了，不用背了。

我说，你不说诗就算了，既然说了，我兴趣来了，你不听还不成，你必须听好了。

李子说，写哪样的？

我说，写我们的。

我不由李子再说，开始背诗：

沿着套色分明的中国版图

向西 向西

跨跃横断虚空的断裂

隆起与沉陷

构成大手笔的写意

向西 向西
那儿有狂风般剽悍的骑手
那儿有风吹草低的原野
那儿有高不胜寒的雪山
世界屋脊上
雄性十足的头颅
昂然挺立
呈银色衬出你的威仪与深邃
你白发苍苍
但双眼仍然年轻
一泻千里的两道目光
掠过沧桑沉浮的版图
严厉而慈祥
只有这博大而神奇的目光
才有着生命力的色彩
一道黄色
一道蓝色
于是东方古老的江河民族
生生不息地享受你的严厉与慈祥
至今——五千年

向西 向西
去骑一骑狂风般剽悍的骏马
去看一看风吹草低的牛羊

去摸一摸冰凉的世界屋脊
去吧 男儿要远行
那是中国神奇的版图
……

这是李子第一次赞赏我的诗,我很激动,一激动就犯错误。这个秘密我原本是不想给任何人讲的。我说,我写了一首给格桑梅朵的诗。

李子急切地说,你狗日的胆大包天,你还真敢给格桑梅朵写诗呀!快给我说一说,你怎么写的。

我说,不。

李子说,不?那好,我给大家宣布你写诗给格桑梅朵了,看他们不因为你的歪诗揍你一顿才怪。

我继续倔强地说,不。

李子一把揪住我的衣襟,像审问犯人一样地喊,你说不说。

我自豪而倔强地也喊,不说。

白层古渡

  白层街上的房屋已经破败不堪，就是那曾经代表一级政府的房子也只留下一些断垣残壁。是的，该搬走的都走了，只有这脚下的石板光溜溜的，延伸着一条曾经有过的且热闹的小街。我走在这石板上，想象着一千年来，从这上面走过的无数的脚步，有光着脚丫的，有穿着草鞋、竹鞋、布鞋的，还有像我一样穿着皮鞋的。无论怎样，即使是再坚硬的青石板，也禁不住这千年光阴的磨砺，于是，岁月便以光的痕迹赋予这石块像人一样有着情感、有着记忆。面对这些泛着青光，闪烁着千年光晕的石头，我不知该讲点什么？说什么都是多余的，就像这石块一样，它不用开口便告诉了我，作为一个人而该拥有着的感知。

  我就这样，脚踏着石板，无言地走着。步履有点与平时不一样，我感觉得到，步伐有点疲惫，有点沉重。是呀！有着这样沧桑味道的脚步，不该是我这样年纪的人该有的。

  同行的小蒙很快越过了我，他回头告诉我，他要找一找，看还有没有人。

  我没有说话，看着他去找。我还真希望他找到一个人。虽然我此时很不想开口讲话，但如果是这里的居民，我是很愿意与他交流的。我此时很需要找一个适当的人聊聊天。

在走进小街之前,我曾与一个当地居民交谈了不短的时间,话题一直就没有离开过搬迁和淹没。我很惊讶,这个居民并没有显出我想象中的特别来——就是我觉得他应该悲伤。这个悲伤应源于这样美丽的一个地方,这样一个美丽的家园,说没有了就没有了。他竟然不悲伤?还不悲伤?我想不通。

这里的美丽是令人愉悦的,我敢说,在这珠江之源的北盘江大峡谷,再要找这么一个地方,不是没有,而是很难。

北盘江大峡谷曾名列《中国地理》杂志评选的"中国最美丽的峡谷"之一。人在其中,前面是美,左右是美,回头还是美。我说的难,是这儿除了美,还有千年的历史沉淀。

当地人叫它白层渡口,白层以外的人叫它白层古渡。一个渡字,并不能说明它的重要。一个普通的地方或一条普通的河流,会因为人的需要成为渡口,也会因为人的不需要而被废弃。但如果被冠以"古渡",至少说明它的存在,影响了数十代人的生活。远一点说,白层古渡在古夜郎国时,就是交通要道,曾肩负着古夜郎与外界的迎来送往。近一点说,在清代,此地是出广西到广东的重要通商口岸。内陆的桐油等山货从这里运往两广,两广的盐巴等海货从这里运往川、滇、黔边区。

清政府在白层设立了厘金局,大小商号开设货栈不计其数。盛极一时的白层渡口被誉为"黔桂锁钥",贞丰县城的繁华,几乎与黔省首府贵阳可比,人称"小贵阳"。

走进白层,最先看到的是一座古拱桥,拱桥下面是碧蓝剔透的丝湾河。丝湾河是一条不宽的小河,正是由于狭窄,河水才一路泛着白浪花从远山急泻而来。河水过了拱桥,一下子就宽阔了,水流不再湍急,在缓流中变换成了处子般的碧蓝。这碧蓝在不远的五十米处与北盘江汇合。北盘江的水是污浊的,这碧蓝一头扎进去,便不见了半点的晶莹剔透。北盘江的两岸是美丽的,美丽的山野原本是不藏污垢的。北盘江从千万年以来的碧蓝变成现在这个样子,是世人在上游修建了火电厂,火电厂用河水洗煤,这江便不再清澈,什么时候江水会再显碧蓝呢?除非煤尽了,火电厂消失了。

北盘江大峡谷名列"中国最美的峡谷",是名副其实的。它的支流白水河、打邦河、坝陵河、王二河上有着中国最大的瀑布群。其中黄果树大瀑布、滴水滩瀑布、天生桥瀑布、陡塘坡瀑布、穿洞瀑布、沙井瀑布、落水洞瀑布、水刮瀑布等,构成了天地间一曲神奇的交响乐。明代著名地理学家、旅游家徐霞客曾流连忘返于北盘江流域,充满深情地描述过这里的锦绣河山。

这样的美丽、这样的神奇,我们有什么理由让原本碧蓝的北盘江变得污浊?北盘江碧蓝了亿万年了,一直是动植物的天堂。从北盘江流域的古人类考古证实,这里也是人类生活的天堂。即便是有史记载以来,这里依然是天堂。我们为什么要把天堂里的河流污染了,我们还有多少这样美丽的河流没有被污染呢?

北盘江上游的火电厂还没有消失,下游的广西又要构筑堤坝修建大型水电站,这将导致白层古渡永远地消失。而与我交谈的那个居民,居然没有失去家园的忧伤,这可是他祖祖辈辈赖以生存繁衍的美丽家园哪!

这个白层人也许正庆幸自己得到了不少的补偿金,也许正憧憬着对新迁地的好奇和向往。所有的白层人都是这样的么?我不相信。所以在我走过了那古拱桥,步入石板街的时候,总希望能看到有一个老人坐在街头。这时的街头是凄楚的,令人心乱如麻,如果再有一个老人雕像般的神色,很符合一个有悲壮情怀的人的愿望。我不知道为什么在我的想象中会是个老人，是不是我心灵的深处更信仰于老年人？我不能确定。

可是，这时的石板街空无一人，我的心便也无可挽救地空空荡荡。心空了，脑袋自然也空了。可偏偏那凄楚那愿望变成了无数的小虫，在我的心和大脑里爬来爬去，痒痒得我想大声骂娘。可是我骂谁呢？是水电站吗？我嘴里终于蹦出一句不文明的话，我也不知道这"狗日的些"应该指的是谁。

追上小蒙，来到了石板街的尽头，尽头就是古码头。在有着"世界地缝"之称的北盘江大峡谷，有这样宽阔的江面，的确是不容易，这正是人们选这里作为码头的理由。

看着江面，我想象着先人们在这儿的繁忙景象，有刚卸下纤绳的纤夫，肩裸露着勒痕，倚在小店的柜台上喝着烧酒，有船老大吆喝着脚夫搬运货物，有妇女带着一脸喜悦的小孩在岸上张望，有汉族小妹端着大盆下河洗衣裳，还有捶洗衣服却望着江上走船人的布依族少女……

一个寂寞的地方，有人才会鲜活起来。一个鲜活的地方，便会声名远播。一个声名远播的地方，必定是生长故事的地方。一个生长故事的地方，是人们不能忘记的地方。一个不能忘记的地方，是永远不会消失的地方。但是，这儿即将被水淹没。水下的世界是鱼儿们的，人类的故事它们是永远不会懂的。

是的，一个不会讲故事的民族，就算他不会消亡，至少是一个缺少欢乐、欠缺希望的民族。白层人是最会讲故事的，因而他们是快乐的，充满希望的。他们的快乐表现在能歌善舞上。在白层生活着的布依族、苗族，无论男女、无论老少，没有不会唱歌跳舞的。唱山歌、吹木叶，几乎是他们每天要做的事情。青年男女们更是一群群地在河道弯弯之处、在竹林青翠之中、在榕树挂绿之下，尽情地"浪哨"。我以为布依语"浪哨"，是表达多情怀春的少男少女们的最佳词汇。"浪哨、浪哨"，不信你嘴里多念几回，你的心、你的脚步，便会在这儿轻盈起来。

布依族有一种很古老的吹拉弹敲唱的群奏形式，人们称之为"八音坐唱"。我无数次听过这种古朴且浪漫的坐唱，每一次都有不同的感触。所谓八音，即是由布依人自制的八种乐器来演奏。这种自然而悠闲的音乐境界，都市里的乐师是不能达到的。这种天籁之音，在以往的日子里，曾像风一样自由自在地弥漫在天堂一样美丽的白层古渡，那是多么愉悦的往日哪！

北盘江大峡谷是一座巨大的天然"氧吧"，你只需张开大嘴吸就是。这时，你会感觉到浑身舒畅，会使你觉得，头脑比平时清晰了、思维比平时敏捷了，甚至视力也比平时好了。绿色的森林，从来都是给予而不索取。

富含氧离子的风，在北盘江大峡谷任意流荡，这是上帝送给天堂的天然空调。风是无形的，它无孔不入，无处不在。此时此刻，在这北盘江大峡谷，我认为风是最美的，不仅仅是白云乘风在走，绿叶随风在鸣，你会感觉到心动，感觉无比的心旷神怡。如你正站在峡谷之巅，看远处一片苍山如海，这种博大之气浑然于这天地，这一刹那间，你会宽容了整个世界。是的，在这充满险恶而又充满希望的世界，实在需要太多的理解和宽容。

人类为了繁华，为了生存，总是不断地改变着大自然，而大自然才是改变人类的主宰。道理谁都知道，却谁都熟视无睹。人类还能任意改变大自然多久，大自然在不久的将来总会告诉人类。

大峡谷的风是令人心旷神怡的，而水呢，却是令人担忧的。谁都喜欢水一泻千里的气概，谁都爱恋水晶莹剔透的碧蓝。如果大峡谷的水，失却了奔流不息的风采，那还有"问渠哪得清如许，为有源头活水来"么？高峡出平湖是工程师的理想，却也是人们更多地贪婪光明的结果。人类的历史证明，人类在与大自然的抗争中，仅仅靠匹夫之勇和主观的精神是可笑的。人类只有小心慎重地尊重大自然的规律，谋求人类的可持续发展，才是真正的科学发展观。

我从来不赞成大江筑坝截流。遗憾的是，这并不影响长江大河一截一段地被拦腰横断。拦江截流的壮举，改变了词人的千古绝唱——一江春水向东流，也改变了亘古不变的自然规律。于是，黄河不可避免地出现了断流。黄河有史以来从未断流，突然一下，河床上可以走人了。这样的情景，可以毫不夸张地说，会震惊每一个熟悉黄河、热爱黄河、崇拜黄河的人。"君不见，黄河之水天上来"，当年大诗人李白站在黄河岸，脱口而出的这前无古人后无来者的绝句，是何等的豪气冲天。

黄河既是国人的骄傲，又是国人的伤痛。是的，黄河是母亲，养育了其流域数以亿计的百姓。黄河流域的人曾创造过世界上不可胜数的奇迹，你想让这里的人不骄傲是不可能的。要说伤痛，只要是黄河人就有这伤痛。这伤痛甚至是黄河人的一种本能，这本能历经数十代进化成了黄河人特有的基因，这基因在一代代黄河人的血液里流淌着，每一个黄河人都对黄河水无比地崇拜和敬畏。一代代黄河人因黄河慈祥而富足天下，又因黄河汹涌而一贫如洗。他们一代又一代，从来不畏惧从头再来的艰辛，也不缺乏从头再来的勇气，这正是黄河的性格，坚韧不拔、不可阻挡、勇往直前。

可是，黄河河床上可以走人了，这黄河人从来不敢想的事情，说出现就出现了。这种震惊后的伤痛，是会伤到人骨头里去的。如是我说，如果我是一块石头，没有挺立在山头，只能是一块卵石，我宁愿在一泻千里的黄河水中慢慢变小，像一粒沙一样被大浪淘尽，也不愿空留在曾经奔腾的道路上，干裂着嘴，任人践踏我的头颅。如果，我是一个人，是一个黄河人，我宁愿黄河水再次洪浪滔天，冲得我一贫如洗，我也不愿意酒足饭饱后在河床上散步。一贫如洗，我们还可以从头再来；黄河停止了奔腾不息，我们能干什么？我们还能干什么？

黄河上游荒芜的土地，因黄河的分流生长出了绿洲，可是，黄河下游湿地的消失，使数以百计的动植物种类消亡，这种得失是人能算清的吗？

湿地的重要性谁都知道，它被喻为地球的肺部。我们这块大陆还能为地球保留多少健康的肺叶呢？没有人会关心，没有人会担心地去统计。但我知道，当年红军长征中最大的"敌人"松番湿地，再也不能陷人马于泥潭，那儿，现在是一片草原，开满了五颜六色的鲜花。松番草地，不再是松番湿地，不再是地球的肺叶。

那么河流呢？被喻为地球血液的河流呢？我们看一看，还有几条河流没有被梗阻，没有被污染呢？我是个真正的环保主义者，所以我大声呼吁。有的人一边高喊环保，一边破坏环保，这样的人大有人在。

据 2003 年中国大坝委员会统计：中国现有水坝八万六千余座，十五米以上水坝二万五千八百余座，居世界之最，远远高于有着同样辽阔土地，有着同样众多江河的美国、加拿大、印度。美国有八千七百二十四座，加拿大有八百零四座，印度有二千四百八十一座。

据悉，截至 2004 年，中国水电装机容量高到一亿千瓦，居世界第一。世界第一并不是最后的理想，从发改委 2005 年最新规划来看，在今后的十五年里，水电装机容量的发展目标将提高到 2.9 亿千瓦。这意味着将在西南地区的怒江、大渡河、金沙江、雅砻江、乌江、南北盘江等建造数千座大大小小的水坝。看来原生态河流成为"濒危物种"已成定局。无数动人心魄、壮美无比的大峡谷将陆续消失，也不可避免。百万人的大迁移不可避免，大量的自然遗产、文化遗产的不复存在，也将不可避免。

如此说来，北盘江畔的白层人还算幸运，至少比其他地方晚了那么一点被开发。这里善良的人总是往好处想，他们渴望这次迁移印证一句老话，树挪死人挪活。迁移出去好不好，当然得由时间来做证。时间是伟大的和公正的，它不会因为什么或快或慢。

人是有两条腿的，别说挪动一下，就是狂奔飞跑也是可以的。但是那些与白层人一起生存了上千年的古榕树是无法挪动的。是的，树枝是有天空它就拼命地伸手，为的是多接收阳光，树根是有地缝它就死劲地钻，为的是站稳脚跟。白层人有一段民谣颇见明白人的智慧：猪不过二年，狗不过十年，人难过百年，树过一千年。

白层古渡有三十二棵这样的千年古树，其中一大半将被水淹没。当年中央红军在这里与敌军作战，强渡过来打跑了湘军的一个团。据老人说，枪炮也未曾伤到树木。红军留下的标语都是刻在石壁上的，没有伤到树木一点皮毛。至今，那些标语在大树旁的石壁上依稀可见。大炼钢时期，砍伐了不计其数的森林冶炼那一大堆黑不溜秋的铁块，谁也未敢动这些千年大树。不想今日，这些大树将被淹死。老百姓很难过，也很不平，说这活不过百年的人，说什么也没有理由说淹了就淹了这千年的东西。这个道理谁都懂，可是谁有办法不淹了呢？

在这片古树林里，我惊愕，我大脑空白一片。小蒙和当地人一直在说话，我都没记住，只记住了一句话，说是约 2006 年 10 月大坝蓄水，这里将被淹没。

此时正是 2005 年 10 月，离淹没刚好一年。这一年，我注定将在惋惜和愤怒中度过，也只能如此。我本只是一布衣，也只有拾起石头打天的愚钝和无奈。我所能干的，就是在这一年里，前后两次请了一些人来看白层古渡，并告诉他们，这是最后的白层。我只想让他们用笔写下白层这样一个美丽的地方。他们是小蒙带去的，我不敢再去，怕那一分伤痛再次灼伤我的心。

后来，八一电影制片厂拍摄我任编剧的一部电视连续剧，我建议他们到白层拍戏，他们居然选中了。有人调侃说，那些大树反正都是死，不如炸了它们，这样它们也没白死，最少为电视艺术做出了贡献。最后，戏是拍了，仗也打了，在战火的硝烟弥漫中，大树依然皮毛未损。制片主任说，我们不能这么干。虽然它们要被淹没，但那不是我们干的。他说，这次在贵州拍戏，拍了两个绝版，一是白层古渡，二是乌江悬崖绝壁上的古纤夫道，以后的人，只有在片子中看到了。

还有两个月，白层古渡就只能是在水下了。

与此前后不到一个月，乌江岸上的千年古纤夫道也将被大坝截流所淹……

连山之殇

我人生中最好的青春年华，可以说献给了国家的地质找矿事业。野外地质勘探的经历，也可以说，是我一生中始终不能忘怀的记忆。这些记忆时常在我梦中出现，每次都会潮湿我的双眼。

虽然我已不再是一名地质队员，可每次看到连绵不断的大山，心就不会平静。无论是在飞机上或者火车、汽车上，窗外的山无疑最吸引我的眼球。这个时候，我总是在想象自己依然是一名地质队员，依然在征服一座又一座山峰。

弹指五十多年匆匆而过，岁月的磨砺碾压出最深的那一道痕迹，就是我八年的地质找矿生涯。昨天，一个评论家采访我，问到我的地质生涯与文学的关系时，我一下子想到的是毛泽东主席的一句诗："人间正道是沧桑。"

晚上躺在床上，眼前浮现出那八年中的沧桑时日。我不知道是什么时候入睡的，也不知道是否在梦中。早上在似睡非睡中起来，想到第一件事是述梦，免得忘记。昨天，我梦见了那些生死与共的兄弟们，他们的影像，似放电影一样浮现，清晰而鲜活。一句感叹的话不由自主地蹦了出来——美好的回忆总是惊人地相似，丑陋的回忆各有各的不同。这有点像托尔斯泰的一句名言，可它毕竟准确地表达了我此时的感受。

1988年，我还是一名地质队员，那年我23岁，带队到广东连山壮族瑶族自治县、连南瑶族自治县一带搞1比20万的地球化学沉积物测量。我是项目负责人，项目分四个采样组，一个样品加工组，总计二十余人。为了简化称呼，也为了责任和荣誉，便以每组组长的姓为代号，一组为欧组、二组为李组、三组为何组、四组为侯组、五组为正组。

我们的第一站是连山县。连山县地处粤北，以山地为主，这也是为什么由贵州地质队员来完成这项工作的原因。众所周知，贵州地处高原，是全国唯一没有平原的省份，而贵州的地质队员又有一个众所周知的外号——爬山猴。

在我们的印象中，南岭山脉与壮丽的乌蒙山脉、昆仑山脉不可比拟。有了这样的判断，我们确实没有做打硬仗的准备。可到了连山、连南一看，这一带的地形山势，并不是我们想的那样。但依然未引起我们的高度重视。等到了连山县小三江镇边缘的一处公路道班里，我们研究怎样开展好工作时，才从1比5万的军用地形图上知道，五岭之一的萌渚岭余脉绵延全县大部分区域，地势由北向南、由东向西倾斜。海拔千米以上高山居然有49座，最高峰是东北边缘的大雾山，海拔1659.3米；最低处是南部边缘地带，海拔117米。这样的高差构成了连山崇山峻岭、溪谷纵横的地貌。由于南岭山脉属低纬度中亚热带季风气候区，雨量充沛，因此植被茂盛。

原本想，贵州的"爬山猴"来到广东的南岭山脉，那还不是小菜一碟？没想到这才十天，侯组出野外采样就出事了，未按预计时间回驻地。预算的时间惯常误差几个小时也是常态，侯组早上7点上山应在晚上7点左右回来，而此时已临近深夜12点，还不见人回来，大家都急了，都很意外。按说侯组组长侯兵德，也算"老地质队员"

了,大家一起"南征北战"多年,像武陵山脉、乌蒙山脉、横断山脉、昆仑山脉的千山万壑中都留下了我们的身影和足迹。来到这名气不算大的小山系还出这样的事,真是有点令人纳闷。

纳闷归纳闷,还得有应对的措施,于是决定我留守驻地,其余人出发分头去寻找侯组一行三人。临行前,李组组长无论如何不让五组组长"正确"去,说他去麻烦,一会儿要找的人都回来了,去找的人反而弄丢了回不来。看李组长那坚决的态度,我只好劝说"正确"不要去了。"正确"很不爽,说我郜德也是老地质了,还瞧不起人。李组长说,我看你吃了大力丸了,不知天高地厚,在我这儿你也敢称老?老子上山搞地质的时候,你小子还在穿开裆裤,你给我鸦雀。

"正确"无可奈何地拨弄样品去了,还嘟嘟囔囔地:"老子就是不鸦雀,怎的,正确。不让人开口说话呀!这太不正确了。""正确"是郜德的外号,缘由是他喜欢用"正确"这二个字。"正确"这个词于他而言,几乎改变了词性,在他嘴相当于叹词,只要他开口说话,三句必有两句是"正确"。于是大家不再叫他郜德,都喊他"正确"。这次来连山搞化探工作,样品组就简称为正组。

李组长年纪最大,是正经干了二十几年的老地质队员了,在我们当中很有威信。四年前,我们在武陵山脉主峰梵净山的原始森林中遇老虎,他扇了胆怯的"正确"一巴掌,"正确"也没有认为他扇得不正确。因为那种危急时候,一定不能因胆怯而失镇静。从那以后,"正确"胆小的名气越来越大,每次出野外,大家保护他的意识就越来越强。所以这次野外工作,只让他在驻地从事样品加工。

李组长带人走后,我一直坐立不安,既担心侯组出事,又担心去找人的李组何组出事,毕竟是深夜了。按说,我是这个项目的负责人,不应该这么处理这种突发事件。冷静一点的话,应该是等待,万一侯组又摸黑回来了,万一李组何组的人又没遇上侯组,这不是乱了嘛。天这么黑,让这么多人进山,说实话,真的很冒险。为此,我还与李组长争执起来。我说,应该相信侯兵德的野外经验和能力。如果今晚没回来,我们明天清早上山寻找,现在天正下毛毛雨,到处黑不溜秋的。

李组长一句话把我给逼到了绝境,他说,"你小欧说话不怕牙齿痛,哪个不去我管不着,反正老子要去。不就是个天黑毛毛雨嘛,就是天上下刀子,老子也要走。"说着他上前一步指着我的鼻子:"我看你小欧,就是个昏官,你想一下,现在要是你还在山上,你咋想。恐怕正咬牙切齿,骂我们是一群狼心狗肺的人吧!"

我说,要走,我也必须走。

他说,有这句话,你还算个清官。你是项目负责人,在家坐镇,我走。出了事,要担责,我担比你担好。我还想再说,他不再让我解释,一挥手:你鸦雀了。你还年轻,前途远大,这种事,还是我这种老人来。

那一夜,我没睡,"正确"也没睡。我俩坐在门口的屋檐下,心里七上八下地,也没话好说。在那种时候,说什么,实在没兴致。

夜更黑了,几乎伸手不见五指。我们就这样在黑夜中盼望,盼望在黑黢黢的远方出现一柱柱光亮,继而又担心李组长他们的手电筒没电了,毕竟此刻已接近黎明。

黎明时分天更黑,这是常识。当漫漫长夜即将要过去,太阳还未从地平线以下欲喷薄而出之时,阳光照射到距离地球3000千米左右的高层大气上,就把星光冲淡了,而高层大气十分稀薄,它散射的阳光不能充分透过稠密的大气层传到地面上来。这样,地球上既没有星光照射,又受不到大气的散射光,因此是24小时里最黑暗的时间。简而言之，就是人们常念叨的——黎明前的黑暗。

自然界黎明前的黑暗，我是无数次见识过的。是的，在以往的地质找矿生涯中，我也有彻夜行走在深山的经历。不过，几次都是在有月亮的夜晚，在月夜中行走，我几乎是不用手电筒的。依我的经验，手电光照在黑暗中，在黑地上亮起一个光圈，眼睛反而因光圈而模糊了光圈外的物体，其实，在野外，手电光圈之外的危险依然存在，比如野兽、毒蛇。也就是说，人在光圈里，就在明处，而野兽、毒蛇在暗处，你说，谁更危险？

有了这样的亲身体验，在月夜行走，我宁愿不用手电筒。我的眼睛虽然不如野兽有夜视功能，但也能渐渐适应夜的黑，感觉更踏实一些。更重要的是，手电筒的光在黑夜中特别耀眼，可能会妨碍人其他器官的应激反应。关掉手电筒，眼界会更远更阔，耳朵、鼻子也特别灵敏。

毫不夸张地说，在野外，眼睛看不到的危险实在太多。我能嗅到眼睛所看不见的毒蛇盘绕在何处，误差不会超过一米，你信吗？我能在数十种微弱的声音中，分辨出毒蛇游走的方向，你信不信？这些能力，是我长期在荒山野岭工作形成的，我认为，这是人类应有的潜能。

退回到原始时代，那时候的人，这些不是潜能，而是本能，否则原始人早灭绝了，也不可能进化成现代人类。现在的人，虽然已经退化，可一旦长期回到荒山野岭，就会激活这种潜能，不过是有限的。即便有限，我也拥有一般人所不具备的野外防范能力。

可是，那夜无月，还毛风细雨的，侯组、李组他们如何了呢？

那天的黎明前可谓是黑上加乌，让人倍感压抑。没了黎明的天象，便也没了曙光的颜色，天阴沉沉的，像污浊了的乌白色幕布渐渐拉开，我扭头一看"正确"也一脸苦相,也就忍住了嘴巴的狂躁。

嘴忍住了,不等于脚忍得住,我拔腿冒雨往外跑,我想爬到旁边的小山上,看一看李组他们是否远远地向我走来。

我刚跑到小山脚,急着想要爬上小山上去,没注意山坡一角的路上有人,侯组组长侯兵德喊了我一声小名"古古",我循声找到他,只见他一身湿漉漉的,冷得上牙碰下牙,微微发抖,龇牙咧嘴傻笑着说,雨兮兮的,你一个人跑出来搞哪样?撒尿呀!

我跑过去一拳打在他胸上说,跑出来搞哪样?这里除了老子和"正确",昨天晚上都跑出去了。

侯兵德很诧异,表情夸张,这当然不是因为挨了我一拳,以他的体质,再饿他一天,那一拳也击不趴他。当他夸张的表情原形毕露,变成一种羡慕的眼神时,我就知道他误解了。一般来说,这种毛毛雨一下就得连续几天,这样,我们便会停止野外工作,一是怕雨打湿了1比5万的军用地形图,二是怕样品相互渗透,导致污染。这样的天气就是我们的节日,大家会到附近的城镇去,一来吃点好的,二来购点日常用品。侯兵德听我这一说,还以为其他人都到小三江镇上去了。

我又给了他一拳说,昨晚见你们没回来,他们都出去找你们去了。

侯兵德表情更夸张了,龇牙咧嘴地说:找哪样找,地形那么复杂,森林又大,不要说他们十几个人,去一个加强连也找不着我。像这种情况,在家等最好,真笨。太小看我老侯了,还怕我回不来呀!

我还想一掌过去,他敏捷地闪开了,带着两个组员,朝驻地走去,一边走还一边朝房内大喊:"正确",把饭菜拿出来,饿死老子了。

吃饭的时候,我趁他狼吞虎咽不好搭腔,警告说,猴子,一会李组们回来,你要是刚才那个态度,是不行的。

侯兵德斜了我一眼，吞咽下嘴里的食物，瓮声瓮气地说，我说古古，自从你当了个项目负责，咋个越来越不像兄弟说话了。我就这态度，本来他们就笨嘛！找累。

我说，你果然就是一只猴子，不知好歹！

侯兵德说，我没说他们找我不对，只是早了点。都是老兄弟伙了，还信不过我老侯的本事，我又不是新来的，第一次出野外。

我说，好！老李回来，你照给我说的说。

当然，老李回来后，猴子没敢那么说。我们刚参加工作时，老李带过我们，相当于师傅。

至于侯组为何未能按预计的时间回来，他没说，我们也没问，说明那天他们没遇到什么值得说道的事。在野外，这种事是常有的，河流涨水，地形复杂，都有可能。

这件事没过多久，我重蹈了侯组的覆辙。相同的是，兄弟们也是倾巢而出找我，也没找到我。

那天清早7点钟，我们几个组分头出发上山。我带着队员小潘、小张渐渐进入了高差较大的地带，有时为了一个采样点，要花去几个小时。这里植被覆盖率高，深沟里基本上没有农民们种的谷物之类的东西，没有人走动自然就无路，我们只好拨草开路，艰难地在沟谷里前进。

人都不愿走回头路，搞野外地质的人就更不愿走回头路，但往往走的回头路却最多。采样点多在深沟里，像这种水系发达的地方，采样的布点百分之九十以上要求布在一级水系上。凡是见过大山的人都应该知道，有一些深谷里杳无人迹，探险者也望而却步，但那可能还只是二级水系或三级水系，而我们要到的是一级水系——水的发源地。一级水系基本上是沟谷的尽头了，离山与山之间的分水岭只不过几百米。这些地方不知道有多少悬崖瀑布等你去攀登，别说是人了，就是野物也很少光顾。

下午3点左右，突然下起雨来。雨水打在茂盛的叶子上，传来星星点点的声音。这儿的雨倒是温柔，像恋人的心一样不可捉摸，说来就来，说去就去。在夏日里经常产生这样的奇观，几个人相隔仅几十米，前面的人淋得一身湿透，后面的人却被太阳晒得满头大汗。这种太阳当头而又潇潇雨下的大自然奇观，可能只有地质人才能感受到。

后来，雨水越来越大，把森林渐渐打湿透了，雨水透过树叶，钻进我们单薄的地质服，紧紧贴在肌肤上，凉凉的，但并不透骨。

这时候已无法取样，雨太大了，图纸展不开，无法看地形确定采样点，更无法记录一些地质现象。当我们走出山沟时，已是下午6点20分。我在一块巨石下，展开图纸判断当前的位置，并确定了方向。这儿离军屯公社还有二十华里，按我们的脚力，最多一个半小时就能到达。但我们不是处于人们常走的那种山间小道，而是在只有猎人才来的林子里。看看往西北的方向，层层山峰重叠，植物茂盛。看来只有翻过眼前这几道山峰，才能到达通往军屯公社的山道。从图上看来，到达那条小道，直尺量下来就两公里，但这两公里的老林子路，起码相当于小道的十五里路。天还有一个半小时就会黑下来，也就是说，我们必须在两小时内走出这片静悄悄的森林，走到那条小道。否则，天黑以后，雨天无月，看不见地物地貌就危险了。

没有路，我们只好朝西北方拨开荆棘而行。那些小灌木密密麻麻地生长在前面，枝干上还带有一些小刺，一会儿我们就被刺得手上满是小洞，血慢慢泅出来，黏糊糊的，让人感觉麻木地痛。我还算好，因为图纸和记录地质资料的记录卡都放在我背图板的资料口袋里，图版虽然宽大，却有一个特制的资料包，可以背在背上，而且又不重，因此我的双手还能伸出来拉住植物借力而行；而小潘、小张却困难多了，他们除了背着今天刚采的二十几件样品外，手里还拿有一把地质锤。样品每袋有二三斤，每次要背上四十斤左右，而且仅能用一只手来抓住物体帮助攀登，手受的伤更严重。有时候即使小刺扎进了肉里，也不能放手，必须等脚站稳了才能放手，要不然就会滑滚下坡去，纵然被茂密的小树挡住，不至于掉下悬崖去，但也会被荆棘搞得遍体是伤。

天已经麻麻黑了，为了尽快走出这片荒野，我们已顾不得手痛。雨这时候已经不大了，潇潇洒洒地飞舞下来，密密麻麻，细如游丝。我最怕这种雨，黏糊糊的，把我的眼镜片搞得雾蒙蒙。这时，我总是摘下眼镜放进口袋里。在这绿色世界里，我的视力好像比在城里看东西要清楚得多。

经过两小时的努力，我们终于到达那条通往军屯的山间小道上。小道没有想象的那么宽。从图上看，这条小道是常有人走的，应该不会这么窄，而且杂草横生。这是图上唯一通往军屯的路，从1965年印制的地形图上看，军屯公社所在地最少也有几十户人家，现在几十年过去了，说不定已是上百户人家了。以前的公社也都改成乡政府了，这是常识。像这种不通公路的小乡，在贵州有很多，但最差也有一家小百货店。以我在山区工作的经验，这时候乡长不在，书记会在，书记不在，最少都得留个秘书在乡政府看守，只要我们把地质队的介绍信拿出来，人家一看上面还有县政府的公章，还是会热情接待我们的。

有了军屯公社这个目标，心里就踏实多了。又走了一个多小时，按理说应该能看见一片灯光了，但前面还是黑黝黝的一片。就算这个乡不通电，起码也应该有几盏煤油灯吧！这时候，我感觉到有点不对头了。走错路的可能基本上可以排除，可怎么就不见这个乡呢？莫非飞走了？我摊开图纸，打开手电筒，仔细地把图纸上的地形和实地对了一对，正确呀，虽然天黑了，可远处的山和大的物体还模模糊糊看得清楚，是可以作为参照物来判断地形的。

"碰到鬼了！"我骂了起来，"活生生一个乡政府不见了。"

又饿又累，拼死拼活奔到这儿来，就是因为这儿是个乡政府，有饭吃，有觉睡，这一下一切都完了。我拨开草丛和灌木丛搜寻，发现很多残存的石板、石墙，很明显是原来房屋的基石和墙体，看来，这里确实有过建筑群，可现在却只剩残垣断壁。

小张怒气冲天，一会儿说压缩饼干带少了，一会儿说我为节约几块钱不请民工背样品是错误的，当地人肯定知道情况，我们就不会瞎跑路了。我心里也正好气得没地方发泄，本想大吼一声骂将起来，可一想的确如此，就不吭声了。如不为了节约二十块钱，请个当地民工，他们也不会背几十斤样品，累得腿发软，我们也不会没饭吃。可当时我想采样后的目的地是军屯公社，是乡政府，路途不远，还请民工干什么？而且在贵州请民工背样品，大约5元钱，这儿要20元。我就以语言不通、节约经费为由拒绝了。

地图显示，北边十多里的地方，有十几户人家，叫李家梁子，我咬了咬牙，从牙缝里挤出一句话来：走李家梁子。从牙缝里挤出来的话，似乎比张开嘴说的话有力，于是我们打起精神奔向李家梁子。

到了李家梁子还是没人家，我一下有点心慌了。这次野外作业安排了两天的工作量，按计划是沿A路线采样，预计晚上七点左右到达军屯公社吃饭，住宿一晚，第二天沿B路线采样返回，预计晚上八点左右到驻地。当然，这是在1比5万的军用地形图上规划的。

但，心慌是没用的，而且我要是慌了，他们更慌。我再次展开图纸，小潘、小张凑近上来看，图纸的边角上"中国人民解放军总参谋部测绘局 1965 年制"的字样非常入眼。我这样做，意思很明了，不是我的错。地质队出野外，用的地形图有两种，一种是 1958 年国家测绘局测绘印制的，一种是 1965 年总参测绘局测绘印制的。我们更喜欢第二种，新一点，就会更准确一些。可地形图上明明标注有军屯公社和李家梁子，和眼前地貌也是相符合的，可人家户却消失了，这能怪我吗？我的目的也很明了，先稳住大家的情绪，让他们明白当前的处境。既然都如此了，也别怨谁，一起渡难关更重要。

再走就有点不明智了，我们只能就地想办法。这时，雨早停了，夜的黑稀疏了许多，甚至空中还有闪烁的星星。这样的天象，明天一定是个大晴天，很利于采样工作。

我们找到一个遮风处，坐在花岗岩上吃压缩饼干。饼干确实少了点，每人只分到两块。小张个子大，对他来说，两块实在太少了。按说压缩饼干很难吞咽，一般我们都是一口水一口饼干。也许是体力消耗太大了，又饿又累，小张一阵猛咬，狼吞虎咽，事实证明，结果只能是狼狈不堪。

我嘴里也是一口的饼干，像吞咽了一把河沙一样，摩擦着喉咙，使我反胃想吐，难受至极。小张向我伸手，我知道，他这是问我要水壶。我说不了话，只是举起军用水壶摇晃，表示无水。

虽然天黑，但我依然能看清小张的窘态。我想笑，却咧不开嘴。片刻，小张跳起来就跑，跑到了一株芭蕉树下，扯着一片巨大的叶子吸吮着。我拍了一把小潘，两人也跑了过去。还好，这里的芭蕉树还不高，芭蕉叶巨大的叶面上挂着一串串的水珠，伸手就能送到嘴边。

衣服湿透了，也没法生火来烤，到处都湿漉漉的。好在时值初夏，不冷，就是蚊子太多，像轰炸机一样嗡嗡地来回盘旋，似乎在寻找俯冲轰炸的地段，简直不能入眠。

天麻麻亮的时候，我们开始按计划沿B线沿途采样。我看了一下表，已经早上7点钟。那地平线尽头升起的旭日正光彩夺目，可惜我们此时正在山谷里行走。此时，山谷的风，湿漉漉地轻拂上我的脸。山谷里的湿气已开始上升，不用多久，就会形成一大片白云笼罩着山谷，美不胜收。此时，我们就在白云下，白云之上有谁在呢？

到了下午5点，还有两个采样点，在不同的山谷中，如果我们三人同时去采，天黑之前肯定完不成，这样的结果是我不愿意看到的。原因很简单，今天完不成，明天还要来采，而明天有明天的采样点，这样势必影响工作进度。

坐在两条山谷的交会点，我犹豫再三，决定分头采样，我单独一组，小张、小潘一组。这是违反野外地质工作原则的，我也顾不了这么多了，只想完成今天的任务，免得明天走几十里的回头路来取一个样品。在野外，地质小组上山，规定最少两人，以防发生意外事故，可以有个照应。那时候不像现在，有手机，有卫星定位电话。

那天，就这个决定，差点让我消失在人间，这是我没预料到的。也正是那天的经历，使我明白了许多原来不曾思考、不曾理解的道理；也正是那天，我的心从此放下了许多东西。多年后，我不断在梦里重温这段经历，重温当时的体验，让我在以后的岁月里受益匪浅。

我独自走进山谷，感觉很不好，路越走越窄，越走越荒，看得出来几乎没有人来过。常有人来的山谷小路上的草，绝不会没有踩踏的痕迹。这也没什么，地质人嘛，走的就是无人路。

走了大约三里路，我感觉越走光线越暗。山谷越来越狭窄，植被越来越茂盛,光线暗也是正常的。突然,我感觉腿部一麻,心里一震,第一反应是被蛇咬了。我听见前面有水流的声音,赶紧朝前跑,想趁早清洗伤口,查看伤口,看牙洞是四个还是两个,弄清楚是不是毒蛇。到了小溪,我急忙挽起裤腿找伤口,却找不到。我纳闷了,这怎么回事?也没多想,只是急着想把样品采回来。

也许有人说,你傻呀!既然这么难,山谷里到处都是泥巴,随便装一袋就行了。化探,是一种找矿手段。采集的样品,最后要进入实验室进行光谱分析,分析四十二种元素的含量。再通过元素含量的异常,决定下一步工作。土壤里的元素通常都有一个正常值,而超出正常值时,我们就要作异常查证,再往下就是槽探、钻探等手段。所以,采样是第一手资料,要是样品不真实,往后的结果便都是假的。那时候,我们从来不作假,也不知道作假。真要作假,我敢说谁也查不出来。只是,那时我们连想都从未想过作假。

一路上体力消耗很大,又饿又疲惫,眼见接近图上标注的采样点了,一道悬崖挡住了去路。那悬崖有一百多米高,对我来讲,不是什么事,我想都没想,直接爬。没想到爬到离悬崖顶还有十米时,居然爬不上去了,而且岩体特别光滑,无石缝间隙让我借力。

地质队都知道一句谚语:上山容易,下山难。何况我面对的是悬崖。野外工作那么些年,只知道有爬上悬崖的,没听说过有谁愚蠢到要爬下悬崖,除非是想死。这和攀岩运动不一样,没有预案,也没有保护绳。

眼见悬在半空,上也上不去,下也下不去,我的腿开始有些发抖。但马上清醒过来,告诫自己不能慌张,慌张就出事。脑子里这样一想,恐惧感消失了,腿不抖了,我这才从容地用身体贴紧了岩体,以减轻脚掌的承重力。可我也不可能一直这样贴在悬崖的缝隙上,脚下的石缝隙只有几公分宽,脚掌受力严重不均匀,腿支撑不了多久。刚才腿的颤抖,并不是恐惧,而是乏力。按爬悬崖的常识,我是不能回头看的。可我还偏偏回头看,脚下确实是万丈深渊,掉下去绝对死无全尸。

这时的夕阳特别灿烂,太阳像熟透了的果实,跌落在山巅,鲜艳的彩汁染得绿红花紫。我背靠着岩石,眯着眼睛,享受着这一刻。我不知道我的脚还承受多久。也许那时候天地间太美,美得世界都宁静了下来。我的心在这样的宁静中非常地平静,而正是这平静救了我。心的平静,使我的大脑异常地活跃,这天地间只有我的存在,我只能靠我自己。

登山皮鞋是硬胶底的,我脚趾的着力点只能是在鞋底上,而我光脚的话,十个脚趾的着力点都在岩石上。我必须试一试。于是我侧身,一只一只地脱掉登山皮鞋,任其掉下深谷,开始还能听见登山鞋碰撞到物体的声音,后来几乎就听不到了。

我就光着脚丫,身体紧贴岩石,像一只巴壁虎一样四肢左右移动,慢慢地爬上了那十多米湿滑的悬崖。

终于坐在悬崖上一块突出的石头上,我呆愣愣地看着天边的晚霞。我就一直这么坐在那里,很久,很久。

没预料到会这样,我的手电筒也未带,光着脚丫,在这荒山里是不能行走的,尖石、荆棘、毒蛇,都可能伤害到毫无防范的光脚。我只好不走了,再说,我也饿得走不动了。

那是一个美不可言的夜晚,整个山谷虫鸣鸟叫,像一曲曲无伴奏多声部的合唱在上演,我并不感觉孤单。

那晚,我感受到了夜黑如墨。是的,没有什么比夜更黑,没有什么比黑更深邃。当月升起来的时候,夜的黑远在天边,月的白近在咫尺，我，渺小如蝼蚁。在这一刹那间，我的心空无一物，人似乎与万物浑然一体，整个身心通透舒畅至极。三十年后，与一位前辈交流心得时，他告诉我，心空是一种境界，心里装的东西太多了，太满了，你就再也容不下任何东西，打个比方，你双手拿满了东西，你要知道放下，放下后，看似双手空空，其实，你这时可以抓起任何东西。我诉说了那天我在悬崖上的境遇，并谓之为连山之殇。他说，险境于弱者是眼泪、是灾难，于强者是汗水、是财富。是的，那天过后，我不认为我已是一个强者，但获得了人生中最可贵的财富，这个财富就是四个字——情谊无价。

　　三十年前的那天，黎明前的黑暗中，在山谷里有一束束手电的光芒穿透黑夜，耀如闪电，我知道，那是我的兄弟们在照亮我前行的路途。

横断山中的香格里拉

很久很久以前,一位颇具探险精神的人,来到了这片神秘而美丽的地方,他旅途的记录陆续发表在美国最权威的地理杂志上,引起了地学界的轰动。由此,地处横断山的这一块神秘的土地,被誉为人类最后的香格里拉。

我是1998年才有幸踏上这块神奇的土地。

到达凉山州的首府西昌后,把妻子留在了邮电招待所。要去的地方太危险了,我是要留后路,我们可爱的女儿还在筑城爷爷奶奶处等待着我们。

妻子知道我的意思,我们谁也不说那些不太吉利的话,来说明让她一个人留在西昌的理由。

车出了西昌,爬上一座山峰,雪花儿就开始飘了起来,这才是十一月底。

雪花儿飘起来,在没有明显风向的空中乱舞,这并未让我因为雪而该想到今天的艰难已经开始了。雪花儿冉冉地飘落在地上都不见了,而在我们贵阳,会有很多少出门的少年们在飘雪中伸出双手抓雪朵儿,一个个像狂欢节的样子,年长的则在公园的湖边吟唱起流传了几百年的诗句。

渐渐地,车爬上了另一座更高的山峰,公路在视野里像一条洁白无瑕的哈达，被风吹得弯弯曲曲，盘绕在巨大的山体上。而车轮印践踏着这雪白，使黄泥和雪交杂在一起，变成两条污垢的黑色条带，一直通往迷茫的远方。

这时，我的心无端地升腾起恐惧感来，这才刚出西昌二十多公里，雪就这么个样子了，前面的路是什么样，都是不可想象的，一丝丝后悔像青藤一样爬上了心窗。

其实从康定到西昌的路上，经过"二呀么二郎山，高呀么高万丈"的时候，我就在动摇：这一次旅行是否该结束了？霜雪封着路，大客车居然从容地走，这在平常地方早就宣布封路了。但下到二郎山脚底时，那美丽而雄浑的景色再一次打消我结束旅行计划的念头。

我的爱自然爱山川的秉性，来自于我从小成长的地质队家庭，并且也搞了野外地质找矿工作。在八年的地质队生涯中，我踏遍了云贵高原的武陵山脉和与横断山脉相接的乌蒙山脉，后来虽然离开了地质工作，但爱山却成了我唯一不能舍弃的嗜好。

前面的车停了下来，司机说是拉木材的重卡陷在雪地里打滑，一时半会还爬不起来。我请司机打开车门让我下去。

这是大山的分水岭处，我寻找到一个视线好的地方，往东看西昌方向，在满天雪茫茫中什么都看不见。早上从西昌出发时，那儿还是一个艳阳天。我想，妻子正在阳光下去西昌卫星发射中心参观。往西看去，能见度不过数十米，前面是什么样子不得而知。我本想问一问同行的人，但最后还是未问，既然上了车就听天由命吧。这在当地人看来是家常便饭，他们的从容起码让我紧张的情绪有所缓解。

我顺着前面的路走，数了数拖木材的车，居然有五十辆之多。一些人正忙于想办法把陷下去的轮胎弄起来，一些人则坐在公路边的火堆旁啃着烤羊，从这点判断，这些车是昨天就在这儿的。我一问，果然。

一个着藏装戴着汉式帽子的中年人,说着一口半生不熟的普通话,递一块羊肉给我,我学着他半生不熟的话说,多谢。我想我把普通话说标准了,他一定听得很吃力。

两个小时过去了,那车终于爬了起来。在这两小时里,我曾想搭拖木材的车回西昌,反正我与他们混熟了,搭车是没有问题的。后来经过一番思想斗争,还是打消了这个念头,原因有二,一是我这样回去,这些人会笑我,妻子倒是会欢迎我回去。但,也许她心里会这样想,这家伙也有害怕的时候;二是我看见那些东风车上的木材,心里一阵酸痛,我从小就长在地质队里,热爱大森林、热爱大自然,看见这么多的树木被砍伐,一车车地被拉出去,心里就涌起一阵阵悲愤。

这些树子,原来都是一棵棵参天大树,这得长上百年或几百年,有的车只能拉上一小段,树的直径在1.5米以上,要几人才能合抱。我问司机,政府不是就这几天才下令严禁砍伐森林吗?司机一笑说,现在是不砍伐了。前些年砍伐的我们拖几年也拖不完。我说,你们有多少车拉?他说,有一百多辆。我心里一阵痛,更坚定要过去看一看,去看一看美国人描绘过的香格里拉现在到底怎么样了,不管前面有多么险峻。

车过了雅砻江到达盐源县,出了县城15公里,左手是去云南泸沽湖的公路,右手是我要去的地处喇嘛山的木里藏族自治县。

本来这次计划还要去泸沽湖的,由于时间安排不过来,就打消了。泸沽湖那儿有最原始的民族部落,这几年搞旅游开发,很多人都去了。这些年,云南省在开发旅游资源上不遗余力,但在开发了举世闻名的丽江、玉龙雪山及大理、苍山、洱海、石林、阿诗玛等后,为什么还要开发保有原始生活状态的泸沽湖呢？这个可也是被称为香格里拉的地方。

关于横断山这一片神奇的土地，从19世纪以来，就吸引了中外科学家和探险家的目光。我国科学家经过了几十年艰苦的考察，基本上确定了它的范围：自东而西为岷山（岷江）、邛崃山（大渡河）、贡嘎山雪峰（雅砻江）、云岭—沙鲁里山（金沙江）、静山即芒康山（澜沧江）、他念他翁山（怒江）、伯舒拉岭高黎贡山。以行政区别划分表现横断山区，东界在四川文县—灌县—泸定—盐源一线以西，西界在西藏类乌齐—察隅—云南腾冲以东，北界在青海囊谦—色达—玛曲—南坪附近，南界则截止在云南龙陵—南涧—下关—丽江—盐源一带，包括了滇西北的怒江州和迪庆州全部，以及大理州、丽江州和保山地区局部，川西阿坝州和甘孜州近于全部，凉山州、雅安地区小部。在全世界的山脉中，横断山脉是最为独特的，独特于它纵向分布的走向，青藏高原内部数列大型超大型山脉：喜马拉雅山脉—冈底斯山脉—唐古拉山脉—巴颜喀拉山脉，沿纬度绵亘2000多公里之后，在这里几乎是呈垂直角突然被拧转为南北走向，转向的同时，山脉之间的空间距离也被压缩。这块狭窄的地方，竟然容纳了三列山脉、三条大河并肩而行。相对狭窄的空间造成了横断山区的群山高耸，河谷深切。如此大面积的高山峡谷地区在世界上绝无仅有，因而它也成了濒临灭绝生物的最后避难所。

晚上3点钟，到了木里县，我敲开县政府招待所的门，住了下来。

这座小城比我想象的差得很远，街上黑洞洞的没有路灯，只有街旁偶尔一户人家从窗帘里透出一点微光来，也没有什么公交车可乘，更没有的士。这虽然让我难堪，但一下仿佛回到了童年光景。童年时代的县城不就是这样子的吗，它总是静静的，即使黑暗的地方也没有什么邪恶的眼睛在窥视你,街上是那样平静祥和。它不像内地县城那样灯红酒绿,黑暗一点的地方,总有三三两两的人在那儿游荡,可能会是一些邪恶的人正在等待邪恶的机会。

我就这样在街上走着,听得见自己清晰的脚步声。黑暗中,我终于看见了一个人,在内地我会很快地走开,但在这儿,我不。我追上去,就像儿时在半夜里迷失了方向,不管是谁,遇见就问。他带我去县政府招待所,也就像我儿时遇见的好人一样,一声不吭地只往前走,到达后用手一指。我正想说点感谢的话,或者给他一点领路钱——这是我现在唯一区别于童年的举动——我长大成人了,懂得感谢人了,他却很快走开了。

上了床,却怎么也睡不着,也许是一路上的惊吓!

白天,当车爬上了一座座高山,遥望远方,看着那些无尽头起伏不断的山,我的心,就像跌进了波涛汹涌、狂风呼啸的海洋里,是那样的无助和兴奋,车就像小舟一叶在海啸般的山海里飘零。

我想了半天,也只能用"飘零"这个词,才能体现这个谷深山高给人的感觉,整个心和人、车,甚至天与地都是那样的无助。我的手一直未离开过前排座椅的把手,即便是在这么寒冷的天气里,手心还是有潮湿的汗液溢出。

那一首被李娜唱红了大江南北的歌子《青藏高原》,被我反复轻唱了几十遍,虽然我知道这里不是青藏高原,但一看见这些山,就忍不住不断地唱下去。

这词曲作者也真是绝了,跑到毛主席称为"横空出世,莽昆仑"的青藏高原写下了这首歌子,如果他跑到这儿来,我想他应该写得出更好的一首曲子来。莽昆仑是雄伟、苍凉的,它西起于帕米尔高原,东止于川西北,绵延2500公里,最高峰公格尔峰海拔7719米,平均山脊在 5000 米以上，也就是说公格尔峰是高原上的高峰，相对高差也就是 2—3 千米。青藏高原的最高峰、8848 米的珠穆朗玛峰山脚达 5 千余米，相对高差也只在 3—4 千米，而横断山脉的主峰、7590 米的贡嘎雪峰，却是从海拔不足 200 米的四川盆地拔地而起，其相对高差大于青藏高原上的高峰。横断山不似莽昆仑，它不但雄伟而且秀丽。在这个盆地到次高原到高原的阶梯状部分，由于高差悬殊的特殊地貌，形成了群山高耸、河谷深切，植被、生物五光十色，风景十分优美，像绝世无双的九寨沟风景区、丽江、大理风景区等等，可以说是美不胜收，令人叹为观止。而它的雄浑也是举世无双的，横断山脉中 6740 米的梅里雪峰至今未被人类征服。

我们是在晚上 12 点钟左右过的喇嘛山。喇嘛山是到木里必须经过的一座较高的山峰，地势险恶。幸而是在晚上，看不见更多的凶险之处，但这并未减轻紧张，我毫无睡意。当地人虽然没有害怕的样子，却也一样无法入睡。路面是雪和泥浆交汇成的，可以说没有一分钟不颠簸。我只好找个人来闲谈，纵然交谈有点儿吃力，毕竟我还是了解到，木里县最大的森林是在白雕乡、卡拉、独家寨一带。

一天都处在精神高度紧张的状态，现在像劫后余生，瘫在床上，本应好好地睡上一觉，却怎么也睡不着。睡不着就睡不着吧，要想就想它个够，这是我平时对付失眠的招数，在这儿也只有用它了。不知过了多久，我的意识终于渐渐迷糊起来，哦，可能我已经睡了，但并没有梦见我第二天要去的香格里拉。

清早起来，其实也就迷糊了两个小时。出了招待所，我又被喊了回去。我说我不是昨天交了睡钱吗？服务员说还未登记呢。我心里想，这地方就是这地方，没登记不是可以把钱给私吞了吗，她怎么就不动这心思呢？这地方就是我童年时代印象中的县城，我再一次坚信。我走到桌子旁,拿起笔端端正正地写上我家住的那座现在离我很远又很亲切的城市——贵阳市,在职务一栏慎重地填上"作家"两个字。这两个字,在我住的那个城市,我是从来不写的。作家、诗人,在大十字路投出一可口可乐瓶子,也许就能打到几个,谁还敢乱说是作家呢?但在这儿我敢写上,因为我今天还要面对更大更险的路,如果不幸化作了山脉,这也可以证明,我是个敢来寻找香格里拉的作家,住宿发票可得收好,是证据。

到了车站一问,去白雕的公共汽车,说是从来未有过,只有一家个体户开的一辆北京吉普,偶尔来往于县城和白雕乡之间,从来不定期,有人去才开。这一下我傻眼了。一咬牙,我找人带我到吉普车主人的家,一问,到白雕要爬越察瓦儿梁子,海拔5000米,一上一下就那么个梁子,竟然一百多公里,来回要价800元。

到这时候已经无退路可走,只有勇往直前。司机是一蒙古族汉子,身材高大,红黄色的国字脸长满了挺拔坚硬的短胡须,虽不着蒙古族装,但活生生的蒙古人特征显露无遗。眼前这人可是土著,的确让我大吃一惊。我问他们是什么时候迁徙过来的。他说来了近十代人了。我问他是否知道成吉思汗。他说成吉思汗是谁。我唱起蒙古族的英雄史诗《嘎达梅林》,他也无动于衷。我说这可是你们蒙古族的大英雄。他一脸茫然,看来他确实不知道蒙古族英雄嘎达梅林。我问他是否读过书,他嘿嘿地笑着说没能上初中。我说你可会蒙语,他说什么蒙语?我说就是你们自己家人说的话,你们自己家人说的话是不是和我现在说的话相似,他说不是。我说你们说本民族话是上学堂学的,还是老人家口传的,他说从小跟父母学的。我说你的汉语说得比藏族同胞好一点,他说现在出来做事,就要说汉语,否则别人懂不得你说啥子。

他毫无惧色地在崎岖险恶的石头小公路上驱车飞跑，我很担心一稍不留神，车冲下深谷里去，那我俩还不跌得粉身碎骨？

本来我想说我来开车，但这话一直未敢出口，怕伤了他的自尊心，因为这可能会显示出我不信任他。他说他开车没有进过正规驾校，是随朋友的车学会的。我想了很久，终是没有想出最妙的理由来，看来只好把自己这一百多斤交给这位汉子了。

经过了两个小时的颠簸，吉普车终于爬上了察瓦儿梁子。这是一段很长很长的山脊，公路窄得无法别车。如果两车相遇，还只得相互找到一段稍为宽一点儿的地方让车。察瓦儿山的山顶已在云雾中若隐若现，雄伟的峰顶像一位白发苍苍的老人，昂起银光闪闪的头颅，显得是那样的安详和威严。公路正好在雪线上盘绕，这多少让人有点儿莫名其妙地兴奋。公路上开始是零星的一段段铺满了雪，后来就渐渐成了雪路，但吉普车并不打滑。望着一直向前延伸的像哈达飘舞的洁白无痕的公路，吉普车就这样让后退的路留下两条车轮新迹，这兴奋多少带有占有美丽的意味。

到了分水岭，我要司机停车，拿出相机照了几张照片。也就这样活动了几下，心里居然一阵发紧，我连连做了几次深呼吸，稳定了一会儿。我问司机这儿有多高，他说听说4500米吧！我说还有多远，他说还有一半呢！我说走了三小时才走了一半，走到白雕不就要十个小时嘛，如果在我们那儿，有这个时间最少要跑六七百公里，他听了一脸的羡慕。

我小心慎重地在山脊的小公路上慢慢地走，想在这儿多留下一点痕迹。其实我知道我留在路边的脚印是保存不了多久的，不久就会被雪淹没，但这脚印至少现在可以证明我的勇敢和胆魄，因为脚印离那不见底的深谷仅仅十公分。

我不时停下本来就慢的步子,作挺胸收腹状,虽然我知道我的大肚子是绝对收不了的,所幸我的头是昂起的,所以至少我头脑里认为这时起码有点英雄的味道,也让这儿的人看看,城里人不是他们想象中的那么脆弱。我故作平静站在这里,司机哪会知道这是我八年野外地质找矿生涯炼成的"余威"。我正思绪万千时,突然看见路边有一些烧过的香和一大堆纸灰,从雪半掩半盖的情景来看,最多不会超过两天。司机说,十天前县里一位朋友带一个外省人来购山货,约下午四点钟,车从这儿掉了下去。我从他指的地方往深谷里看去,什么也未见,只能看见车滑下的痕迹。我说,掉下去的人找上来没有。车已不用问,估计早已成了碎片。他说哪里会去找,这地方给多少钱也没人敢下去,再说掉下去两天后才知道,人早就给野物吃光了。我说交警不管?他说这又不是正式公路,哪会有交警。

我站在冷风袭袭的山口,望着那哈达般洁白盘绕而下的公路,心里不再为它的洁白而感动。此时,它就像一条漂亮的绳子套在我的脖子上,并渐渐收紧,让我无限恐惧。我深深地懂得,下坡比爬坡更加危险,何况它铺满了雪。

回去还来得及,这个念头在我脑子里一闪。我躲到车身后面,打了十几次火机,终于点燃了一支香烟,然后走到司机那儿,递了一支烟给他,并送上我已点着的烟借火给他。我问这儿离那些砍伐树子的地方还有多远,司机说不远,还有二十公里,我又问怎么不见拉木材的车子?我说这话的本意是,这公路就只有东风卡车这么宽,东风车能在这雪地里拖木材?我当然是盼望他说东风车来不了这小公路,我们当然就不用下去了嘛。可他好像并不懂我的意思,说:"这路经常走,不怕的。"他说他原来也拖木材,后来不拖了。我问为什么,他说这儿路太险,来拉十次只有六到七次成功。我说这话怎么理解，他一脸不懂，我只好换成半生不熟的当地方言，问十次六至七次成功哪个说。他才勉强懂了，说："有时候运气不好，车陷在雪地里，卡车根本就上不来，其他车也轻易不敢帮你拉一把，怕拖不动打滑，车身一偏就下沟谷了。"我说那嘟个办，他说只有把车上的木材倒下车推到公路下的深谷里去。我说不能下了木材后，等车爬起雪坑再装上去拉走吗，他说这些木材几个人才能合抱，一节几吨重，哪里还能装得上去，而且后面还有那么多车等着走，公路这么窄，根本无法相让，只好空车往前走回县里，改天再来拖。我说那些木材抛下山谷，不是就浪费了吗。他说这儿前几年砍伐的树子几年都拉不完，哪里会在乎这些哟，不信我们赶快上路，你可以看到前面那些山坳里堆满了木材，有些都烂了，没得用处了。

我看了他几眼，判断出他并没有看出我曾经胆怯过，一抛烟头，牙缝里咬出一句：走吧！

车盘旋而下，在我的提心吊胆中前行了一个小时，终于到了没有雪的路段。这时候森林开始茂密起来，一棵棵参天大树雄伟地站在那儿。车不时路过一片片被砍伐过的地方，望着这残缺不全的原始森林，心里的悲凉甚至超过了刚才我历经的险境。在经过一片森林时，司机突然不敢往前开了，说前面有人砍树子，正从山上往下滚木材到公路上。他说，我这国产吉普车现在除了喇叭不响，车身到处都响，像要散架了似的，他们听不见车过，万一刚好滚下来一节树子，还不把我的车砸烂。我横了他一眼，心想这家伙只想到砸烂车子，怎么不想砸到人呢，难道车还比生命更重要？当然，我不可能这么短时间说服于他。我说这几天不是刚好朱总理颁布了严禁砍伐森林的法令法规吗，今天正好正式生效吗，怎么现在还砍伐？我说我是成都来的，就是来看看——我没实话实说我是贵阳来的。

司机好像很尊重成都这个城市，跳下车，站在公路边的一块大石头上，用土话大喊，意思是谁在那儿砍树子，快下来。这一喊，伐木的声音没有了。

司机拉开架势又喊了很久，才从山上下来一小伙子，来到了车前。我不敢下车，坐在车上说，你不知道不准伐树子了吗？小伙子显得很紧张，很不好意思地说，知道。我说，你们为什么还砍呢？他说没有砍，是前几天砍的，今天来收，要不烂在山上也可惜了。

司机一脸吓唬人的样子说：这是成都来的，你们以后不得再砍树子了。

小伙子一副诚恳的样子，点点头，一步一回头地走了。

我知道他的一步一回头，并不是舍不得我这个成都来的，而是心里嘀咕着今天哪个搞的嘛！遇到鬼了哟。

车继续往前走，果然，在那些山谷里，堆满了伐好的木材。我到过贵州一些林场，那里都是一根根码得整整齐齐的，但这儿却不是这样，木材七横八竖地堆在山谷里，小溪从木材堆底下流过，看得出这都是一些当年伐多了，来不及整理的。司机说这些木材都快腐烂了，谁也不会历经危险开车来拖这种朽木。我问，那拖木材的地方在哪儿呢？他说，前面几公里有一个堆木材的场地。

到了木材场，也不似我家乡那种林场的木材场，这地方就一小幢用原木堆起来的房子，古朴而典雅。我一直想我能再次拥有这种房子住，原木本来就是一个巨大的天然空调，冬暖夏凉，如果干燥了它会放出水分来，潮湿了它又会吸收水分。这种房子我小时候是住过的，所以感到特别亲切。但在我现在住的城市，你再有钱也修不起这种房子，因为城市根本就拒绝这种房子。因而，我的梦想只能是一种记忆里怀旧的情绪而已。

房子里的一个老头在司机的吆喝声中迎出来，一脸笑容，让我进了他的房子。我一进去就看见房子中间的一堆烟火，上面支着三脚架，挂着一只铁锅，这都是我所熟悉的。面对房顶上挂满了的腊肉，我的口里一阵紧缩，慢慢地从舌苔下面渗出了液体，溢满了整个嘴，甚至感觉我不能说话，似乎一张嘴口水就会奔腾而出。

我是很久没有吃过这种真正的腊肉了，城市里那些五花八门的所谓腊肉，在我看来全扯鬼淡。这种腊肉才是正宗的，煮熟了，一刀切下来，瘦肉是自然的很有个性的肉红色，肥肉是透明的、白亮亮的，一口下去，油顺着口角流下那么一二滴来。那份儿时的记忆真是美不可言。

老人似乎并没有感觉到我想让他请我吃腊肉，他从另外一间房子里抱出了一样东西。我一细看，原来是一只黄红色的狐狸，毛色亮丽，手感非常好。我索性拿过来左看右看，就是看不出一只立体的栩栩如生的火狐。它的肉体和内脏是怎样被取出来的，我很感兴趣这个问题，但老头却怎么也不说。我用手从狐狸屁股眼伸进一根指头，里面是一些干草。老头说，你如想要就300元吧。这话真有点让我动心，300元，太便宜了，这钱在城市里还不够一顿饭局钱。但后来我也未买下来，虽然我很喜欢，一是带在路上容易被没收，二是买了就等于资助猎杀野生动物。我决定不买后，一种自豪感涌上了心头，我虽无力有效地保护野生动物，起码我不助长偷猎者，纵然他的猎物是那样的漂亮。

走的时候，老头一脸不解，但并未再劝我。我想他肯定认为我回来时经过这儿一定会买的。

房子的对面是一块有半个足球场大小的缓坡，堆满了整整齐齐待运的木材，民工吼着号子，正往东风车上装木材。我问老人家今天怎么只有这么几辆车来装。老人说这些天梁子上雪大，来多了多半都丢山谷里去了，这几辆车是新车力量大才敢来运呢！旧车都上其他地方运去了。

告别了老人，车继续往前开去。当我们开到乡所在地白雕后山坡时，已是下午5点钟了，夕阳挂在远处的雪峰上，红白相映，水火相容，把这世界照得真真实实、清清白白。白雕乡就静静地沉静在视野里，一条大江从它旁边汹涌澎湃而去，这就是从巴颜喀拉山脉和贡嘎山流来的雅砻江。

下得车来，我脱了羽绒衣，这儿海拔已很低，约1000米，热得我一身汗。白雕乡比我想象的小多了，就那么几十户人家。他们的住房与我家乡的风格几乎一样，都是用木板修建的二层结构，唯一明显的区别就是它不是吊脚的，也许他们认为不吊脚更稳更牢固。

到了这儿，我才想起问此地为什么叫白雕。司机说，这儿以前有很多大雕，传说不知哪年飞来一只白雕，从此就有了这个地名。

第二天，我租了一匹马和一个向导，沿着雅砻江边的山道走了一整天，也没有走出多远，只搞清楚了一件事，那就是这江水太急，两岸地势太陡，沿江下走，沿江上走，都走不出这山，进白雕就只有我们昨天来的那条公路。这路一年还只能通半年，深冬不通车，5、6、7月份的雨季也进不来。向导还讲了一个令我伤感的故事，说是六十年代，一位来这儿工作的人，在经过察瓦儿梁子时，冻僵在山口上了。我说我昨天也在山口抽烟，也不见把我给冻死了？向导说，你有保暖内衣，又有车子，怎么会冻死。我说这话可是你错了，现在可能没有原来冷了，你们不是说现在雪线比原来高多了么，我看这树子是不能再砍伐了，若砍完了，可能只有山顶才会有雪，到时山顶崩塌下来，我们白雕人可能就成化石了。向导说化石是什么？

我说化石就是我们只剩下骨头了。他说，大城市来的人就是爱吓唬我们乡下人。

白雕人是丰衣足食的，这一点非常明显。它的周围耸立着十余座终年积雪的山峰，也正是这些雪峰调节了这里的生态环境。白雕地处峡谷的凹地里，海拔较低，雪峰是天然的大调节器。白雕气候宜人、物产丰富。据当地村民讲，他们干半年的活，就可拥有够吃两年的东西。几十户人家平平静静地过日子，和和睦睦地相处，一派世外桃源的景象。

离开白雕，是在第二天，那是一个白雾浓浓的早晨，需要打开车灯才能行驶。要在我的家乡，雾开后一定是个艳阳天。可这雾什么时候才能开呢？我没有问司机，这时我正沉浸在依依不舍中。

半小时光景，车盘旋到白雕乡后山坡的梁子上。梁子上已没有了雾，天空特别的蓝，蓝得是那样的深远而幽静。周围的十余座雪峰静静地高耸在那天边的一片蔚蓝色中，显得是那样的洁白无瑕。回头往下看，一片白云笼罩着峡谷，峡谷里有一个村庄，村庄里住着几十户人家，几十户人家就是一个小小的世界。虽然此时我已看不见它，但那世界分明就在那峡谷的白云下面，我站的这儿可是天上人间？

告别了！横断山脉中的香格里拉。

武陵纪事

彩虹房

那是这样的一座小屋,周围都是生长着马尾松、茶树的一座座手挽手连绵不断的小山峦,它就坐落在这苍山如海的青绿色中。

我记不清楚是怎样的一个日子,走到了它的门前。那天是哪月哪日,已无法考证,虽然是自己亲历的事儿。

只记得那是1987年的一个夏日。夏日对于搞地质勘探的人来讲,并不是好日子。我对于地处武陵山脉的湘西、黔东的夏日,最好的记忆,那就是太阳雨了。本来,太阳当头照、身上淋着雨的日子,对于地质人来说是平淡无奇的,但是,如果有一条彩虹神话般地在眼前,奇迹就这样来临了。这奇迹甚至伸手可及。

我们一行三人,就是在一条彩虹中走向那小屋的。那时候的空气透明得具有水晶般光泽,使这天、这地、这森林、这小屋,清新而典雅。

小屋很隐蔽,它的出现,是在我们穿过了一片松林,离它只有几十米时,才看见它静静地立在山峦一角。房前有一方小池塘,彩虹的头就从这儿立起,弓着背延伸着七彩,落在屋后,那小屋刚好就在虹中央。

有小屋就小憩一会儿,抽上一支烟吧。

有了彩虹，雨就已经不是下了，而是一些零星的、细如发丝的、软绵绵的水汽，在空中飘呀飘的。这就是毛毛雨。毛毛雨常被人们用来表示不在乎，但在这儿，我们很在乎。因为阳光中飘起了零星的毛毛雨，一会儿就该是艳阳天了。下毛毛雨和飘毛毛雨是不一样的。下毛毛雨，阳光会慢慢地减弱，到最后可能就变成阴雨绵绵；而飘毛毛雨，是洋溢着浪漫情调的，阳光会渐渐地在飘呀飘的毛毛雨中强劲，彩虹也就在这时候来了。来了彩虹，浪漫的色彩就溢满了这世界。天空也就水晶般地透明而鲜活起来。

　　虽然淋了雨，身上湿润润的，可口却是干渴的。我们有几个小时未喝水了。口干时吸烟是坚持不了多久的，喉咙不仅干而且有灼痛的感觉。这灼痛让我们想起该找水喝了。这片土地是湘西丘陵到云贵高原的阶梯部位，属丘陵岩溶地形，水井是不多见的。我们先到房内找不到水桶，就沿池塘边找水井。有屋、有池塘，就该有水井，这是勘探者最起码的常识。

　　果然在池塘一角找到了一口水井。那水井是由四块大约60公分方正的青石板围砌成的，水就从青石板人工凿开的一个口子中流淌出来，水流量不大，可纤纤细细地居然流出了一方池塘。而那人工凿的口子也被虽柔软却顽强的水磨得光光滑滑，没有一点粗糙的感觉。水是无形的，但它会因为你的形而成形。在这儿，它就因坚硬的青石板而成形，那形就在那溢出水的口子上。水是天生的柔软而无瑕，当然它也会因你而透明，也会因你而污浊；也会因你而纤纤细流，也会因你而一泻千里，也会因你而汹涌澎湃。它的无形，使它可以变成任何一种形。在这青石板的口子上，它的形细腻而温和，在这无与伦比的柔韧面前，再有棱有角的坚硬也会被磨得浑浑圆圆。由于那出水口的光滑，我们都不用水井边放着的一把葫芦瓢，而是直接把干燥的嘴凑上去喝。水一部分清凉地流进了口里，一部分温柔地从下巴流过，像女人的纤纤玉手抚摸着喉结，让人心旷神怡。

池塘里没有出淤泥而不染的荷，也许是这水太清亮了，这红红的泥土似乎不需要荷花开出它的纯洁。

喝水就要喝满胃，这也是勘探者的常识。如不喝满，一会儿走起路来，那未满的水，会随着起伏的步伐，碰撞着胃壁，发出水浪拍岸的声音，难听又难受。

喝了水，还要坐一会儿的，再抽一支烟吧！

其实并不是贪恋这支烟，我们是不甘心离开这儿。当然也不是因为美丽的虹，主要是肚子太饿了。水是喝足了，可这并没有饱的感觉，人可不是圣物，只有吃了五谷才有饱暖感。清早我们就出来采集标本，现在已是中午一点了，还没有吃饭，好不容易遇一家农舍，主人却不在。

那池塘旁边有一片苞谷林，苞谷已很高很高，人走进去，一定会被淹没。我曾想躲进去偷那苞谷吃，也曾想如果有坏人来了我们就躲进去，但一想，这十分可笑，偷吃苞米？生的怎么吃；坏人来了？不是我们躲进去，而是坏人躲进去才行。这人饿急就怪了，想些什么和吃饱了的人想的太异样了，奇怪而荒诞。

看来这苞谷林不可能缺水，它特别茂盛，那一根根壮实的枝干上，长出了一棒棒苞谷。苞谷棒的顶端长着黄紫的和紫黄的须，看来苞米还未完全成熟。那苞粒一定很嫩，嫩得一捏就会流出奶一样的浆水，那浆水清香诱人。我们是很想去掰几捧的，再用火烧烤出来，那金黄黄的馨香是不得了、了不得呀！

这时，一个老农从苞谷林里走了出来。看得出他是这小屋的主人，因为他向我们走来。

"你们是地质队的吧！"老农先于我们开口。

"是的，老人家。"我们异口同声地答道。

"这苞谷是您种的么？"我明知故问。

"你们吃了没有？"老农答非所问，却道出了我问话的实质——老农朴实得一针见血。

我们这时急得像儿时在幼儿园回答老师一样齐声说："没有。"

人一饿慌了，对于美食的出现，总是表现得天真可爱，不管他是儿童或是成人。我们这会儿就无所顾忌地天真了一回。可偏偏这时，我坚持不了多久的天真，急急忙忙补充道："老人家，我们等您回来，想在您家找点饭吃，我们会付钱给您的。"

最后一句一出口，我就后悔了。看来人饿急了，不仅仅是天真，更多的是愚蠢。

这一带民风虽然粗犷却很淳朴，一般的农家都会主动给我们弄吃的，而且很少收钱。我一讲钱，人就好像不亲热了，让大家都觉得难堪。

老人家看来有六十岁了。他身材不高，很瘦，瘦得腰似我的大腿粗，腰上插了一根几乎与他一样高的旱烟杆。他可能真的有点儿生气了，坐在我们旁边点燃了旱烟，纤细而黑却又有力的手支起烟杆，呈三角状，满脸黑黝黝的皱纹下两片薄薄的朱砂唇夹住旱烟嘴，叭嗒、叭嗒地抽开了，全然不顾我们肚子饿这回事儿。给他的乌江牌香烟夹在他的小耳朵上，好像没有拿下来抽的意思。我们仨也只好无可奈何地看着他叭嗒、叭嗒……

最后，老人家还是做饭给我们吃了。饿了吃什么都香，这一点并没有给我们留下什么特殊的记忆，而至今让我难忘并总在耳旁响起的，却是那旱烟"叭嗒、叭嗒"的声音，以及那香格里拉般的彩虹房。

黑虎

一阵风雨过后,我们一行三人,是在那铺满了一地梨花瓣,曲曲弯弯的山径上,走进梨花村的。

梨花村地处武陵山脉的腹地,坐落在一个无名的大峡谷里。

看来这场风雨并不大,已是黄昏,太阳不知什么时候又偷偷从云层里钻了出来,半边脸倚在山崖上,像熟透的红柿子跌破了,鲜艳的彩汁流得峡谷里一片绿红花紫。

那开放在枝头的梨花儿,也被余辉抹上了一层似有似无的嫩红,但这嫩红似乎遮掩不住梨花的白,梨花依然洁白耀眼。想必梨花村一定得名于这眼前数十株高大的梨树吧。

走近一家农舍,农舍院内也有一棵高大的梨树。小小的黑虎就站在树下,见我们进去,它跳起小脚狂吠。只不过那时黑虎只是一条很小很小的狗,声音稚嫩而清脆。对于它来讲,我们太高大了,它立起来也就与我们的登山皮鞋一样高。我们就在它的主人家住了下来。这次地质工作需要很长的一段时间。

它的主人是一位退休多年的公安局长。据说,他是红六军团长征时甘溪战役负伤后幸存的红军发展的革命火种。伤好后的红军终于没能躲脱国民党反动派的杀害。他也就与组织失去了联系。1949年底刘邓大军横扫西南时,他成了解放西南大军的积极配合者,参加了革命,直到1980年退休。

他没告诉我们他不住在县城的理由。他说:经历了几十年的风风雨雨后,做什么事就无须什么理由了,想回梨花村,这就回来了。

黄昏时分，他经常带着小黑虎，在村头的八棵大梨树下等地质队勘探回来。他说他很喜欢黑狗，小时候他就是带着一条黑狗在村头遇见红军的。听了他这话，我心里一阵激动，仿佛我们的工作和红军经过这里一样重要。因此工作起来十分用心，总想在这一带找出有经济价值的矿床，让这儿落后的经济腾飞起来。

黑虎半岁就成了一条大狗，立耳、翘尾巴、四蹄上还有白毛。我很想给它起一个文雅的名字，叫踏雪无痕。可我们喊惯了黑虎，黑虎也知道是在唤它。黑虎异常地机灵，经常与我们一起上山。黄昏时，它又提前跑回村，用嘴含住主人的裤脚拉一拉，意思就是我们快回来了。看着主人搬桌子招呼准备饭菜，它又返回到村头，坐在八棵大梨树下翘首张望。有时它也不与我们上山，但它是知道时间的，一到黄昏会准时来村头接我们。有时候我们工作量大一点，很晚才下山，月亮已升起来了，它还在沉甸甸挂满枝头的八棵梨树下等我们回来。偶尔被风吹下来的梨子它也吃，它也知道梨子骨苦，顺着梨皮团团转地吃，只是它的犬牙参差不齐，啃得梨子支离破碎。更多的梨子是被我们拾起来吃了。月亮亮丽地挂在树梢，一切都静悄悄的，村里的狗见我们也不似原来狂吠不已了，它们也习惯了我们这些地质队员。黑虎这时总是欢喜得屁颠颠地摇得尾巴圆圈似的，跟在我们身后往家走去。

平时下雨，我们就不上山了，于是与黑虎的主人谈天。作为一名老革命，他一定历经了许多惊心动魄的险恶。可是他几乎不谈我们想象中的波澜壮阔的英雄经历，念念叨叨的是村中的那几十棵百年老梨树。据村民们讲，他是冒了大风险才保存了这梨树的。原来梨树村周围的大山上，生长着参天大树，六十年代大炼钢铁时被砍光了。当时村民们都不明白，那么多的树木放进炉子里，烧出来的却是一堆黑不溜秋的铁块块，这值吗？

砍树砍到最后终于无树可砍了，公社领导情急之下红了眼，准备砍村中的百年老梨树。村民们知道老祖宗留下的就这么一点树子了，砍了就没有梨花村了。那山已光秃秃，总不能让村子叫光秃秃村吧！村民们知道只有老革命能阻止这事，于是连夜给在县城工作的老革命送信。老革命连夜赶回来与公社领导大吵一架。结果是树没砍成，从此老革命和那领导结了怨。不过那人也拿他无法，他是老革命，又是三代的贫下中农出身，根红苗正，否则早被打成了现行反革命分子。

他说他这一辈子最大的成就，就是保存了这几十株百年梨树，让梨花村的子孙们知道了这地方为什么叫梨花村。

听了他的这些话，我心里一惊，细细品来，朴素至极，却是至理之言。想想我们现在的一些地方，叫野鸭塘的地方没有了野鸭，叫虎头山的地方没有了老虎，叫芳草地的地方没有了芳草，叫清水江的河流只见污水横流，这世界到底怎么了，令人有说不完的恐慌。

一年工作下来，我们终于要回城了。这里由化探手段发现的银异常，通过一年详细的异常论证，否定了这个在现有技术条件下不可能有经济价值的矿床。地质工作就是这样绝对的实事求是，虽然它破灭了很多致富的梦。地质科学的严肃性使它不可能带任何的感情色彩。作为地质人，我是自豪的，从灯光如昼的钢城、铝城、煤城、油城，到灯红酒绿的不夜城，写下了地质人为这个科学的文明时代立下的不朽功勋。可是科学文明也带来了负面的影响，严重地威胁着世界的可持续性发展，地质灾害已悄悄地威胁着我们共同生存的家园。

没有能在梨花村找出高品位银矿床来，从心理上觉得很对不起黑虎和它的主人守候在八棵大梨树下的深情厚谊。但我并不为地质工作的实事求是而沮丧，这对于梨花村是不是塞翁失马也未可知。如果找出了一个特大型银矿山，梨花村也许就叫梨花市了。也许梨花村就喜欢它的这一分宁静，也许大梨树就乐意这样一年又一年盛开着。

多年后，我收到了黑虎主人的儿子的一封信。他说他已当乡长了。他说这些年村周围的大山上都种上了树，再过二十年就是一片大森林了。他说他父亲八十多岁了，仍然很健康，还上山看林子呢。黑虎已经老得走路也困难了，还常摇摇晃晃走到村头八棵树下望你们呢。你们是看着它长大的，它想着你们呢。

接到这封信时，我早已调离了地质队，这信是七转八转才从老单位转到我手里的。

看完信，泪水一下盈满了我的眼眶。其实这近二十年来，我也很想念梨花村。几次我梦里回到那儿，黑虎在八棵大梨树下，踏着洁白无瑕的梨花瓣，兴高采烈地欢迎我，尾巴摇得团团转。那是一个多么明媚的春天呵！

月亮滩

那地名不叫月亮滩，是我把这美丽的名儿编织在那方魂牵梦绕的土地上。

那儿叫普觉，是贵州省松桃苗族自治县的一个区。我虽未在那儿出生，可一生中对大自然最初的感受就在于此。

那年我四岁。记忆中我家住一排大屋子里。后来才知道，那是一个大仓库。1968年，103地质大队在大塘坡搞锰矿会战，普觉是物资转运站及仓库。

那些美好的日子如今已记不太清，只觉得一个又一个画面蒙太奇似的在脑海中显现：一会儿是我一个人坐在床上大哭，床上有一小堆黄便，窗外的天气很暖和，桌子上有瓶白糖；一会儿是大河坝里人群沸腾，我在水里争夺大鲤鱼；忽儿，我又站在厨房里，看见案板上放着的大鲤鱼；忽儿又到大河边，过一条很窄很高的路……我记不清是父亲还是大哥把我夹在腋下慢慢地、一步步地通过一块块兀立的石头。石头下面是大河，当时我心里特害怕，所以几十年也未曾忘掉，那大概是我人生当中的第一次害怕吧！

在普觉的日子里，正是我人生中初步记事的时候，所以那方土地在我心目中占有很特殊的位置。月亮滩，这名儿多美，为什么在那么多五彩缤纷的词汇中，我选中"月亮滩"这几个字呢？因为那地方给我记忆最深的，莫过于月亮与沙滩。

那月亮是洁白的，沙滩是银色的，大山则是油绿绿的——这是我当时对自然环境的感触。有很多个这样的夜晚，我跟在三哥或大哥的后面到沙滩上去。至于去干些什么，我已记不起了，只是那滩、那月、那山却深深地留在记忆里。长大后，我一直喜欢在夜色中去河畔散步，起因也许就源于此。后来母亲说：我们是去沙滩上捉甲鱼。那时候河里的甲鱼特别多，一到夏天，天气热了，甲鱼夜晚就爱上沙滩休息或者产卵。每到夜半，哥姐们提了水桶，拿了菜刀，就往沙滩上跑。只要用菜刀往甲鱼身下的沙里一插，把甲鱼翻过来，它就跑不了啦！每次总能提一小桶回家，那高兴劲甭提了。

月亮滩我曾回去过一次。那是1987年秋天，我服务于103地质队化探分队，任化探野外作业组长。当我展开1：5万军用地形图时，就被普觉深深地吸引了，我知道那是向往已久的月亮滩。我用红铅笔在那儿打了一个圈，一定要在那儿住一夜。一幅图一般450个平方公里，每个平方公里布置1至2个采样点，我们一天最多只能搞20个。一般是早上出发，晚上七点才返回。

那天，我们是从很远的山坳里开始朝普觉跋涉的。队员们工作特积极，因为我这一组已在山里工作了近一星期，天天吃山民的干菜饭，又要从早到晚钻森林爬高山，早就想到一个小镇添点油水了。所以我那天特意比平时少安排 6 个平方公里，希望早点赶到普觉。

下午四点钟，经过八小时的野外山地作业，终于到了普觉区。两个队员背满了几十斤样品，我也背了几袋。虽规定组长可以不背样品，可每次我总背一些。走进城镇，我搞不清楚我家以前住哪儿，也不知沙滩位于河的哪一段，只好先住下再说。晚饭后，吃饱了肉的队员跑去看录像了，我独自一人走上河堤。月亮未出来，只有河边人家的窗户发出昏暗的亮光，河水黑绿绿的，还有阵阵污臭味顺风袭来。我想就是有月亮，那水也不再银光闪闪了。

我问一个在河边挑井水的姑娘，这河里是否还有鱼？姑娘瞪圆眼瞧了我好半天，才说，鱼早没了，那些人用电打，炸药炸，农药毒，早断根了。真是些缺德鬼！听后我心里一阵阵酸痛，呵！我的月亮滩，我魂牵梦绕的月亮滩……

"正确"的第一个巴掌

今年去梵净山的高速通了,找了一个机会驱车前往。原来五小时的路程,现在两小时即达山口。在山口住了一晚,梦见了三十多年前在梵净山搞地质遇见老虎的情景,半夜醒来再也不能入睡,不由想起了当年一起在这片原始森林工作的兄弟们。有一兄弟叫邰德,我认识他时,他还不叫"正确"。那时他不过二十二岁,干什么都一副害羞的样子,动不动就脸红,于是我给他取了一个外号叫"一抹红"。也许这个外号太文雅了,从未叫开过,只有我喊过他几次。后来我又给他取了一个外号"正确",这才叫开来,以至后来他的真名就渐渐被人们遗忘了。

邰德人老实,不管人家讲些什么,他总是频频点头一副诚恳的样子回答"正确、正确的"。"正确"成了他的口头禅。一次他与野外回来的钻机工们下象棋,他的棋还算高明,刚一开始就把对方搞得手忙脚乱。野外的钻机工一天到晚面对钻机听那轰隆隆轰隆隆的钻机声,人也变得轰隆隆的,一看棋下坏了,就急了,敞开轰隆隆的喉咙骂开来,"叭"的一声把棋狠狠地砸在棋盘上,下一步骂一句。这个呆子总是反应不过来,人家骂一句,他傻乎乎拉长了音调接一句,结果就成了:

"日你妈姥——"

"正——确！"

哈哈哈，大家都笑了起来，从此郜德这个名字就变成了"正确"。

我们一起在野外跋山涉水多年，印象最深的是，在危机的时候，他曾挨过三个巴掌。这三个巴掌的故事流传很广，这个很广，当然也仅限于地质队员当中。那晚，我梦见了遇虎，就又想起了"正确"，就讲一讲"正确"的第一个巴掌。

"正确"的第一个巴掌是被化探一组长打的，地点是武陵山脉主峰梵净山的北坡棉絮岭。

梵净山海拔二千五百七十二米，是贵州省乃至全球同一纬度唯一的、最大的原始森林，被列为为数不多的国家一级自然保护区。由于地质构造复杂，又加上自然条件险恶，这儿是我们进行一比二十万地球化学水系沉积物测量中最为艰苦的地方。

从一比五万军用地形图上看，它有四百八十平方公里，分工作量时谁也不会要它。后来经过研究，分给了四个比较有经验的组长去完成这项任务。其中北坡就分给了一组长。他是老地质队员了，七十年代初搞梵净山找矿大会战，他是参加了的，对梵净山比较熟悉。

要进山采样的那几天，一组长天天缠着我，要我的质检组一起去，理由是那地方太困难，一般山区一个组三个人不觉得少，那个地方可是原始森林，太险恶了，多去一个人好一点。

项目总计有一万余平方公里，我亲自参加采样品的并不很多。从我的本职工作而言，抽查和跟组检查最多到百分之三十。跟组检查就是与小组一起采样，检查采样工及组长采的布样点是否规范、正确。抽查要艰苦一些，抽查小组的采样总不能连续在一个地方查，而是选地形复杂、地势陡峻和边远荒芜的地方。抽查地形复杂的地方，是怕组长们有可能把取样点搞错，抽查地势陡峻和边远荒芜的地方，是怕有的组长没有职业道德，不去该地取样。而我们搞的一比二十万地球化学水系沉积物测量，又是国家重点基础地质工作，采集的是野外第一手原始地质资料，是以后光谱分析样品结果，汇编成书成图的原始依据。如果第一手资料都是假的，那么以后一切都是不真实的，将会给国家造成重大的损失。说得通俗一点，我们的工作，就是在每一个平方公里的土地上，选择最能代表这个平方公里的地方，取一袋标本，拿回化验室做光谱分析，一般要求分析四十二种元素，看看它的含量。在地球上，各种元素的含量都有一个正常值。当这块土地上的某一种元素大大高于正常值时，那么就是异常现象，需要选择性地进行异常查证。比如，在某一点发现了金异常，就可以搞金异常查证。贵州的很多大金矿，就是这样被查证出来的。

一组长老缠着我一起去，就是要我跟组检查。这样他们就多了一个人，在那一片原始林带多一个人显得很重要，于是我就答应了他。

当天，我们乘分队的吉普车经毛毛公路来到梵净山主峰脚下的边缘桃花坝，再往前走就没有公路了，只得步行。由于工作的地点太险恶，小组的地质技工是不能背样品的，怕攀登不便造成危险，所以就到村子里找了一个常上山采药的壮汉当民工背样品。民工是一个三十岁左右的汉子，个子不高，很普通的一张方方的国字脸，厚厚的嘴唇显得憨态可爱，一副慈祥善良的样子。

我们的任务是从暗河顺河而上，到达棉絮岭后，翻过鞍部到达肖家河，再从董崩山折回桃花坝，走出原始森林。

暗河一般是指地下潜流的河，但在这里却是来自于遮天蔽日的原始森林，里面阴森森的，让人不寒而栗。据一组长讲：该河谷大害有云豹、黑熊、五步蛇；小害有旱蚂蟥和长脚巨蚊。云豹、黑熊数量不多，不易遇见，云豹、黑熊也从不伤人。最危险的是五步蛇，国际名称叫尖嘴蝮蛇，剧毒无比。老百姓说被它咬后则五步必倒，这虽有些夸张，但据我们所知，如人被该蛇咬后，即使马上得到救治，死亡率也达到百分之八十。还有那长脚巨蚊，个体比一般蚊子大十倍，被咬一口就隆起一个大包，不用一个星期的青霉素，它是消不下来的。为了避开这两种常见的危险，我们必须在五月份完成第一期任务。六月至九月是两害的高峰期，就去其他工作区采样，等十月份两害张狂过后再进山完成第二期任务。所以，我们只有两个月的工作时间，任务十分艰巨。

进河谷之前，民工一开口就要二百元，一般的才五元钱一天，我们就不同意。民工说进山前一定要拜山神，不拜他是不敢进山的。说是要买一头山羊、一只鸡供山神，我们只好同意。于是民工去牵来一头山羊，捉来一只雄鸡，那羊默默无言，那鸡却是双脚乱蹬，狂叫不已。这是一只红色带金黄色的雄鸡。这儿的鸡都是放在山野里吃虫子和蚂蚁长大的，力量特别大，而且野性十足。那民工只好用麻绳捆了鸡脚与山羊放在一座土地庙前，口中念念有词拜了几拜，然后给鸡解了绳子，一手抓住鸡翅，一手从背篓里拿出一把八寸长、五寸宽的菜刀。说时迟那时快，只见他手起刀落，亮闪闪的光芒一晃，那红公鸡狂叫不绝的头被活生生地削了下来。那鸡没有了头，居然奇怪地摇动着翅膀在土地庙前跑了一个圆圈，光秃秃没有了头的脖子还在一伸一扬，似乎还想破啼报晓。血从削平的刀口处箭一样射出，竟然在它跑的圆圈外围喷洒出一个更大的血圈。那民工见状大大地舒了一口气，很庄重地告诉我们可以进山了。他说如果鸡血的圆圈缺了一个口子，那么就是打死他也不会带我们进山。我觉得非常可笑，进山还这么神秘。我们搞地质的，并不相信山神，要民工带我们一起走，不过是请他背东西减轻负担；再就是他熟悉地形，可以避开一些危险。那民工用一块红布擦着刀刃上的血迹，我想，反正都要杀那山羊的，擦干血迹等于是脱了裤子放屁，多此一举。那山羊的脖子可不是鸡脖子，看他怎么用菜刀削下羊头来。谁知他把刀放进了背篓里。我说为什么不杀羊了，他说已经见血了，就不用杀羊了。一听就知道他耍滑头，那可是花了二百元买下的。我们几个讨论了一会儿，决定把羊带着一起进山，在山里把羊杀了烤来吃。那民工一脸不高兴，也无可奈何，只好同意。

到了河谷口，一组长就吩咐大家穿上长筒胶鞋，打上腿绷带。在这个季节，旱蚂蟥是躲不开的，它除了深冬不出现外，其他月份都很活跃。

那些旱蚂蟥在河谷里满地都是，多半是贴在一些小草上。它们只有针尖儿般那么大小，可吃饱了人血后就有小手指头这么大。并且，它们的吸盘上含有毒液，能破坏人体的血小板凝固，所以一旦被咬则流血不止，非把毒液排尽才能止血。虽然我们准备得够充分了，但一进河谷看到满地的旱蚂蟥在小草上和小灌木的叶子上，肉芽似的昂扬起吸盘不停地摇晃时，一个个还是禁不住心惊肉跳。

梵净山有六条主要水系，以这个巨大的山体为中心，呈放射状从四面八方流出这片原始森林，最终都流入长江。暗河就是六条主要水系之一，它从这儿流入松江，到达沅陵进入沅江，经桃源、常德流入洞庭湖，是洞庭湖水系的重要发源地之一。

我们四个人中有三个是湖南人，而且有两个是湘西人。湘西一带自古就出胆子大的人，所以三个湖南人虽惊但还从容，"正确"却一个人在那儿爹呀妈呀地惊叫。"正确"是贵州铜仁市人。从隋朝说起，铜仁和湘西同属沅陵郡管辖，怎么到了明代铜仁划给了贵州，这儿的人就变得胆小了呢？于是我们就用这来调侃"正确"。"正确"说,你们这些湖南鬼子太不正确了,怎么能这样说呢?贵州人还出了周逸群、王若飞。周逸群是铜仁人,并且还是湖南湘西人贺龙的入党介绍人,贺龙队伍的党代表。一次,在洪湖革命根据地与敌人遭遇,拉响手榴弹与敌人同归于尽。这可是个大英雄,他这么一说,我们还不好再调侃,就说:你这种胆子只配给周逸群端洗脚水。

顺着河床走是不太可能的,因为坡度太大,瀑布重叠,无法行走。我们只好顺河床的边缘随山脚攀登而上。那羊儿爬山很了得,从容不迫,把它叫为山羊,可是名副其实。

我们的衣服早湿透了,并不是因为下雨,而是小树上的水。这里气候潮湿,就是在大晴天,也只能把高大的树上的水蒸发掉,而这些小树,却很难受到阳光的照射,所以总是湿漉漉的。这些小树的年纪也不小了,随手掰掉一根看,都是密密匝匝的年轮圈。这些小树是因为大树的遮挡,得不到充足的阳光而长得太慢。它们密密麻麻地生长在大树下,我们必须拨开才能在丛中穿行。

湿透的衣服紧贴在身上,实在难受,而且是两头受气,一是小树上冰凉的露水从外面往衣服里浸,二是身上的热汗从皮肤里往外冒。这一凉一热交织在身体上的滋味,说不出的难受。我们又不能停步太久,稍微多停一会儿,就觉得奇寒无比。

中午的时候,我们来到一个较开阔的地方,于是走到河床上,脱光了衣服裤子,把它们铺在河床边的鹅卵石上面。

太阳从峡谷上挤下来,照得我们泡得发白的身体似乎有了暖洋洋的感觉。其实这只是感觉而已,两边茂盛的森林中还是一阵阵冷气袭来。我们叫民工从背篓里拿出压缩饼干和馒头大吃特吃起来,这才真正有了一点暖意。大家都无心开什么玩笑,各自点燃一支香烟抽着,静静地看着鹅卵石上的衣服裤子,希望能被太阳晒得干一点。

虽然我们知道,再往前面一走,这一身还得湿漉漉的,但想想干干的带着太阳热的衣服裤子,往被雨水泡得发白发凉的身上一穿,那一种暖暖洋洋的轻松电般传遍全身。虽然这种感觉会在前方的路程中渐渐消失,再还我们一个透心凉,但毕竟穿上的那一会儿是幸福和满足的。这个时候就想大喊大叫,或想把声音提到最高处放歌一曲。但绝不是我们常常自豪唱起的那首《勘探队员之歌》。这一首动人心魄的歌子,一般是在心情愉快时唱起的,或者是在一般的山区,爬上了一座高山,在一览众山小的心情下唱起。在这种十分险恶而又荒芜人迹的地方,我们不需要给自己提虚劲,而是发自人性本体深处的宣泄:"哥哥你大胆地往前走啊!"

搞地质的人都知道,到了中午,鹅卵石会被太阳晒得发烫,湿衣服放上去,再加上太阳一照,上下一烤,一会儿就干了。

"这衣服是干不了了,穿起来走人。"一组长把烟头一丢,大声说。

"再等一会嘛。""正确"他们几个很不情愿地去摸衣服干了没有。他们还不太相信,以往的经验在这儿怎么不管用了?

我一句话也未说,走过去拿起还湿润润的衣服穿起来。我相信一组长的判断,因为我看见他顾长的好像又很无力的生殖器紧贴在屁股下的鹅卵石上,一点热烫的反应都没有。这种情况下,衣服还能烤干吗?

"正确"他们也只好跟着穿好衣服。这样挺难受,于是我们异口同声地吼起,"哥哥你大胆地往前走啊,往前走!"

一天很快过去,天黑时我们找到一个山洞,燃起了一堆火。大家迫不及待地脱了衣服来烤,但烤了前面冷了背后,反复烤后总算是好受一些了。大家脱鞋烤脚的时候,"正确"惊叫起来,原来他脚上的绷带未捆好,被蚂蟥钻了进去,搞得满鞋都是血。两条蚂蟥在他小腿上只露出尾巴在外面，身体几乎整个都钻进了雪白的皮肤里去了。一组长嘱咐"正确"不要用手抓蚂蟥的尾巴，如果硬拉会把尾巴拉断，蚂蟥的前半部就在腿里出不来了。一组长教"正确"用手在蚂蟥周围的皮肤上拍打，一拍一拍地，蚂蟥受不住就会慢慢退出来。两只肥肥胖胖的蚂蟥从他腿上掉了下来，他气愤地拾起丢进火里，顿时烧得臭气熏天。这时还不能包扎伤口，要等血流一会儿，毒液排完了，再进行包扎。

由于水太凉，温度低，饭煮出来是夹生的，太难吃了，于是吩咐民工和组员小李去山沟里捉些胡子蛙来吃。

我说，这可是野生动物，不太好吧！我见不提杀山羊的事，想提醒一组长。

一组长假装不明白我的意思，手一挥，说："明天还有最艰苦的工作要搞，我们也是为国家出生入死，吃几个野生动物算什么，它们死了也是光荣的，这也是为国捐躯。"

一组长肯定是见今天那民工干工作很卖力，不好杀他的山羊吃了。我们采集的几十斤样品都是他一人背，再加上行李的重量，总计约一百斤，这民工竟然一人背了上来，真不容易。他的那头山羊也很通人性地一直跟在他身后。那民工见我们不提吃羊的事，一脸红彤彤，激动地跑去捉胡子蛙。

那些胡子蛙从未见过人，也不怕人，用手电光一照，也不跑，一会儿就捉了十多只，近半斤重一只。

民工说："大的不要，小的不要，半斤的最好吃。"他几下就把皮撕掉，撒些盐巴，在火上一烤，整个洞子里都弥漫了山野的肉香味。

吃饱后，大家钻进睡袋睡觉，然而怎么也睡不着。睡袋根本不保温，凉悠悠的。那民工见我们睡下，便去洞外搞了一些青草进来，并撒了一些盐在草上，让他的山羊吃。也许是吃了带盐的草，山羊突然咩咩地叫了起来，那民工马上用手捂住山羊的嘴。

"你捂它的嘴干什么？"我这时正冷得心慌，见他那样，没好气地说，"让它叫就叫吧，反正也睡不着。"我以为他是怕山羊吵到我们。

那民工说："这一带大野物多，怕有老虎、云豹听见羊叫，来了很难对付。"

民工是这一片原始林带的专家，我们不得不信他说的话。"正确"从睡袋里钻出来，往洞里边移了移。我们知道他胆小，再加上冷得人心烦，也懒得嘲笑他。

那民工却不能睡觉，得坐在火堆边添柴烧火。可还是不行，烤了左面冷了右面，烤了右面冷了左面，于是大家只好强打起精神，又开始调侃起"正确"来。

女性是永恒的主题，谈到最后，一组长感叹了一句：唉！明天不知还有多危险，我们反正都无所谓了，婚也结了，儿也生了，可怜你呀"正确"，你马上就要结婚了，要是明天不幸牺牲化成了山脉，那可就惨了。

"正确"也不说话，不知在想些什么，大家都累了，迷迷糊糊睡了一会儿，天也就亮了。

吃了早餐，民工挑了昨天采集的标本及睡袋沿来路返回。他背这么多东西，不能再和我们去更险恶的地方。那民工带了他的山羊，千恩万谢而去。

今天的任务是翻过棉絮岭到达肖家河取样，再折回到董崩山，从董崩山沿山路回桃花坝住宿。

棉絮岭,方圆十几里是连绵不断的比人还高的芭茅草。一到秋天,芭茅草上生满了白茸茸的毛穗,从梵净山主峰红云金顶往下一看,白茫茫一片,像是棉花的海洋,于是就叫棉絮岭。

我们就在茅草里钻行,也无法看图纸对地形,茅草比人还高,无法看清几米以外的东西,只能用罗盘打个方向,朝南走。

走着走着,突然听见前方哗哗作响。像是石头往下滚,但细细听又不太像,倒像是一头野猪或者野羊、野牛之类的东西在往下狂奔。两边的茅草哗哗分开,而且声音越来越近,越来越大。

我们都停步不动,静静地听那声音。这样有个好处,如果是石头,我们不慌乱,就好从声音中判断石头滚落的路线,让开石头并不难。但那声音哗哗地在离我们五米左右的地方突然停了下来。仔细一看,只见一个身上有花斑条纹的大东西在那儿。我的第一反应是遇到云豹了,但我分明从一组长凝重的声音中听出了一个"虎"字。"正确"一听是老虎,吓得就想往我身后跑。

一组长今天走的是第一个,"正确"走的是第二个,我走的是第三个,组员小李走在最后。一组长见"正确"要跑,反手一把抓住了他的衣领,也不说话,两眼直视前方。"正确"跑不了了,只好干瞪着两眼,大气都不敢出一口。

大约相持了五分钟,那东西哗地一下转弯,哗哗哗地脚下生风而去,身边的芭茅草纷纷朝两边倒去。

我们想这大概是一只吃饱了的老虎,心里安定了许多,于是议论是不是还要继续往前走。其实这是多余的,只不过借此稳定一下几乎乱了方寸的情绪。如果我们不去,那采样点的标本就无法得到,那里就将成为地质资料上的空白点,这个责任谁都承担不起。当然,如果四个人都"同心同德"不去,随便在哪儿搞几袋标本拿回去充数,也没有人发现得了。以后，上一级抽查百分之三的采样点，也不会抽查到这儿来。因为这里是我这个质检员来跟组检查了的，再说上面来抽查的人，多半为老专家了，想来这鬼地方他也来不了。因此全凭我们的良心。

最后还是一组长大叫一声："死了算了，要走就快走，要是误了时间，就翻不过去，到不了肖家河了。"

于是我们每个人砍了根一点五米长的杂木棍，用刀削尖后当作武器，继续往前走去。

结果太出乎意料。虽然遇虎只耽误了半个小时，但我们事前预算的时间，却远远不够，图上直尺量的距离和实地的路程相差太大。根据以往的经验，图上的一公里路在计算实地路程时乘上个一点五就了不得了，但在这儿不知道要乘上多少才能符合，主要是怪石林立，悬崖众多，有时为了一个样品要绕好大一个圈。到了天黑，我们才把样品采完。其实这儿的采样点也不多，就是五个。这五个采样点本应该划给南坡的那个组来采。分任务是按分水岭来划分的，一组本来分不到这五个采样点。但南坡那个组长精明，分任务时见南坡从肖家河来这五个点有密密的等高线，一看就知道是个大悬崖，可能要比从北坡来取更困难。一组长经不起吹捧，一高兴就答应了。

一组长展开一比五万军用地形图，骂了起来："他妈的，一九五八年测绘的老图和实地出入太大，害得老子时间都估算不准。"

听他这一骂，我心里也有点儿气恼：资料室很多一比五万的图幅都有一九七四年解放军总参谋部测绘局航测的新图，就这张图只有一九五八年国家测绘总局测绘的老图。当然，一九五八年的老图要比一九七四年的新图，误差可能要大一些，这也很正常，但也并没有他说的这么严重。他是在转移目标，担心被骂，我也就未作声。

想到今天要在这儿过一夜,又无睡袋,又没有洞子可找,心里还是有点悲凉。这儿是梵净山群的下部,几乎全是一层层薄至层状的页岩和板岩,不能像一般岩溶地貌形成洞穴。"梵净山群",顾名思义,既然在地质上把这个层位命名为"梵净山群",它就是一个特殊的地层,距今约近二十亿年,是黄河以南最古老的台地。也就是说,当湖南、贵州,乃至更广大的土地上,都还是海洋的时候,梵净山就是一块小小的陆地了。

我们吃了仅有的几块压缩饼干后,讨论怎么睡的问题。睡在地上怕有什么野物来侵害,最后决定睡在树上。于是我们打起手电割了很多青藤,一个人睡一个树杈。你捆我,我捆你,捆了个结实,这样就不怕睡到半夜不小心掉下树来。蛇是不用担心的,在这种海拔高度,蛇是不会来的。

大家一躺下又睡不着,你盯我,我盯你,干看了半天。后来小李率先打破沉默,唱起了齐秦的歌:"为什么你的眼变得如此陌生,为什么你的唇显得如此冷漠,难道是爱情早已不在……"

这小子一天到晚就喜欢唱齐秦的歌,大概会七八首歌,我们常常听他反复唱。他很崇拜齐秦,所以也就留了一头齐秦似的长发。他是前年从地质技工学校毕业的,虽天天打扮得像个流行歌星,采样却又快又标准。一组长还是很喜欢他的,就是不喜欢他唱的歌,说他唱得奶气太重。小李也不喜欢一组长唱歌。一组长一开口唱歌就是"手握一杆钢枪,身披万道霞光",或者"我为祖国献石油"……

小李一唱,大家也就各唱各的,乱吼一气。吼累了,也不知谁先睡谁后睡,一个个没了声,一切都归于寂静,一切都归于这片山林。

清早,我第一个被冷醒来,全身湿漉漉的,雾太大了,五米外看不见东西。我解开青藤,跳下树来,对着山谷,歇斯底里地大喊起来：哎—哟—嗬、哎—哟—嗬—嗬—嗬—

"喊，喊些哪些，你疯了？"一组长大声叫唤起来。

"正确"和小李异口同声地对一组长大叫：你才疯了。然后与我一起对着山谷吆喝起来：哎—哟—嗬、哎—哟—嗬—嗬—嗬—

一组长实在忍不住，也吆喝起来。如果在城里这样喊叫，有人会以为我们是疯了；可在这儿不叫喊，那也一定是快疯了。显然，一组长不愿疯了。

在这儿，没有上下级，只有同心同德把工作任务完成，并共同与茫茫大原始森林对抗。在这儿，不需要面具，说话，骂人，一切都真真实实。

一组长看了半天图纸，又拿起罗盘打了半天的方向，说："雾太大，要贸然从这儿走董崩山，恐怕要迷路，我没有走过。建议走回棉絮岭，再到五马回头沟，这条路线以前来梵净山搞找矿大会战时走过，安全一点。"

梵净山他最熟，最有发言权，谁也不敢建议其他路线。七十年代初，就有他的同事迷路后失踪于这片原始森林。

这时，"正确"却喊了起来："又要走棉絮岭，昨天那只老虎吃饱了，说不定今天正饿呢？"

我们一听，有些道理，但不走也不行，而且哪个走前，哪个走后，次序都得决定下来。

我说，"正确"，你狗日的想走第几，由你先选，你要结婚了，最怕死。

"正确"听后犹豫不决。神色严肃的一组长说，谁知道老虎要吃第几个，这说不清楚。我看还是抓阄吧，听天由命。

这样也好，大家都赞同。一组长撕了一张记录纸，分成四张，写下一、二、三、四，折叠起来后抛在地上。我们三人各拾起一个纸团，一组长最后拿，因为是他抛的阄。

结果是一组长走第一个，"正确"走第二个，我走第三个，小李走最后一个。就这么怪，这就是我们来时自由选择的次序。

走了四个小时，来到了棉絮岭的茅草林里。这时雾虽淡一点了，但却有一些星星点点的毛雨乱钻起来。茅草太茂盛了，我们只能用手拨开才能行进。芭茅草的叶子像一条条软剑，锋面却又像刮胡刀一样锋利，稍不留意，就把手割得满是伤口。血水、汗水、冰凉的雨水混合在一起，使我们的手近乎麻木。风这会儿不大，很温柔，却还是把茅草林吹成了一阵阵吆喝般的旋律，这并不比林涛声差，如果是在平时，这是一种美的享受。而此刻，大家都很紧张，听起来像鬼子进村的声音。我们每人手里端着一根约一点五米长的削尖了的木棍，一个紧跟着一个，不敢懈怠。我们搞不清楚老虎到底藏在什么地方，不知什么时候它一跃而起扑倒我们其中的哪一个。

我突然想起当地山民介绍的围猎野物用的"赶山"，具体做法就是这边很多人大声吆喝，制造声势，猎物就往安静的那边跑，而那边却有许多埋伏的猎枪手等着它们。我猜想这可能只是赶一些野兔呀、野羊呀、野猪之类的猎物。总之，与其这样不声不吭地被老虎吃掉，还不如在大声叫唤中死得痛快，于是，我建议大家大声吆喝，或许老虎听见了，以为是猎人赶山，就吓跑了。

"哟嗬——哟嗬——哟——嗬嗬嗬——"一阵阵粗犷而厚重的声音从我们口里传出，撞在远方的山壁上又折回来："哟嗬——哟嗬——嗬嗬嗬——"这样，四个声音传出去，四个声音又折回来，就成了八个声音。似乎我们已真的变成了八个人，被老虎吃掉的可能又缩小了，成了八分之一。

这会儿，心情比刚开始平静了许多，刚走进茅草林时，虽然茅草林被风吹得哗哗作响，但我们却能感觉到自己心跳的声音，现在好多了，已听不到自己慌张的心跳声。但粗犷的声音中却夹杂着一声声像女人憋着喉咙发出的尖叫声，还没等我判断出是谁时，只听到"叭"的一声，一组长右手反手一掌击在"正确"的右脸上，并骂道："你叫，你叫得像你妈的山羊，没把老虎吓走，反而把老虎引来了。"

"正确"的脸上顿时隆起五个手指印。他条件反射地用手护了一下脸，然后双手端起木棍。我还以为他要和一组长拼刺刀，却见他只是端起尖头木棍在那儿东张西望。他现在并不关心一组长打他的那一个巴掌是否正确，他关心的是老虎在哪儿……

过了棉絮岭，来到董崩山的一条山脊上。我们都坐在被岁月磨砺得光秃秃的石头上抽烟，谁也不说话，那情景还真有点劫后余生的苍凉感。这时候，我们体验到肉体上的极度虚弱以及精神上的极度疲劳是一种什么样的味道。

穿越峡谷

1985年底,我独自走过一条荒无人迹的峡谷。

那峡谷在一比五万的军用地形图上无名称,只能看到密集的等高线。从峡谷口往上二十余公里,才能从茂密森林的中下段找到一个地名叫陡上坝,几户人家零星地分布在峡谷中,一条小河从东向西流去。沿河往东而上,是原始森林老林山,河就发源于那儿;往西而下也是一片森林,直到小河一头扎进洋溪河,峡谷口的对面有几户人家。

那天,雾不太浓,也未下雨,山野里似乎只有我一人在行走,鸟儿也没有叫,风儿也不见动,静得我只想大声叫喊。我常一个人在野林荒山里走,从未感觉到害怕过。不知那天怎么搞的,总有点让人说不出的恐惧感。也许是走得太早了,天刚蒙蒙亮。听老人们说,这时最易遇见鬼。我当然不信世上有鬼。我开始渴望遇见一个同路人,哪怕是一头野猪也好。

我就在这种思绪中快步走着,突然发现前面一百米远好像有一个穿白衣的女人,手拿着一顶草帽在前面急行。我高兴极了,终于遇见一个人了,于是三步并两步往前赶去,希望能赶上她一起走。看着她转弯出了我的视线,我几乎小跑起来,凭我的脚力,转弯后就能赶上她。在她转弯前,我不能走得太快,要是让她感觉有人在追她，她害怕了，反而会走得更快。谁知到了弯道处一看，怎么离她还有一百米左右，我想肯定是她发现我了，怕我？管她呢，反正我又不会怎样，赶上再说，于是又加快了步子。走了十多分钟，却总是相差一百米左右，我有点不服气了，难道地质队的铁脚居然赶不上一个姑娘，我几乎小跑起来。看看她又要转入弯道，我想这次一定能赶上她。不想等我过了转弯处，她却无影无踪了。正疑惑时，看见前面不远的大树边有一白团，我想就是她了，走近一看，却是一条白色的野狗。那狗见了我，没命似的钻进树林逃跑了。

后来无事闲谈时，我把这段故事讲给分队的人听，分队的人一改编，就成了有声有色的笑谈，说我半年未见女人，有一天下山看见一个白衣姑娘，就拼命地追，等追上一看，原来是一条白母狗。这故事流传很久，到后来并不专门指我了，凡是长期跑野外的人，常常会莫名其妙地被人盘问：为什么眼花了，把老母狗也看成女人。

那狗跑后，我也未多想，继续赶路。到达松树坪后，遇到了岔道，是走毛毛小公路，还是穿越那峡谷？我犹豫了一下，决心直下洋溪河上游，从峡谷口顺谷而上。虽然峡谷里无路，但凭经验，只要顺河床而上，就一定能到达分队部。这样，我可以节省一天的时间，组长他们还等我搬来救兵哩。

到了洋溪河上游，峡谷就在河对面，从峡谷口往里看，我不由倒抽一口冷气，只见怪树重叠、荆棘丛生，几吨重的大鹅卵石横七竖八布满谷口，所幸小河的发源地老林山没有下雨，否则就无法顺河床而上。那清清的流水从石头下温柔地钻进洋溪河，洋溪河却无半点柔情，黄浊的水一下就吞没了它的清凉洁净之体。

我抛石头于河中，水不深，但河面却有五十来米宽。我不太放心，见河边有一老头儿放牛，就问他这河能过么，老头不说话只点头。

我又问从峡谷是否能走陡上坝？老头终于开口，说没有人从这儿走过，到陡上坝都是从洋溪区绕道走。我想，管他的，你说不能走，我偏走给你看看，搞地质的人就不信这个邪。本来我想在小河岸寻一条小道走，现在看来是不行的，小河两岸陡峭起伏，荆棘密布，无法行走。再说不脱鞋的好处颇多，一是脚不会被河底的尖锐之物刺伤，二是可防备被水中异物咬伤。

我在峡谷口的山壁上用刀砍了一根拐杖，既可探路又可防身。刚走了几百米，一条蛇吓得我一惊，我差点打退堂鼓。那地方凭经验是不可能藏蛇的，几块石头中有一丛衰草生长着，周围有一些冲积物，说明这是水常淹过的，藏蛇的可能性太小，所以我不经意地举棍驱赶一下，脚也同时踏了过去。突然，一条不知所措的蛇抬起头来，在我两脚之间转了一圈，才朝右面山壁狂奔而去。看来它是吓昏了头，我也心惊胆战——虽然身上有常备的"季得胜蛇药"。

几分钟后，我还是决定往前走。从小好胜的性格注定我只能前进，要征服这条峡谷的欲望也越来越强烈。说不定那河边的老头正在看我笑话呢，那时候的我正朝气蓬勃，血气方刚，怎么能屈服呢？

两小时后，约走了一半路程，峡谷渐渐宽广起来。我想下一段不会再遇见瀑布。刚才我遇见了三道瀑布，幸而两旁树多，可以攀树而上，只可惜采集的鲜艳无比的野果以及拐杖，却丢掉了，带着不好攀登悬崖。紧张的心也平静了许多，于是我又做了一根拐杖继续前进。河谷里布满了大大小小、五颜六色的鹅卵石，太阳早已从密林中钻了出来，把河谷照得色彩斑斓。两旁的树，该黄的黄了，该红的红了，常绿的依然碧翠，真是一幅浑然天成的油画。正观赏时，突然发现前面五十米有一位年轻的女人朝我走来，我来不及想些什么，两人相向而行。前面刚好有两块巨大的鹅卵石，巨石之间有条通道，只能行走一人，大概有十米长。如果我也走那条通道，两人势必相撞，要有一个人退后让道。我看巨石虽大，但并不十分陡峭，于是我爬上巨石，与通道中的女人错过。我没有细看她，只瞥了一眼，我相信她也瞥了我一眼。她显得有点儿慌乱，急急忙忙而走。想着她紧张的样子，我很过意不去，心想这么荒芜的峡谷，能走已是好汉了，可别吓掉她的胆气。我又瞥了她一眼，默默地往前走，走了二十米后，终于忍不住回望一眼，这才看清她穿一件洁白的衣服，一条深蓝色裤子，头发飘动在双肩，一顶草帽没戴在头上，而是悬在背上，左右晃动。她也刚好停下来回头张望，虽然我们已经相隔五十米左右，不太看得清她的脸，可我能感觉得到她的美丽。我马上不安地回头继续朝前走去，等走了五十米再回头时，她娇美的身影刚好在河谷的转弯处一闪就不见了，我呆呆地站在那儿足有一分钟，直到坚信她不会再出现，才转身向前赶路。

又走了几里路后，峡谷又开始狭窄起来。我无暇它想，特别小心起来。这种地带，鹅卵石重重叠叠，坡度又大，如不注意，那石头就会流动起来，非常危险。由于鹅卵石堆积得太厚，小河的水在石头下面潜流。

又走了一小时，我终于过了那狭窄的地段，来到了一段较空旷的地方，小河岸边出现了一些非人工所为的小毛毛路，看来的确不远。我顺着小河岸一边走一边用拐棍打击草丛，这叫打草惊蛇。走着走着，眼前突然惊起一样东西，细心一看，却是两只小山羊，已颤颤抖抖地站了起来，却不逃走。它们太小了，跑不动。从小我就喜欢羊，也曾经养过两只小山羊，于是我下河踏水而行，以免再惊吓它们。也不知是谁家的羊在这儿生产了，母羊也不见，我心里很可怜两只小山羊，可又不能带走，只好一步一回头地走了。

又走了近一小时，我终于看到了那熟悉的悬崖，悬崖下面就是公路，路经过悬崖盘旋而上。在分队部时，我常来这里散步。走上公路后，本来向东行走一里多就可到达陡上坝分队部，但我放心不下那两头山羊，看见半山坡有几户人家，于是向南盘旋而上。到了那，寻半天不见有人，农民们都下地去了，又找了一会儿，才看见一中年妇女在地里翻土。我去告诉她，要她回村通知一声，看是谁家的羊。她答应了，却说羊可能不是她们村的，因为她们的羊从来都不去峡谷里的。

我还得尽快回分队部汇报化探组的情况，不能多谈，急急忙忙盘旋而下，下到悬崖边忍不住小跑起来。这悬崖大约有二百米长，跑过悬崖一拐弯就能看见分队部。刚跑一百米左右，悬崖上面突然传来石头滚动的声音，鸟儿乱蹿出来。我马上意识到是那块风动石掉了下来。这块风动石是在一次散步中被我发现的。每当风大时，只要细心听，就能听见巨石顺风晃动的声音。风动石一般是不会掉下来的，贵州山区的风是柔和的。就是暴雨中的大风也不能飞沙走石，那风动石少说有百十斤，是不可能掉下来的。一次坐小车从这儿过，我还开玩笑说不要掉下来碰碎我们的车，不想今天真的掉下来了。我不敢跑了，举头向上望，预备避让石头，可还没等我看清楚，重百十斤的石头呼啸而下，砸在我前面五六步远的地方。我吓出了一身冷汗，要是我继续跑，就刚好被砸成肉饼。

五年后，很多事都将忘却了，只是那峡谷中相遇的姑娘，让我时时想起，当时至少应该与她交谈几句话，问她为什么会去那荒无人迹的峡谷，这成了一个永久之谜。又五年后，而立之年，我结了婚，夫妻恩爱，日子很甜蜜。妻子有孕在身，更加使我喜上眉梢，常梦中笑醒来，于是睡意全无，不由回忆以往艰辛时日，把野外生涯中的惊险讲给妻听。妻听后一笑，说找人给我算过命，说我善良，并说我二十岁不能爬悬崖进深山，否则危险。我说：算命人扯淡，我二十岁正在搞地质，悬崖大森林都去了，虽有惊却从无险，没有受什么大的伤害。妻说：你不信算了，总之这些事，不可全信，也不能不信。

　　听后我一想，穿越峡谷那年我正好二十岁，于是把那天发生的事细细讲给了她听。妻说：你在那山道上追的是人还是鬼？如果在峡谷那草丛你没随手一棍，如果在悬崖下你没有停步，那会怎样，你自己最清楚。还有，说不定那峡谷的女人就是神仙，如你欲谋不轨，那么悬崖上风动石定然把你砸成肉团。再有那两只小山羊，可能也是神仙变的，如你心地不善，把它们打死，那么你也将死路一条。幸而你那时还算善良之人，要不然此时我相信你早已化成山脉。

　　妻子的话虽然带有调侃的味儿，可的确让我吃惊不小，细细想起来，确实让我觉得玄乎。那清早在山道上遇见的女人，与下午峡谷里的女人惊人地相似，她们都白衣服，深蓝裤子，一顶草帽。还有，为什么不藏蛇的地方偏有蛇，为什么千百年不掉的风动石偏偏那天掉下来。我连忙翻《辞海》，查羊是否深秋产子，无奈没有。翻遍书架上的书，都无羊产子之解，欲问农家，而此时的邻居都是城里人。

远方月皎洁

在那遥远的地方，
有位好姑娘。
她那美丽动人的眼睛，
好像晚上明媚的月亮。

我用这段家喻户晓的歌词来讲这个故事，是想说明，我时时想起那位好姑娘，并非受到西部歌王王洛宾的感染。

王洛宾和他歌中的那位好姑娘是浪漫的。而我和我故事中的好姑娘一点也不浪漫。不浪漫的原因在我，王洛宾说，愿抛弃了财产跟她去放羊，愿做一只小羊，愿她的皮鞭轻轻地打在身上。而我对她一句承诺也没有，而且她送我的一条狗也被我的同事吃了。

我认识那位好姑娘，是因为一条大黄狗。那条大黄狗在我经过一片竹林时，追着我狂吠。说是它追我，其实我没跑。我是一个老地质队员了，哪样恶狗没见过？我曾被几十条狗围住，也没慌张过。一条狗随它咋个狂吠，我根本没把它放在眼里。

狗一叫，分明就是告诉你，我要咬你了。这样，它肯定咬不了我，除了我脚上有一双坚实的登山鞋可以一脚踢翻它外，我手里还有一把地质锤，那锤能敲碎石头，还怕敲不烂狗头？

那条大黄狗追得很执着,我都走了几十米远,它还跟着我龇牙咧嘴。狼怕打腰,狗怕弯腰。我假装弯腰去捡石头,那狗见状,回头猛跑。我笑了起来。其实那时我正站在田埂上,无石头可捡。那狗回跑的样子很狼狈,肚子下的两排奶包左右摆动。我之所以笑,并非笑狗怕我用石头打它,而是笑它是一条母狗。母狗一般是怕陌生人的,即便胆大一点的母狗也不会追人追得那么远。这条大黄狗追着我咬那么远,肯定是怕我侵犯它的狗崽们。其实我并不想进它的主人家。

狗一溜烟跑回到那几丛竹林下,似乎还很不服气,仍然扬起头汪汪叫着。狗的身后隐隐约约能看见一座吊脚楼。吊脚楼门前的那几丛蓝竹太茂盛了,翠绿绿的颜色掩蔽了农舍的黑瓦木墙。

我正准备回身走,突然,那狗叫得更欢了,团团转摇晃着尾巴。我知道它的主人马上就要现身了。我干脆不走了,正想找个住处,不妨问一问这家主人。组长他们在山上采集标本,天黑以前赶到这个村庄。我来打前站,是为了解决吃住的。

大黄狗的主人是一个漂亮的姑娘,这是我没预料到的。更没预料到的是,这姑娘不像农家人。

我感到很新奇很亲切,离开城市差不多半年了,能看见一个城里人的确很难。那姑娘见我朝她走去,用银铃般的声音喝住了狗。狗大约知道主人的意思了,自觉无趣,屁股一扭一扭,摆动着那两排奶包,回狗窝守它的崽儿去了。

我掏出介绍信给她看。她说,哦,你是地质队的。我说,后面还有两个人,我们要在这儿工作一个月左右,想找村长问一问哪家有宽余的房子。

她带着我去找村长,穿过那几丛蓝竹林,发现竹林背后有七八幢吊脚楼。吊脚楼的旁边还有一块不小的平地，尽头是比吊脚楼大得多的一幢黑瓦房。黑瓦房里叽叽喳喳传出儿童的读书声。这是一所农村小学，我猜出了她的职业。

我们地质普查组，都是三人一组。清早太阳还没出来就上山工作，晚上月亮升起来才回驻地。每天两人一组上山采集标本，留一人在驻地做饭。做饭是很轻松的事，一天只做早餐和晚餐。这一带山高路远，中餐是不能回来吃的，上山的人只好带上地质队专用的食品——压缩饼干。

开始，我们三人按老规矩，轮流做饭。后来，我与那位女老师熟悉了。一天，我就给组长说身体欠佳。组长毫不怀疑地说，你就在家做饭吧！好好休息。

清早七点半左右，同事们吃了饭就上山，要到下午七点钟我才做第二顿饭，其间有十一个小时的空闲。我有充分的时间东走西走到农家买鸡买蛋。搞地质工作的人，体力消耗大，每天必须吃这些。不过，这是要不了多久的，我的时间多半去了小学。说是喜欢给孩子们讲大自然的奥秘，其实是想与那位小学女老师在一起。

女老师名叫卢春兰，毕业于中等师范学校，是自愿来此教书的。这个小学条件很差，教室是原来生产队遗留下的一幢谷仓，学生总共不到三十人，公办老师只有她一个人。谷仓太大，没法住人，她就借宿在学校的一个民办老师家。

那条大黄狗是卢春兰养的，这次生了六只小狗崽。我去她的住处时，六只小狗屋前屋后到处爬。

卢春兰说，小狗都满月了，送你一只吧！

我指着一条最大最壮的，说，就这条吧！

卢春兰说，慢点，我还有一个条件，你才能抱走它。

我说，哪样条件？

卢春兰说，一不能再转送人，二不能打来吃了。

我一下愣住了。我知道她说的第一条和第二条是一个意思，就是这条狗只能老死。对于这种土狗，我是很了解的。小时候，我们地质队家家都养这种土狗。后来地质队搬进了城里，土狗就不能养了。偶尔有人养狗，养的都是那种宠物狗——北京狗。我对宠物狗一向不喜欢，宠物狗对谁都一样，谁有好吃的它都撒娇。土狗不一样，它只认第一个主人。正应了民间一句话，儿不嫌母丑，狗不嫌家穷。这种土狗养了一段时间后，再转送他人，等于借他人之手把它杀了，只要它还有一口气，它就会寻找旧主人。农村所谓满双月的狗养不住，说的正是这个理。满双月的小狗懂事了，不管你送谁，送多远，它也要跑回来。卢春兰必须在近期把狗崽们送完。

卢春兰见我不吭气，说，你们地质队工作流动大，没个固定的地方，养狗太麻烦。

本来我可顺着她的话，不要那条小黄狗了。可那会儿，不知咋个搞的，我要了那狗。我抱着小狗在院子里转了三转，使它迷失了方向，才抱回驻地，这样小狗就只认我了。

那时虽是春天，却很少下雨，月亮像银盘亮汪汪地升起来，照得那小山村分外皎洁。每当月亮挂上了竹枝，我总坐不住，便成了卢春兰的常客。

驻地与卢春兰房间相隔一个院子，她也常来坐一坐。她的那条大黄狗也跟来，我每次都给它吃我们吃剩的鸡骨头、猪骨头。吃完难得吃到的美餐，大黄狗并不走，盘着身子趴在它主人的旁边，它并不关心我与它主人的谈笑。这时，我的小黄狗总是依在它的怀里，嘴含着奶头哼哼唧唧的。它的主人走了，它也跟着走了。小黄狗有时很依念地跟到院子里，我吹口哨唤它，它才会恋恋不舍地回房间；假如我不唤它，它就会跟着大黄狗走，它知道大黄狗是它妈。不过，一会儿它自己知道回来，我这儿才是它的家。

卢春兰乐于谈她的学生如何有趣，我乐于谈野外找矿怎样有趣。她的学生们与我现在并不陌生，而对于我的工作，她除了听说过，其余一无所知。

有一天，我突然萌发要带她上山看看地质工作是咋个搞的想法。于是我对组长讲，你们今天休息一天，我上山填地质图。组长说，不行。我说，有哪样不行的，一个人填又不影响质量，你怕我填错呀。组长说，有规定，上山工作必须要有两人一起。出了什么事我负不起责任。我说，天天都在山里跑的人，会出哪样事嘛！组长说，被蛇咬了，摔下岩了，两个人，总有一个人报信。你一个人去，死到哪个角落，你让我上哪里找你？不行。我说，你们累了半个月了，也该休息了。怕有事，我今天约一个伴好不好。组长还想说什么，比组长年长一点的组员老李说，你就成全他吧！他们早约好了的。说完对组长挤眉弄眼。组长说，就是送你狗的那位女老师吧！早点讲清楚嘛，好嘛！你们去。不过年轻人，我是过来人，做事要注意，别害了人家。我说，你说些哪样哟。我与她只是好朋友关系。组长说，我老婆原来与我也是好朋友关系，我是过来人，只是给你提个醒，我看这个姑娘很单纯的，你别害了人家。我说，组长，你把我看成什么人了？组长说，你多心了，我说的是，你们不在一个单位，她要调到我们单位是天方夜谭，只有你来这里落户，你做得到么？我说，组长，看你又说到哪里去了，我们只是一般的好朋友关系。

老李见我与组长斗嘴没完没了，说，别闲扯了，早去早回。然后见我的小黄狗在我脚下撒娇，又说，土狗是一黄二黑三花四白，黄狗肉最香。到了年底下山时，这狗可能有十多斤了，我们来一个打狗散场。

老李说打狗散场时，我正背着图版跨出门槛。小黄狗也跟在身后，吃力地爬门槛。我抱起它，把它放回房里，说，你们别打它的歪主意，谁吃它的肉我跟谁没完。说完，我三步并两步跑出了院子。我得快一点，卢春兰可能早等烦了。

老李冲着我的背影喊：哟，这狗成信物了不是。我没有时间理它。

那天上山填地质图，成了我一生中最美好的回忆，我相信对于卢春兰来讲也是。

卢春兰的笑很惹人，嘴唇舒展地笑开，毫不顾忌地露出两排洁白的牙齿，牙齿因笑而上下分开了相当的距离，可并未从那空间流出放肆的声音来。也正因为没有声音影响我的目光，我便得以专心地看着她的脸。她的脸白里透红，像成熟了的水蜜桃，只要手指轻点，那粉红的浆汁仿佛就会破皮而出，让人倍感爱惜。

她是站在峡谷之巅的一块巨石上，看着远方笑起来的。我是坐在巨石上，被她的笑激荡起来看着她脸而冲动的。当她看向我的时候，我的眼睛已看向了远方，尽管我知道她依然笑得灿烂，尽管我知道我应该把遥望远方的目光收回来。可是，我不但没收回目光，而且夸张地伸出手，用食指指点着峡谷里的美丽风光。

我说你看那满山的红杜鹃、紫杜鹃、蓝杜鹃、黄杜鹃多美丽呵！我说你看那红一层、紫一层、绿一层的石头多漂亮呀！该赞叹的我都赞叹到了，可该赞叹她了，那赞叹却吞进了我的肚子里，压得我的心拼命地跳。

那峡谷是我至今看到过最美的峡谷，它除了有各种颜色的杜鹃花共生共开外，还有独特的七彩石层。我搞了十年的野外地质工作，走过数不清的峡谷，爬过数不清的山，记忆最深的就是这条峡谷。在离开了地质工作以后很久很久，我曾无数次对朋友感叹，那峡谷的美是可以让一个人甘心死在那儿也不会后悔的。

这个想法，我当时站在卢春兰身旁也曾有过。当时，我只是想，我老死了，埋在这里太好了。后来再感叹时，我想，这身臭皮囊埋在那天堂一样的地方，那岂不是玷污了她。

经过了那天，我们的友谊更深了一步，可是地质队的工作也该结束了。我必须得离开那儿，我必须不断地迁徙，这是注定的。

走的那天，我去告别。

她说，你把狗带着。

我说，当然。

她说，你以后还要去那峡谷么？

我说，当然。

她说，还没个地名。

我说，花开就有花落的时候，秋天冬天见不到杜鹃花，叫杜鹃谷太俗。那峡谷有五颜六色的彩石层，一万年也不会消失，就叫七色谷吧！

她说，你肯定还去七色谷吗？

我说，当然。

我们都认为，在不久的将来，我们一定会见面的。我就是带着这种心理，离开了卢春兰和那个小山村。

年底，小黄狗已长成了大黄狗，对我的忠诚可谓至死不渝。老李理所当然地要对大黄狗下黑手，理由很简单，狗是不能带回城市的。带回去也要被打死下锅，不如在这儿把它吃了。我当然不同意，可我又不能二十四小时看着狗不让老李下手。

我唤起大黄狗出门，走了很远很远。我捡起石头打它，它汪汪叫着落荒而跑。直到它在远处的山岗上消失了，我才往驻地回走。等我回到驻地，它竟然从房间里跑出来迎接我。

回城的日子越来越近，我感觉老李伸向大黄狗的黑手越来越长。而大黄狗对此毫无防备，它早把老李也视为主人了。

于是我又一次把它带出门。这一次，我带着它走得更远，估计最少有十里路程。我也知道，它如要回去，是可以回得去的，它灵敏的鼻子一定找得到来路。

它的来路，就是它的去路。为了它下决心离我而去，我用木棍抽它的屁股，它负痛顺着起伏的山道跑。我不放心，跑到山道的高点看，它却躲在山道的伏点，我只好捡起石头追了它几道山冈。最后我沿着山道，翻越了几个山道的起伏点，都看不见它了，才往回走。

那天，由于我赶它赶得太远，回驻地的路自然长，我足足走了两个小时，下午五点钟才回到驻地。我的脚正准备跨进房间，突然发现厨房门前的桃树丫上挂有一样东西，凝目一看，是一条黄狗。我一惊，赶快跑过去看，正是大黄狗。大黄狗圆瞪着眼，鼻梁被锤子击得比平时大了一倍，鼻子下面是它被一条麻绳勒出的长舌头。

打狗是很残酷的一件事，小时候看见人家打狗我都远远地躲开。狗的生命力极强，几下是打不死的，有些狗一边惨叫一边流泪，那情景让人不忍看。老李要把绳子套在大黄狗脖子上是很容易的，也许大黄狗还以为老李与他逗起玩。我想象着老李怎样挥动着锤子，怎样咬牙切齿地朝大黄狗灵敏的鼻子砸去，而大黄狗在老李一下二下的打击下惨烈地挣扎。看着大黄狗脸庞上留下的两行长长泪迹，我怒从心里来。

我冲进厨房，顾不得老李是位老同志了，骂道，是哪个狗日的饿死鬼，这么心狠手辣。

老李冲着我嘿嘿笑，说，急哪样，急哪样，我年轻时比你还急，你再急也改变不了什么。一条狗嘛！狗皮我给你留着，你喜欢就天天放在床上垫着。黄狗皮可是好东西，睡在上面，风湿病就上不了你的身，我们搞地质的最容易得的就是风湿病关节炎嘛！

老李那天一直嘿嘿地笑，让我紧握的拳头无法挥出。也幸亏他嘿嘿地笑，所以那天没有出大事，本来我是想把他的那张马脸打成了狗脸的。

三天后，是那年的最后一天，我们完成了所有的野外工作任务回到城里。

也许，年轻人是很容易忘却什么的，而且忘记的也许是他一生中最美好的东西。我也是这样，总以为年轻，前面美好的东西多得很。于是年轻的我，大踏步地向前走去。

大黄狗的皮一直垫在我的床上，在夜里我们几乎每天背对着背睡，我从未梦见过它。那时候我血气方刚、朝气蓬勃，有许多未来的梦要做。

八年后，我结婚时，新婚的妻子说，这张老狗皮，不要了吧！我说，这可是好东西，垫在我这边。大黄狗的皮依然在我的背下温暖着我，可我还是未梦见过它。那时候我风华正茂、春风得意，没有时间做梦。

二十年后，我已年过半百，有一天，正读大学二年级的女儿对我说，爸，我勤工俭学挣了点钱，给你买了张款式漂亮的狗皮垫。

我说，狗皮垫讲的是实惠，款式漂亮不漂亮不重要。

女儿说，我给你换上了，今晚睡上试试，肯定比你那张老狗皮暖和。

我说，老狗皮呢？

女儿说，丢了。

我说，丢到哪里了，快去捡回来。

女儿说，丢了就丢了，上哪儿去找？

我赶紧跑到楼下的垃圾箱里找，大黄狗的皮已无踪迹。

夜晚，睡在新的狗皮垫上，我第一次梦见了大黄狗。那是在一条开满了杜鹃花的山道上，大黄狗摇头摆尾地跟在我的身旁。

梦见了大黄狗，卢春兰便不可阻挡地来到了我的梦里，梦见我在她的房间谈笑着，窗外的月亮挂在竹枝上；梦见一片寂静的山野里，到处飘荡着皎洁的月光，那月光飘进她木楼的窗口，照得她乌黑的长发银光闪闪；梦见她在峡谷之巅笑得无比灿烂；梦见年轻的她在竹林丛中的吊脚楼下对年轻的我说：

"你把狗带上。"

"当然。"

"你肯定还到七色谷吗？"

"当然。"

……

半夜醒来，房间里一片漆黑，摸索着拉开窗帘，没有月光进来。是的，在很久以前，我就习惯住在这座城市，也习惯了没有月光的日子。躺在床上，今夜再也不能入眠。我睁着双眼，怀念远方月皎洁。

有人醒在我梦中

一想到四十岁了,我不得不开始怀念白菊。

怀念白菊些什么呢?我在脑海里思索了好一会儿,才决定从一首歌开始。这首歌叫《吐鲁番的葡萄熟了》,当年被女中音歌唱家关牧村唱了个红满天。不过,这歌在我心中红起来,却并非关牧村。

我感觉这首歌惊心动魄地好听,是我与白菊的一次见面中。那是一个令人永远怀念的中午。那个中午,我没有午休,也根本没意识到会与人见面。我坐在一张破桌子上写诗。说实话,诗是一种很难写好的东西。我桌子下的竹篓里已装满了撕破又捏成团的稿纸。

那些纸团里皱折着我的诗行,可我一点不觉得可惜,可惜的是那花了一块钱才买回来的稿纸。那稿纸每本一百页,我不知道要撕到多少页,才会有一句我自认为好一点的诗行。

看着一竹篓的纸团,我坐不住了。我得走出房间,肯定只能这样,看来仅仅推开窗户是不够的,那时,我心情很沮丧。

我跨出门第一步,第二步刚抬腿,眼睛顿时一亮,白菊正从走廊那头向我走来。她的这个走来,多年以后,成了我脑海中不可磨灭的记忆,这是我没预料到的。

那时,她青春而亮丽,像蝴蝶一样地向我走来。

我当然退回房间,迎她进来。

她坐在我的那张简陋的书桌前，方方的凳子没有靠背，她只能把双肘放在桌子上。窗外是一棵挺拔的白杨树和一条很少有车有人过的马路。

我坐在床边上，只能看见她的侧面。我宁愿她这样与我相坐，她明亮且乌黑的眼睛要是面对着我，我怕我一下子跌进她的眼波。她的眼睛像大海一样，有一层层不断的波浪拍打着我的心。我的心却没有礁石那么坚强，总是挺立不住，有昏眩的感觉。我们从小在这个地质队一起长大，对她从来就没有昏眩之感。这种昏眩是近年来才有的，这种感觉的变化，使懵懵懂懂的我有一丝羞涩感和不解的困惑感。

我只能看她的侧面，这样非常好，我的心免去了层层波浪的冲击。心不昏眩，我就可以毫无顾忌地看她，而她的侧面也是令人非常愉悦的，像剪纸，波浪式的披肩短发，长长的睫毛，高高的鼻子，乖巧而微翘的嘴。是的，我心中有说不出的愉悦。

我们愉悦地谈我们在一起的那些快乐的日子。

她不时优美地歪头看着我，但看的时间并不长，她又会扭过头去。我知道，她知道我的目光在与她目光的接触中坚持不了多久，她总是在我抵抗不住要低头的时间里，把她的目光移开，这样我就可以长久地看着她。

我们在一起的那些快乐的日子，只是我们坐在这儿说起是快乐的，其实那是我们最艰苦的时候。

那时候，我们不像现在有一份正式的工作。这份正式的工作却使我们不能像原来一样，天天在一起做工。现在我们都在一个地质队工作，这好像是人生注定的，我们没得选择。我们的父母也同是地质队的，父母们退休，我们刚好顶替接班。

这些注定当然从很早以前就开始了。从我们的父母同时进了地质队，又先后生下我们，便注定了我们在地质队一起成长，一起上学，一起下乡。

我和白菊下乡时，和以前不一样了——哥哥姐姐是去农村落户，而我们只是去地质队的农场做工。

地质队的农场有两个地方可去，一个是在大山里，离城有二十里地，是个种粮养猪的生产农场；一个是在城郊，是个专门打泥烧砖的砖瓦窑。在我们一百多名地质职工的待业子弟中，只有二十二个人幸运地分配到了砖瓦窑。为什么说幸运，是因为离家不远，可以回家吃饭睡觉。

也许是因为离家近，在砖瓦窑做工的几乎全是女的，只有我和一个叫方国庆的是男的。这是有原因的。窑里有一台老式打砖机，它有一个吞黄泥的大嘴巴，需要有一个男人把一车车百多斤的泥迅速倒进去，然后它从另外一张嘴巴中每分钟吐出十块泥砖来，这又需要有一个男人迅速用两手掌夹起热烫的泥砖，把它们放在背砖人的背上。

这种老式打砖机每次只能正常运转一个小时，否则它会坏掉。于是二十个女生背好背砖板，排好队，我将在开机的一小时中，把六百块泥砖准确无误地放在她们的背上。她们把砖背到不远的窑洞中，烧砖的师傅在那儿接住放进窑里。一来一往刚好需二十分钟，她们也刚好二十个人。背砖的队伍连续不断，我也只能连续不断夹起砖，放在她们的背上。

潮湿的砖每块约五斤重，十块就是五十斤。这个重量，是挑是扛，是抬是提，对我来讲都是小菜一碟。可是只能用手掌夹起来，的确不易，刚开始我竟然力不从心，常常掉砖头。在那二十个女生连续不断地背砖中，连续不断的笑声中，我便产生了无穷的活力。不久，我居然能夹起二十块砖，那时候，我刚满十九岁，练成了双臂无穷的夹力。

这夹力，在以后很久的日子里，成了我的魅力之一，这是我未曾想到的。男人和男人之间是比较欣赏大力士的，因而男人们常常喜欢较劲。凡是与我较劲的男人都很奇怪我的夹力怎么这么大？当然我没有告诉他们我是怎样练成的。

很多年后，我第一次拥抱妻子，一不小心双手用力，差点把她夹死。妻子在我猛然醒悟的松手中，很久才渐渐回过神来。她说，男人也禁不住你抱。我说，我疯了，我抱男人干啥？我说我原来抱多了砖头。妻子说，但愿以后你别把我当砖头抱。

那时候真的很苦，除了我夹砖汗流浃背、白菊汗流满面背砖外，我们还要用煤烧那砖窑。烧砖师傅说，小青年们要好好学习，将来就靠这个找饭吃。于是，我们都学会了烧砖的技术。我们采的泥是黄色的，机床压出的湿砖自然也是黄的，但一烧成了砖却变成了红的。红红的砖头，很好看，尤其是砌成了房子，更加好看。那时候，不仅地质队的房子是红房子，城市里也是一幢幢的红砖房。每每看到红砖墙，我就感到亲切。虽然那砖，不一定都是我们烧就的。砖一出窑，卖给了谁，修了哪幢房子，我们是无法知道的，因而那没法分辨的红砖里仿佛都有了我们的汗水。

更让我们汗流浃背的，是把烧好的砖背出窑洞。那窑顶虽经过水冷却，可也只是缓解一下高温。每次背完一窑砖，最少要流出十斤汗水。青春年少时，背靠着背喘气，也没谁感觉谁汗臭，我甚至感觉白菊的汗水有一种让人愉悦的香味。在我的记忆中，我与白菊总是靠在一起的。她的汗水味，至今是我记忆深处的怀念。这怀念也许会永远地伴随着我，因为这汗水是我青春期唯一不可磨灭的记忆。

白菊的汗水透过衣裳与我的汗水交融时，那是一种口渴、舌干、心快、意乱的欢乐。那时候，我们都还青春年少，不知该怎么办？

确实，我不知怎么办。我没有将这快乐告诉任何人。只有一次，我差一点告诉了别人，这个人就是方国庆。砖厂只有我与方国庆是男的，出砖的时候，厂里那两间茅屋便成了我们俩的住房，我们的任务是守护成果不让人拿走。那些夜晚是很难度过的，我们睡不踏实。于是，我们开始长时间地谈论砖厂的女伴们。最后，我首先确定以后要找老婆就找杨柳。杨柳是砖厂大家公认长得最高挑又最漂亮的人。其实，这不是我的真心话，我先说了杨柳，只是想知道方国庆除了杨柳外还喜欢谁。我心里很怕他说出白菊，又希望他说白菊。怕他说是因为我不敢想任何一个男人对白菊有野心，希望他说是能印证白菊美丽。

最后，方国庆说，他以后也希望找到杨柳这样的老婆。

我假装很生气，说杨柳是我先要的。其实我很高兴地把白菊放进了心里，还差一点脱口而出说，我真正想要的是白菊。

不料，方国庆又说，别以为老子是傻子，你是喜欢白菊的。

我说，只准你喜欢杨柳，不准我喜欢呀！

方国庆说，何必呢？你看你那偷偷看白菊的样子，没一次逃得过我的眼睛。

我说，放屁，老子看白菊还用着偷偷看，她哪天不在我眼皮底下晃过去走过来的。

方国庆说，何必呢？你承认了，我也不外传。你看白菊那个眼神，和我看杨柳时是一样的。其实，杨柳和白菊还真分不出高低来。看你喜欢白菊，我只好喜欢杨柳了。

我说，你怎样看杨柳，我不管。我绝不可能和你的眼神一样。还有，你喜欢杨柳就不准别人喜欢是不正确的。老子偏要喜欢杨柳，你能把老子怎么样。

方国庆翻身下床说，走，出去摔他妈的一跤，谁胜谁说了算。今天不分出个高低来，一晚都睡不着。

我说，还摔个屄，都下半夜了。你睡不着，关我屁事，反正老子睡得着。

方国庆说，怕了吧！老子摔死你。

我跳下床，走出门，到了院子里。方国庆自然是跟着出来了的。我说，怎么摔。

方国庆说，三打二胜。

我说，你一个推板车的，看老子不摔死你。不摔你三回，不算老子胜了。

方国庆吐了一口水在手心，双掌一边抹一边说，你一个夹砖头的，老子不摔你三回，不算老子胜了。

我见他习惯性地往手上抹唾液，知道我已必胜无疑。这时候，我们都光着身子，只穿了一条裤衩。他手滑滑的，我光溜溜的，他如何抓得住，如何使得上力。

我俩咬牙切齿地绞在一起时，他那沾了令人恶心的口水的手掌，贴在了我的肌肉上，滑滑的，黏黏的。不用我强健的肌肉弹开，他的十指像上了油在我手臂上滑行。我当然不给他抹干了口水的机会，十指抓牢了他，手臂用力一拉脚一扫，他顿时跌倒在地。

方国庆从地上一个鱼跃挺起来，又弯腰抓了一把地上的黄泥沙在手掌上搓，说，来来来，没注意你狗日光溜溜的。

看着方国庆像牛发了牛脾气似的朝我冲来，我只好侧身让过。

他每天要给打砖机推送上百车的泥巴，冲击力应相当了得。我必须避其锋芒，击其短处。他的短处和牛一样。牛的力量在于头的顶力和前进的冲力，牛耕地时，一天到晚拖着个犁铧往前拉。如要解开两头牛打架，谁也不会愚蠢地跑到牛前面去与牛比力气，那是在找死。明白的人，总会回身闪到牛的侧面，奋力一推，牛会轰然侧翻。牛的侧面是没有力量的，四脚的力量也是为了前进而准备的。方国庆现在就是那头牛。

就在他冲过来几乎要抓住我的一刹那，我闪身让过了他，顺着他的冲力，侧推了他一把，力上加力。他斜着身子歪歪扭扭地收不住脚，一头扎进了稻秆堆。稻秆是厂里拿来搭茅棚给砖挡雨的，方国庆气急败坏，手脚狂舞，理顺的稻草乱成一团糟。我哈哈大笑，说，谁搞乱的谁理好，明天厂长来骂死你。

方国庆在稻秆堆里翻腾了良久，终于爬了出来。他一边抖落着身上稻草，一边说，有哪样狗屁好笑的。老子没注意，被你摔了。

我说，注没注意是你的事，不用摔了吧！老子反正都二胜了，后面你赢了也没用。

方国庆恶狠狠地一咬牙，像下了天大的决心，说，好，男子汉说话算数，你选嘛，反正杨柳和白菊难分高低，你选了也好，免得老子要东还要西，左右为难。

我说，少给老子来这一套，等于你还想过白菊是不是？老子是说你为哪样一天到晚就试探老子的真实想法。现在明确告诉你，你要追杨柳，不拦你。老子今天胜了你，你狗日的得听老子的。白菊嘛，你以后就别想了，听见没有，想都不准想。

方国庆说，好，君子一言，驷马难追。你狗日想的，老子还真不想想了。

白菊的汗是香的，我一直这样认定。这香在于我是不可磨灭的，特别是在我的梦中。那时候在梦里见到白菊，也是在窑洞里面搬砖，不过只有我与她在里面。她的脸像镜头的特写画面，呈现在我的眼里，脸上没有一丝灰尘，水晶珠帘似的汗滴挂满脸庞，整个窑洞里顿时芳香弥漫。我有点昏眩，一激灵就醒了。

　　那时候砖厂没有人谈恋爱，一是年纪小的原因，二是大家对未来很懵懂。砖厂的男女相处都是很单纯的，没有任何人的行为有超出同事的范畴，直到我与白菊顶替退休的父亲们成为了正式的地质队职工也是这样。

　　地质队是要出野外工作的，白菊分配到一个钻探分队做饭，我去地质普查组当了一名技工。一年到头，我俩很少遇见。

　　有时候我很想念她，可是我没有带信给她。我认为我现在的处境，没有力量好好待她。在很长的一段时间里，我们都各自成长着，离青春的成熟期渐渐近了。身子都成熟成大人了，可心还很懵懂，我不知道该怎么办？

　　白菊越来越美丽漂亮，我则越来越自卑。单位又分来了很多大学生、中专生，很多地质队职工的子女都找这些人做对象。

　　其实，我早想见她，但我的自卑使我不能先去找她。年末，我们各自从野外回到了队部。我躲在房间写诗，又写不好，我心里明白这是为什么。可是这为什么似乎成了十万个为什么，让我疲于自问自答。

　　是的，她终于来找我了，这是我没预料到的。而且她总是愉悦地谈起在砖厂做工时那些艰苦的日子，好像那些日子很快乐。是的，那些日子的确很快乐，因为有她的存在。

她坐在窗口，依然侧面坐着，双手搭在书桌上。我看着她的侧脸，像剪纸，波浪式的披肩短发，长长的睫毛，高高的鼻子，乖巧而微翘的嘴。

过了很久，她说我们唱歌吧！我说你先唱。于是，《吐鲁番的葡萄熟了》那美丽的旋律，像小溪水一样流进了我的脑海。

当时，我无法相信，以后还有哪支歌有这么好听。在后来的日子里，在不再有白菊给我唱起这首歌的日子里，我曾无数次倾听过女中音之王关牧村唱起这首歌。可是，不再有听白菊唱起的时候美妙。

记不清白菊是怎样唱完这首歌的，我一直愿意认为白菊那天唱起的这首歌根本没有唱完，歌的旋律似乎无处不在地一直伴随我。想起这首歌，就想起了白菊；想起了白菊，就想起了这首歌。特别是在我年过四十的日子里，更是让我回忆起这首歌，回忆起白菊唱起这首歌的模样。我见过白菊不再年轻的模样，但我每次回忆起她，她总是波浪式的披肩短发，长长的睫毛，高高的鼻子，乖巧而微翘的嘴。在我的记忆里，她不再长大，不再衰老，她以一首歌永恒了她的年轻。

是的，那天，她在我愿意认为唱不完的时候，唱完了。我更清晰地记忆起，她那时候，双肘放在桌子上，歪着头向我微笑。她乌黑且亮丽的眼睛注视着我，是想告诉我说，她已唱完，该我唱了。她不再说话，因为她有一双会说话的眼睛，无须再用嘴巴。

那天，我也不再说话是对的，面对一双这样的眼睛，我表达什么都是很浅薄的，我应该用眼睛与她对话，可是我愚笨地低下了头。后来，我想，低头的事，自责也没用了，当时最少也应该低着头唱一首歌吧！可我没有。这让我一直遗憾至今。

我不知道白菊是怎样离开我房间的，但是，我永远记住了她是怎样来的。我曾无数次深深地回忆她是怎样离开的，可是这要命的细节就是记不住。细节决定成败，就这样我失去了一次也许是一生中最重要的机会。这个机会，对我太重要，重要得使我不能不失去。那时的我，也许是太年轻。美丽的机会来得早了一点，也是一种错误。这错误，使我与白菊失之交臂。

在那个冬日，我失去了白菊。在那个足使我伤痛一生的冬日，我并未意识到我可能失去白菊。是的，并未意识到是必然的。她与我在一个单位，我要找她是很容易的，我怎么可能轻易失去她呢？

我是怎么失去她的？应该是她的父母吧！她的父母是工人，白菊也是工人，不可能再找我这么一个工人吧！虽然，那时候最响亮的歌是——《咱们工人有力量》。这时候，国家开始重视知识分子。先是优待老知识分子，落实知识分子政策。后是重用新来的大中专学生，说知识就是力量，知识就是生产力。白菊的父母倾向白菊找一个知识分子，是完全符合白菊本身利益的。这一点，我也认同。这使我坚持不再去找白菊，在心里还安慰自己说是为了她好。

我自卑，我脆弱，脆弱得想无比的强大。这想的强大，当时只能是在嘴巴上。我对领导自嘲说，老子一棵参天大树，被你们当烧火棍用。老子走了。领导说，你狗日的去哪里。我说，老子到大学里读书去。领导说，好，小崽有志气，老子就放你去。按编外工资发给你。领导的爽快，使我下定了决心。

说走就走，也没去与白菊道别。没去找白菊，不等于没遇见白菊。我在与一群从小一起长大的、再也熟悉不过的伙伴们谈天说地时，遇到了白菊。说是遇到，其实是专门去遇她。

在那儿，我显得很随便，就像往常的闲聊没有异样。白菊不知道我要去读书了，其他的伙伴们更不知道。看着白菊在伙伴们中谈笑自如和娇美的模样,我一阵心痛。我想,我就这样走了,总得带走点她的什么,让我有所怀想。于是我走到她身后,从她乌黑亮丽的头发间,试图寻找到一根掉下来的头发。我太心切了,头不自觉地朝她的头倾斜。当然,我不能太近,虽然伙伴们谈得兴趣正浓,不会察觉我想干什么。然而,正当我装得若无其事地寻找头发时,一双手分别拨动了我和白菊的头,一下子撞在了一起。轰的一声,大家笑了起来。

方国庆说,你们不好意思头挨头,我帮你们解决好了。说完,他得意地扬了扬手,又拍了拍手,一副慰劳手的样子,还对着杨柳挤眉弄眼。杨柳当然并不理会他的讨好卖乖,而是用手去安慰白菊的头。

我的头肯定要硬一点,痛一下没啥,可是让白菊的头痛,我不干了。我跳过去,一把揪住方国庆的衣襟,一拉一摔,他跌了一个狗吃屎。

在方国庆还没来得及翻身而起的空隙,我回头看了看白菊,见她正摸着头和杨柳在笑,便放下心来。

方国庆满嘴都是泥,我有一点后悔,可能过分了一点,我再咋个也不能让他在杨柳面前出丑。

这种撞头的事,是我们经常搬弄的恶作剧,谁也未生过气,这也是我们从小一起长大的伙伴们约定俗成的。地质队驻地都在城郊的山坡上,我们平时也没什么可娱乐的,恶作剧是重要的娱乐方式。

幸好,地面是草和泥,否则方国庆非掉几颗门牙不可,或者嘴唇碎裂,变成兔唇。当然,如果是水泥地,我们也不会经常三五成群地摔跤玩。

不过,今天不一样,方国庆肯定会生气,一是我摔他摔得没道理,二是我是趁他没防备，三是他在杨柳面前出了丑。这有点犯忌。方国庆绷身起来，擦拭着嘴上的泥，朝我恶狠狠地走来。我赶紧蹲马步摆好了摔跤的架势，心想大不了假装被他摔倒了事。

方国庆不想和我摔跤，恼羞成怒，横眉瞪眼，指着我说，你狗日狗咬吕洞宾，不识好人心。你明明喜欢人家白菊，做梦都想与人家头挨着头。老子帮了你，你还摔老子。

我的脸一下子红透了，一直延伸到了脖子上。我侧头看了一眼白菊，见她一脸通红，也看见了周围伙伴们一个个兴奋的样子。他们不兴奋才怪，平淡的生活，早让大家过惯了，发现隐私，是大家渴望的乐趣。

也许我脑子里的血，全都涌到了脸和脖子上，脑壳一片空白，脑壳一空了，就成了傻子。人一傻就说反话。结果那天，我说了这一生中最傻最令人后悔的话。我吼道，你才喜欢白菊，你才梦见白菊。

方国庆见我不顾一切地反击，反而不知所措了。他左看一眼白菊，右看一眼杨柳，来回看了几个往返，把个头扭得左右不是。他越想说清楚，越是说不清。由于心急，嘴巴也不伶俐了，结结巴巴地说，我我我了半天也找不出一句话来，然后用手指着我说，你你你了半天还是你不出一句话来。

在大家的哄笑声中，我拍了拍方国庆的肩说，你单相思就单相思，为什么要牵扯别人。说完，我扬长而去。

三天后，我去了省城读书。在那难熬的三天里，我强忍着想见白菊的愿望。在那三天里，在我的房间里，我到处仔细寻找，想找到一样白菊的东西，我甚至趴在地下找遍了每一个角落。我就不信，白菊来了这么多次，就没掉下一根头发。我这间简陋的住房，从未来过女人，只有白菊来过。只要找到一根长头发，一定是白菊的。功夫不负有心人，在桌子的缝隙里，我终于找到了一根长头发。我小心慎重地把头发夹在莱蒙托夫的诗集里，这是我最喜欢的一本书。

我把这本书一直带在身边，这本书从此再也未回过故乡。很多年过去，我找了一个有着波浪式披肩短发的妻子。有了家，我就把书放在书架上，很多年未翻看过这本诗集。那时候，我已到了不再狂热诗歌的年纪。

又过了很多年，我已经四十岁了。四十而不惑，常常睡不着，睡着了有时会梦见儿时的伙伴白菊。偶尔的一天，在电视上看到不再年轻的关牧村，正唱多年不曾听到的《吐鲁番的葡萄熟了》，那熟悉的旋律一下子勾起了我的怀念，泪花顿时盈满了眼眶。我走进书房，取下那落了灰尘的《莱蒙托夫诗集》。我翻开夹着白菊头发的那一页，头发在这一页已有二十年，依然色泽乌黑亮丽。这一页刚好是我二十年前最喜欢的一首诗，名叫《帆》。

> 在那大海上淡蓝色的云雾里
> 有一片孤帆儿在闪耀着白光！
> ……
> 它寻求什么，在遥远的异乡？
> 它抛下什么，在可爱的故乡？
> ……

那天晚上，我又梦见了白菊。白菊醒在我的梦里，侧面坐着，双肘放在我简陋的书桌上，像剪纸，波浪式的披肩短发，长长的睫毛，高高的鼻子，乖巧而微翘的嘴。

第二天一睁开眼,我发现我泪眼蒙眬。二十岁的我,那么难受地离开白菊,为什么没流泪,难道年轻的我不相信眼泪,难道四十岁的我相信眼泪。无论怎样,我深深地意识到,白菊将在以后的岁月里,不断来到我的梦里。我知道,在我的梦中,白菊不再长大,不再衰老,她以一首歌永恒了她的年轻。

十八块地

卢竹儿

  十八块地是个地名,那儿住有三户人家,三户人家有十八块耕地。远远看去,那些耕地有点儿鸡零狗碎。

  入乡随俗,我们的农场便也叫作十八块地农场。农场离那三户人家只有三华里,却像两个世界。农场伫立在山坳的一片平台上,开垦了比那三户人家多得多的田地。三户农家的十八块地在农场的山脚下,地块虽小,却很肥,水也充足,而农场开垦的田地虽然很气派,却缺水,于是,大部分田地只能种我不怎么爱吃的苞谷。

  我们虽在气派的农场,心里却很羡慕山下的那片小小的水土,羡慕那里的风光和吃食。

  去山下的十八块地必须经过一片茂盛的箭竹林,那竹儿很诱人,翠绿绿的,风一吹哗哗地喧闹。我是很想到那儿走走看看的,却很少去,那时我虽然只有十五岁,却已是半个公家人,我得遵守公家的纪律,况且,去得多了,万一那里的鸡狗少了几只,不免瓜田李下之嫌。农场有几个哥们儿很会干偷鸡摸狗的勾当,也许,只是出于对十八块地这个名字的敬意,他们从来没有偷过十八块地的农家,要偷就到十里外的柳阳村去。我没有去过,那时,大家好像是嫌我嫌我小，担心我的手脚不利落，不让我插手干这份活计。住在隔壁的吴大跃虽然比我大不了几岁，却已是"老手"了。他和战友们每每得手，都叫我去吃。我虽然觉得白吃别人偷来的东西不大光彩，但还是去吃了，农场一日两餐，顿顿都是一半苞谷一半米，一勺菜叶，谁能对抗一锅肉的诱惑呢？那是鸡呀鸭呀，有时还有狗。狗肉是大补之物，这个我知道。

比我大不了几岁的吴大跃来农场已经三年，是老革命了。吴大跃又名政委，当之无愧。农场场长，是位三代红透顶了的贫下中农，不识字，且又口讷，干活时，不喊人，自己也不出声，闷着死命地干，日子一久了，人称老黄牛。大家都怕与他上工，怕跟得长了，也跟着变成哑巴。每天的开会、上工、下工，都是吴大跃向场长半是言语半是手语弄明情况，然后向大家宣布。于是吴大跃成了场长最权威的代言人，大家便顺理成章地喊他政委。喊得久了，他也以为自己真的是政委了。

卢竹儿是从来不去吃偷来的东西的。我也觉得她不去得有理。但我又自认为有理由照顾她，所以，每每有了"收获"，我总偷偷用饭盒装一点，过一两天再拿给她吃，谎称是我家里人送来的。她便吃，吃得有滋有味。看着她那份吃相，我的嘴里也满是滋味了，似乎比自己吃东西更有滋味，心里很满足，还暗暗生出自豪感来。

卢竹儿身子很纤弱，却有一双乌黑明亮的眼睛，还有一条直垂到脚后跟的大辫子。她的辫子和她的眼睛一样的乌黑而且都会说话。看到她的眼睛就是看到了她的辫子，看到了她的辫子就是看到了她的眼睛。这看，在我有时候又叫"听"。我真的听到过她辫子的说话声，像她眼睛里流出的声音一样的柔美清悠。我和卢竹儿在农场共事时都才十五岁，我俩最大的区别除了我是男的她是女的，还在于，她很爱笑，但不爱唱歌；我不爱笑，只爱唱歌。十五岁的喉咙还未发育定型，能把歌唱得很嘹亮，我偏偏是个喜爱嘹亮的角色。

农场茶树很多，有几座山，每到打茶果的季节，每二人一组出去打，可谁也不愿和卢竹儿分在一组。她人小，又不能上树，而路又远，有时要跑几个山头。老黄牛场长说不清楚话，照旧由"政委"吴大跃全权分组。"政委"便把卢竹儿分给我，因为只有我、政委、卢竹儿三人曾是一所中学的同学，"政委"比我和卢竹儿高个三级。我和卢竹儿同级不同班。"政委"在会上宣布，他不能以权谋私，正因为我和卢竹儿是他的校友，他才把别人不愿要的卢竹儿和我分在一起的。他比政委还政委，他的大义灭亲顺理成章。正是他的这份大义，成全了我。当别人不愿要卢竹儿的时候，我是很想要她的，但我又不能说出那几个字：我要你。

以后，我每次出工便很大方地带上了她，像将军带上士兵。我上树打茶果，她在下面一枚枚拾进大背篓里。山腰上那一片竹林总是被风吹成一阵粗犷的旋律，于是我就放开喉咙唱它个痛快，高亢的声音传得很远，隔几匹山都能听见。偶尔对面山上传来"政委"他们的《红灯记》或《智取威虎山》，像打破铜锣似的，没有我那脆脆生生地好听，我便特别自豪。有时还眼珠子一转，看看卢竹儿的反应，希望她的脸上有微笑浮出。

茶籽打出油来，留给农场自己吃。猪油很难吃到，农场一年杀一头猪。有些人熬不住了便从家里带油来。那年月能从家里带来一斤油的，已经是大富翁了。那时，城里每人都定了量，每人一月三两油，家里人要节省很久才能凑那么一斤油。

卢竹儿家里人丁少，节省不了油给她，我家也无法给我省点油送来，于是，我便希望有一天能带上她到某个地方混点猪油吃。

机会终于来了，那是过五一国际劳动节，农场放假一天，大家回家的回家，剩下的到贫下中农家去混肉吃。卢竹儿内向，很少出门，所以没有能够和贫下中农建立起深厚的革命感情。回家更不行，她的家在城里，来回要走八十里山路。按农场的纪律，休息一天便只有一天的假，回家的必须当晚赶回农场，第二天还要出工拔田里的杂草。我们难得有休息日，如果把这个难得的日子变成了走八十里路，是很不合算的，她也没有那样的脚力。她便只能选择不回家。不回家，便少了一次改善吃喝的机会。幸好我与柳阳村一位姓唐的贫下中农革命感情还算深厚，我就带她去了唐家。

那姓唐的见我带个女的来，便问我们是不是革命伴侣。卢竹儿脸红到了耳根，我连忙说，是革命同志，是战友。姓唐的说，革命战友，很好很好。姓唐的便来了热情，把肉做得很多，使我们的晚餐变成了一次天国之行。我一辈子都记得，饭是白生生的，腊肉有四指宽，厚厚的，白亮亮的，一口下去，油顺口角流下来，这种好生活一年也就那么一两回。姓唐的说，为了革命的友谊，你们就多吃一块吧，其实我们知道，他家也没有几块。

吃完晚饭也许九点半了，该回农场了，唐去后院拿了十几根柏木油条，要我们点燃照路，十多里山路，也刚好差不多用完。在一阵狗吠声中我们离开了柳阳村，唐一直送到村口，很是恋恋不舍。我却隐隐觉出姓唐的不舍好像不是革命友谊，而是卢竹儿那张可人的小脸蛋和她乌黑的眼睛与辫子。这使我有点儿不快。不快的只是心里的某个地方，装满猪油的肚子却非常愉快。

走进山谷里，一切显得很寂静，那天没有月亮。开始，卢竹儿走前面，她怕，我让她走后面，她还是怕。我说革命青年不怕鬼，其实我心里也有点害怕。越走天越黑，可以说伸手不见五指，走了大约一小时，也不过走了四里多路。最不幸的是，这时又突然下起了暴雨。我急忙拿出常备的一块塑料布，包好了火柴和柏木油条，让卢竹儿拉住我的衣角小跑起来。路又滑又窄，卢竹儿在后面突然哭起来了。那时我们正过一道山梁，侧面是深谷，跌下去非死不可。我说，卢竹儿，我们是战友，战友就是兄弟姐妹，我拉着你的手吧！我怕她掉下深谷去。她没有说话，我摸索着找到她的手，那是我第一次拉女孩的手，手是颤抖的。卢竹儿也是一样吧。我一手拉着卢竹儿，一手在前面探路。我们得赶快走，下了这道梁，要过一条溪，小溪有一木桥，如果山洪下来了，我们就过不去了，必须要赶到洪水之前过去。

等我们到了小溪边，小溪已变成小河了。只听见流水声很大，过去是无望了。雷声、雨声，夹着卢竹儿的哭声，我心慌极了。闪电很怕人，每闪一次，卢竹儿就颤抖一次。闪电起时，我看见卢竹儿楚楚可怜的样子：她的脸很苍白，小嘴有节奏地一张一阖，眼睛又黑又亮，乌黑的大辫子在纤细的脖子上盘绕两圈后垂在胸前。她的发颤的身子不知什么时候紧紧靠住了我，像小鸟一般依人，我的身子也跟着发起颤来。我分明感觉到她热热的肌肤穿透了湿湿的衣衫，钻进了我的肌肤。她的身子很小，肌肤却十分柔软，似乎散发着一种异样的香味，一种十分陌生却非常诱人的香味。我的身子颤抖得比她还厉害了，我不敢看她的眼睛、头发了，也不敢大口地呼吸了。这时候，一个模糊却十分顽强的声音突然在我心里响起：长大后我要娶她。也是在这一刻，泪水涨满了我的眼眶。我泪眼汪汪地望了一眼大山，向大山发出了人生的第一个誓言：娶她！

雨下久了，天空反而清爽了许多，可以看清对面山梁了，那溪水越涨越大。我下了决心，从这边山脊上翻过分水岭，再绕过去。

这是一条采药的毛毛路，其实根本就没有路，只不过有人从这个方向走过而已。我也曾走过一次，是跟"政委"他们几个去采野香菇、打野味。

使我遗憾懊恼的是，当时根本就不该走这条路。路上发生的一件事令我终身羞愧。那是遥远的过去了，但想起来了却恍若昨天。我们爬到半山腰，发现了一个小山洞。我累极了，很想进去休息一会儿。我的手由于要开路，被茅草、荆棘搞得到处都是伤口，汗水和血水混合在一起，痛得厉害。走进山洞，我还是牵着卢竹儿的手，因为她还是怕。我叫她拉住我的衣角，我要打开塑料包取出柏油条，点燃看看洞内情况。火点燃后，卢竹儿惊叫起来，双手抱住我的胳膊躲在后面。我一惊，定神一看：原来离我们四米远的地方有一头很大的动物！那东西似乎也吃了一惊，我大着胆子仔细观察，看清是一头侧卧着的老山羊，身旁还有两头小羊。我想一定是一头怀孕的母山羊进来躲大雨，就在这儿分娩了。我们跑出洞，我叫卢竹儿躲到一边去，自己寻找到一块大石头。我说，机会来了。卢竹儿死活不肯放开我，她已经明白，我是要杀了山羊。她几乎用整个身子抱住了我，阻止我的进攻。刹那间，我望见了她那美丽绝顶却充满哀伤与企求的目光，好像我马上要攻击的不是山羊，而是她。石头从我手上滑落……我包好柏油条、火柴，离开了山洞，也离开了我的耻辱，继续往前爬。一边爬，卢竹儿一边嘱咐我，这事不要告诉别人。我知道卢竹儿怕"政委"他们知道，他们一知道，羊儿就没命了。

雨渐渐小了，停了。时针可能指向深夜一点了。深夜一点，我们终于爬上了山顶。这山我很熟，离我们可爱的农场已经不远了。

我们疲惫地坐在一块石头上，往农场方向看，不约而同欢呼起来，因为我们看见有一串火把已经过了半山腰的竹林，到了十八块地，正往柳阳村方向急行。我们知道，那一定是战友们看到我们没有回场来接我们的。我俩急忙从身上拿出塑料包，把剩下的七根柏木油条全部点燃，高高举起。不一会儿，果然被他们发现了，火把穿过十八块地那三户人家，正朝我们这匹山爬来。我们也往下走，终于在一个山脊的平台上会合了。"政委"带来了五个人，我热烈地与他们拥抱。这是我此生此世难得的一次热烈呢！卢竹儿只顾在一边哭。也许我热烈得过了头，忘记了答应卢竹儿的事，兴奋地告诉"政委"，说那边半山腰的山洞里有一头老山羊在那儿躲雨。"政委"说那山洞他去过，现在山羊早走了！我说，它生了两头小山羊，不能走啦。"政委"一听高兴得直叫，接着命令两个人陪我和卢竹儿回去，他带其余人马上向山洞奔去，像一只夜袭的突击小队。我转身一望，见卢竹儿突然瘫倒在地。我连忙转身向政委的背影大叫起来，莫去，莫去，我求你们啦……我的叫声显得那般地孤寂无援。我第一次感受到背叛的沉重与无耻。

山羊被"政委"们顺利地打回来了。两头小山羊也被抱了回来，装模作样地像照顾自家孩儿一般照顾起小山羊来，天天找米汤喂，但不久，小山羊都死了。于是，大家不再装模作样，美美地饱餐了两天。卢竹儿一口未吃，我自然也没有去吃。

卢竹儿不再理我，也不听我唱歌了。但我还在唱，十五岁的嗓子不能不唱，但我的歌唱不再是从前的歌唱，我知道了什么叫忧伤。这忧伤至今在我的歌声里回荡……此后，我不论走向何处，望向大山，大山似乎都向我背过脸去。

两月后，我们都回城了，为生计各奔东西。再以后，我学写文章，有些见报了，有些还变成书籍，只要有作品出世，我总是送她一份，还恭恭敬敬写上请她指正的文字。她总是默默地收下，却什么也不说，看我时神色很古怪——我越发变得忧伤了，我虽然常常想起夜雨中对大山发的誓言，却没有勇气向她提及。

过了四年，我突然收到一张请帖，她与某某结婚了，当时我的头轰地一下空荡荡的，所以现在我也不知道她丈夫的名字，我备好了一件很典雅的瓷器作礼品。我没敢去参加她的婚礼，婚后听说她去了外省，以后一直未见。后来遇见到一家运输公司当司机的"政委"。"政委"说她生了一男一女，还伤感地告诉我，场长回家务农后，不久病死了。再后来，"政委"自己买了一辆车开，不久翻车，也死了。

鲁娟娟

鲁娟娟比我和卢竹儿大三岁，与"政委"吴大跃差不多大。她是读完高中才来农场的，是这儿为数不多的几个高中生之一。鲁娟娟的英语很好，因为她有一个大学外语系毕业的父亲。尽管她学习成绩好，又积极参加劳动，可直到高中毕业也未成为一名光荣的红卫兵，这是她当时最大的遗憾。我们虽然同在一所学校念书，却是在一次争吵中认识的。当时我们三中的田地在市郊外北面的山坡上，早上上学下午劳动，每个班级都有自己的土地。那是为了响应主席的号召："学生也是这样，以学为主，兼学别样，学工、学军、学农，也要批判资产阶级。"这些土地是我们学农的战斗场所，鲁娟娟她们班种花生，我们种苞谷，每到成熟季节，各班级就派人轮流把守，因为都想丰收后的表扬。因此经常是他们破坏我们的苞谷，我们破坏他们的花生。

一次，我与几个同学计划去破坏鲁娟娟他们班的花生地。卢竹儿不肯去。我说这是革命行动，你要是不去，就是资产阶级思想太严重，一怕苦二怕累。后来我们都去了，却被鲁娟娟她们发现了，我们一边往回跑，一边取下红卫兵袖套想藏起来，可还未藏好，鲁娟娟已追上来。她双手在我们面前有力地一挥，大喝道："站住，你们是红卫兵还干这种事？简直是给毛主席丢脸！"她的这句话提醒了我，我看清了她没有戴红卫兵袖套，知道了她肯定不是红卫兵。幸好只有她一个人追过来，其他几个怕是调虎离山，固守在地里。于是我反咬一口说她搞我们的破坏。她此时正站在我们班的地里，大伙一齐讥讽她是个坏分子。在学校如果没有被批准加入红卫兵，她家里一定有问题。吵了一会儿无结果，她走时说要告我们随便取下红卫兵袖套丢在地上，还说这是反革命行为。这下我们倒害怕了，一连几天都心神不定。但她没有告发，老师和工宣队代表都没找过我们中的谁。从此，我们开始对她另眼相看了。

以后，我们一起下到十八块地农场接受再教育，她与卢竹儿同住在一间房子。她有很多书，像《青春之歌》《红岩》《烈火金钢》《难忘的战斗》《钢铁是怎样炼成的》等等，我都是在她那儿借来看的。这些书使我成了一个文学梦者。我们曾在一起谈理想，我的理想是当一名作家，卢竹儿的理想是当一名教师，鲁娟娟的理想是当一名人民解放军。听说她毕业时，曾去报名参军，体检都合格了，但人家一查，原来她父亲是多年的老右，当兵的事自然就吹了。

她很少与人说话，个子很高，头发剪成了当时很流行的"上海头"。她最喜欢穿一身洗得发白了的旧军装，系一条三指宽的牛皮带。她腰直胸挺，穿起来的确神采奕奕，气势非凡。她有一个习惯，就是每天早晨到牛圈旁的草坪上读英语，晚上总是在马灯下看书写字。农场的人都说她是装样子，不就是高中生么？不就是懂得几句卖国话么？那时我们认为，凡是经常练英语的人，都是蓄意卖国，但吴大跃不这样认为。也许这也是吴大跃被大家喊作"政委"的理由之一吧。

吴大跃很关心鲁娟娟，分工时总把她留在自己身边。如有人嘲笑鲁娟娟学卖国话，"政委"总是大怒道："卖你妈的×，农场总要有人学外语，要不空投的敌人被我们抓住，问得出敌情吗？鲁娟娟学习外语是响应毛主席号召'备战、备荒、为人民'，不学外语，能解放全人类吗？这是为备战，同志们一定要清醒！"当时学校上英语课时，都要唱一首英语歌，最后一句是："为了解放全人类，学习外国语。"

鲁娟娟小学不是红小兵，中学不是红卫兵，毕业又当不了兵，按理说，她以如此不体面的身份来农场，肯定会被安排去喂猪的。这事最难做，因为没有粮食，也没有糠，只好上山打猪草，回来还要帮助伙房，够累的。然而她不但没有去喂猪，过了一段时间反而去柳阳村当了一名代课教师。谁也不曾料到，全农场引以为荣的差事，竟被鲁娟娟这个懂几句卖国话的人夺了去。农场有几个又红又专的高中生不服气，比这比那，直比到了祖宗三代，但最终比不了"政委"一句话。那天最后开会决定，老场长征求"政委"意见。"政委"说："鲁娟娟会外语，能审问空降的敌人。"鲁娟娟从来未遇见这种好事，当场就热泪满面，发誓将革命进行到底，并要把这能解放全人类的外语教给祖国的花朵。"政委"不失时机地站起来挥臂高呼："毛主席万岁！共产党万岁！"于是全场六十几个人沸腾起来了，口号一句连一句不停，喊了足足几分钟才停了下来。第二天鲁娟娟就跟着柳阳村公社书记到中学赴任了。

一晃，日子过去了五年，早已各奔东西的我们难得一见。一个偶然的机会，我碰到了吴大跃。我也不再是个只会扯着嗓子发出嘹亮叫声的角色,干上了地质,是名光荣的地质队员了。吴大跃见我的第一句话是,想不到出息这么大,都写诗了。我的脸红了,说,哪个想写诗都能写的,并自嘲说,八亿人民八亿兵,人人都是大诗人。接着,我问,政委——只有这个时候,我才在心里把他当作政委——当年在农场你为什么对鲁娟娟那么好,对我和卢竹儿却要大义灭亲呢?"政委"想了半天,坦白地说:我对娟娟好,也许是你们文人所说的初恋的萌芽吧?我让娟娟去柳阳村公社教书,有人告我,说我以权谋私。我们四个是三中的,娟娟走了,只有我们三人,你想我如不拿你们开刀,以显我的公正,他们会告到县办的,再说我也是经常暗中帮你们呀。其实我知道当时"政委"只是表面严厉,现在问一问,只不过想知道他与鲁娟娟的事。那时鲁娟娟已是大学二年级学生,"政委"说他不敢妄想了。当然,鲁娟娟不知道"政委"的暗恋。她毕业回到柳阳村时,"政委"早已被安排到一家运输公司开车,经常开车来看她。他才开了三年车,就失事死了。在来向"政委"作最后告别的战友中,鲁娟娟是哭得最悲恸的一个。卢竹儿没有来,她嫁得太远了。我最想的不是哭,而是想唱一支歌,为我的"政委"送行。

鲁娟娟去柳阳村公社代课的第一节课是非常成功的,但许多年后却成了我们开玩笑的趣谈。为了给新上任的教师鼓劲儿,上第一节课时,公社书记、农场场长、政委都去听了。我与卢竹儿也偷偷躲在后排听。鲁娟娟看见那么多领导都来了,上课自然十分卖劲。刚好上的是董存瑞那一课,当讲到革命战士董存瑞拉响炸药包时,鲁娟娟已是泪流满面。她努力地学着董存瑞炸碉堡的动作,一手佯举炸药包,一手佯拉导火线,但却实实在在地高喊:为了新中国,前进!下一步就是一拉导火线了,可突然间她却停住了手,把脸朝上一抬,大家的眼睛也跟着她向上抬起,这时才发现鲁娟娟正站在毛主席像下。鲁娟娟的脸色发白，拉导火线的手打起抖来。不过片刻，她移了一步又作拉导火线状，并且再次抬头，不行，上头是列宁像，又移一步，又作拉导火线状，再抬头，还是不能炸，上面是斯大林像。教室里静悄悄，大家连呼吸都停止了似的。鲁娟娟却没有停止呼吸，再次发出"为了新中国，前进！"炸药包终于拉"响"了，而此时的鲁娟娟已经站到了教室的门口。炸药包是在鲁娟娟的嘴里"爆炸"的，那声音跟真的炸药爆炸相差无几。教室里顿时响起一片哭声，学生们一个个哭得泪人儿似的，连支书、老场长、政委也在那儿抹泪。而鲁娟娟却愣愣地站在门口，呆呆地望着大家，一只手抚着胸口，脸色苍白，呼吸急促。

以后我们就很少去鲁娟娟那里了。农忙季节来了，鲁娟娟上语文、外语、音乐三门课，但显得轻闲许多。

第二年春天，我们回城了，我一时无事可做，鲁娟娟还在那儿代课。一九七九年，她考上师范大学，之后，我也找到了可干的事，便与她有了书信来往。大学毕业后，她回到本地区，又坚决要求去了没人愿去的一所偏远中学。那就是她成功炸掉敌人碉堡的柳阳乡中学。

五年后的一天突然传来她去世的消息，她得的是出血热，柳阳乡中学实在太偏远了，来不及送进医院她就死了。她的死让我伤感得太久太久，久得像我不再年轻的生命。在一个秋雨淅沥的夜晚，我写了一首纪念她的诗。诗发表后，我给每一位活着的曾在十八块地战斗过的战友寄出了一份。

萧家兄妹

冬深了。每天清晨地上都盖了一层薄薄的霜。山顶上一直积雪不化。农场的住房正好在雪线上。门前有几棵高大的三角枫树,叶儿红透了,虽落了一地,却仍满枝挂红。雪白的霜打上去,半红半白,被那红彤彤但冷冰冰的阳光一照,红白相映,真是美极了。

春节将临,大家都回城了,几个有作家梦的人留下来看家。"政委"是不回城去的,他说他应该身先士卒。其实不然,他很少在农场,经常去老林里安夹子。运气好的时候,能夹到一头山羊;运气不好,也能夹上一些小动物。捉到后总是让我们饱餐一顿,其余的统统用树疙瘩火熏成一块块黑红黑红的肉条,藏在箱子里,有机会便送回家去。我们乐意守农场,让他去狩猎。

萧美文是农场最有学问的人之一,能写一手不错的毛笔字,能背诵唐诗宋词元曲,还能写些"打油诗",几个文学梦者自然对她佩服得很。一次,和平公社的上海知青来农场挑战,先是比谁种的南瓜冬瓜大,后又比谁种的苞谷收得多,最后比急了,比起气魄来。上海知青粗犷地狂呼:"一声断喝响春雷。"萧美文高亢对答:"一个饱嗝动天地!"没等对方回过神来,萧美文细小而尖锐的声音又响了起来:"闲时掌中耍明月,饮酒摘日作电灯!"这种气魄够大的了,对方无言以对,萧美文胜利了,胜得对方老老实实,胜得我们舒舒服服。

萧美文的父母是一九五八年从北京支边来黔的。过了几年才生的她。她哥哥萧子南比我们先来三年,是农场公认的第一才子,身高一点八米,相貌堂堂,每当农场搞演出,他总是演郭剑光、杨子荣之类的角色。那时我年纪小,与萧子南不太说话。

萧美文却常常与我们在一起,我们写了习作都请她指点。那年萧美文十六岁,个子比我高大许多,且气势夺人,令人不敢直视。所以现在我也想不起她那时的发式和神情,只记得她特爱绿色和蓝色，要么穿一身旧绿军装，要么穿一身蓝衣裤。她经常去十八块地的小溪边，采来很多兰草，放在桌上、床上、窗台上。一到开花季节，那小小的紫白色花儿开得很香很诱人。

这个冬天，她哥没有留下来看农场，说是在北京的奶奶病重了，想看看孙子。萧美文从未去过北京，高兴得不得了，跑来告诉我，说她要去北京看天安门了。但老场长说不能兄妹俩都去。萧美文就没有去成，懊恼了好些时辰。

"政委"搞来的野味，她大吃特吃。她恨透了"政委"，说没有帮她的忙，让她没能回北京看看天安门。因此她不但大吃野味，还向"政委"要了几块熏肉，以此来伤"政委"的心，可"政委"却不伤心，虽然熏肉是他的宝贝。萧美文无计可施，也只好原谅了他。

过年的前几天，我们几个人全部出动搞年货。"政委"去老林里守了三天三夜，终于夹到了一头三十斤左右的山羊。我与萧美文则去相隔十八块地一匹山岭的白岩溪捉鱼。冬天溪水小了，刚好淹过脚背。天冷，鱼冷不爱动，就躲在石缝或较大的石头下。捉鱼的最好办法是用一块石头猛击水中石头，把下面的鱼震昏过去，然后翻开石头，拾起鱼儿。下水前，喝几口从十八块地贫下中农家里要来的米酒，再用霜雪擦擦脚心，捉几个小时也不觉十分冷。一连苦战两天，也捉到了十斤鱼。那鱼柳叶儿般大，最重的也只有半两。

其他几人却没有多大建树，他们用几粒苞谷放在大簸箕下面，用根小木棍顶住，再用一条绳子拴住小木棍，然后用手牵着躲在门后面，见有饿急了的山雀来吃，就猛拉绳子。这样折腾几天，不过罩了八只山雀。

除夕夜雪特大，整个山都白了，那雪朵儿、那山、那树、那竹林、那十八块地的三户人家，都静静地在视野里，看后只想大喊大叫。

这么多年了还清晰地记得，那一声声吆喝几乎能移动大山。大山迎着我的吆喝声向我走来，模样儿十分忧伤。只有大山和我听得出吆喝声中的忧伤，甚至比我的歌声还忧伤。

清明时节，陆续有人回农场。虽然是春天了，但天气也还冷。一天，我们围在树疙瘩火边，正在干吼一些《红灯记》片段，突然撞进来一个高大的人。萧美文第一个站起来，狂喜地喊哥哥。萧子南脸色苍白，左脸上包了一块白纱布，肩上背着一个小小的黄书包。大家拥上去拉拉他的手，帮他拍落身上的泥土。"政委"从食堂拿来酒菜。萧子南没有马上吃，先去了房间。大家都不高兴，心想他的包里肯定有从北京带来的好东西，却不肯示人。萧美文高兴极了，忘了问她哥的伤。我们气极了，也不问。后来，我们把萧子南灌醉了，要萧美文拿来书包，打开一看，却只是一个写满诗词的日记本和一些纸张。大家都觉无趣，各自回去睡了。第二天，萧子南起来，问我们知道不知道周总理逝世的消息？我们很久未下山了，不知道这事。我们问起他脸上的伤，他支支吾吾，我们也不再细问。不久，农场的人都回来了，看见萧子南脸上那么一大块伤疤，都纷纷猜疑。有几个恨他的人，造谣说他耍流氓被人家打的，还编造得有声有色、有根有据。萧子南也不作任何解释，这让萧美文很难为情。一天，他去放牛，遇见六月的暴雨，在山中跌死了，有人说他是自杀，因为破了相，难见人了。萧美文大哭一场。

很多年后，从萧美文那儿得知，原来她哥哥当年参加了"天安门事件"，那伤是在广场上被人打的。问起那包悼念总理的诗词，萧美文说她也不知道。那天大家都未细看，可能被她哥哥埋藏在山中了。

后来萧美文去当了兵，不久上了云南前线，从此就没有再见到她，只是她临走时送我的一盆兰草，还在我家窗台上蓊郁地生长着。后

来传来她因抢救伤员不幸阵亡的消息,我写了一首诗纪念她,题目叫《热爱兰草》:

你爱绿色
你说绿透了就是蓝色
不信看天空,看大海

你走时,送了我一盆
绿油油的兰草
穿一身绿油油的军装
你说老山兰绿得美丽
你要去那儿救死扶伤

很多年过去
你没有如约
带来一株老山兰
我知道你已化成了一株老山兰
永远长在了老山上

从此我热爱兰草
爱兰博大、深邃
永远有一盆兰草
生动在我蓝色的窗口

这不是诗。是一个走向成熟的青年对少年时代的一个祭奠。